Erdmann Kühn ist in Berlin geboren und aufgewachsen und hat in Köln Kunst und Musik studiert. Er lebt im Rheinland, arbeitet als Lehrer und in der Lehrerfortbildung. Er ist Musiker, Chorleiter, singt, komponiert, arrangiert und schreibt.

In der Friedel-Trilogie sind auch erhältlich: „Der Junge auf der Schaukel" – Friedels Berliner Kindheit, und als Folgeband von „Abschied von Berlin": „Mein Kopf, der ist ein Zimmer" – Friedels Studium im Köln der späten Siebziger. Daneben sind von Erdmann Kühn erschienen: „Jascheks Reise – Ein Reisekrimi als Roadmovie" und „Himmel und Erde – Vaters Tagebücher 1926 – 1946".

Erdmann Kühn

Abschied von Berlin

Bibliografische Information der Deutschen Nationalbibliothek: Die Deutsche Nationalbibliothek verzeichnet diese Publikation in der Deutschen Nationalbibliografie; detaillierte bibliografische Daten sind im Internet über dnb.dnb.de abrufbar.

Am Ende des Buches befinden sich ein **Personenregister** zur besseren Orientierung und ein Inhaltsverzeichnis.

Erdmann Kühn
Abschied von Berlin
1. Auflage 2013
2. neubearbeitete Auflage
© 2017 Erdmann Kühn
Alle Rechte vorbehalten
Umschlag: Tim Pulver
Satzkorrektur: Nadja Koob
Herstellung und Verlag:
BoD - Books on Demand, Norderstedt
www.ErdmannKuehn.jimdo.com
ISBN 978-3-7431-6510-6

In the chilly hours and minutes
of uncertainty I want to be
in the warm hold of your loving mind.

To feel you all around me
and to take your hand along the sand.
Ah, but I may as well try
and catch the wind …

Donovan (Catch the Wind)

Und als wir ans Ufer kamen
und saßen noch lange im Kahn.
Da war es, dass wir den Himmel
am schönsten im Wasser sahn.

Und durch den Birnbaum flogen
paar Fischlein. Das Flugzeug schwamm
quer durch den See und zerschellte
sachte am Weidenstamm -
am Weidenstamm

Wolf Biermann

Intro

Ich hasse Abschiede. Immer schon habe ich sie gehasst. Ich weiß nie, was ich sagen, wie ich gucken soll. Im Magen drückt ein fieser Klumpen, schwer wie ein Mühlstein. Er saugt alle Energien aus dem Kopf. Der Kopf sagt: Nichts wie weg, so schnell wie möglich. Hauptsache, es heult keiner. Das können sie ja machen, wenn ich um die Ecke bin. Ich selber heule ja auch nicht. Kann ich überhaupt heulen? Oder habe ich's vollkommen verlernt? Wann habe ich eigentlich das letzte Mal geheult? Ich kann mich nicht daran erinnern. Ich muss sehr, sehr klein gewesen sein. Auf jeden Fall, bevor das damals mit meiner Mutter passierte. Da war ich fünf.

Ich sitze in meinem gelb-blauen Käfer und fahre zum Grenzübergang Dreilinden. Gerade bin ich von zu Hause ausgezogen und fahre jetzt von Berlin nach Köln. Alle meine Umzugssachen sind im Käfer verstaut, angefangen mit dem Cello, das quer auf der Rückbank liegt, dem klappbaren Dual-Plattenspieler samt einer Kiste mit Schallplatten, dem roten Kaffeeservice, das mir Niki und die anderen aus meiner Clique geschenkt haben, dem braunen Teeservice samt meinen fünf Lieblings-Teesorten, zwei Koffern voller Anziehsachen, Schreibkram, einigen Lieblingsbüchern, Notenständer, einer Kiste mit Cello- und Flötennoten, flauschigen Handtüchern, warmen Hausschuhen, Mutter Annas Versorgungstasche für die ersten Tage, unter anderem mit drei Gläsern Saure Gurken, denn die gibt es ja in Westdeutschland nicht, reichlich Proviant für die Fahrt, Obst natürlich, damit der Junge gesund bleibt, und Kaffee in der Thermoskanne, damit er wach bleibt. Möbel brauch ich zum Glück nicht, die hätten auch nicht mehr reingepasst. Das kleine Zimmer in Köln ist möbliert.

Schon komisch, eben mal Tschüss sagen und dann wohnt man plötzlich am anderen Ende von Deutschland. Der Kloß im Magen geht nicht weg. Ob sie wohl noch da stehen, an der alten Dorfaue in Heiligensee, und mir nachwinken? Quatsch, sie sind längst wieder ins Haus gegangen. Aber das Bild bleibt als Standbild in meinem Kopf: Mutter Anna, die mit dem Taschentuch winkt, Oma mit der Küchenschürze, Vater mit dem braunen Kord-Anzug, der kleine Steffen, der auf und ab hüpft und am liebsten mitgefahren wäre, neben ihm mein großer Bruder Jan mit seiner wilden Mähne und dem dunklen Räuberbart, die neunjährige Nelli und die sechzehnjährige Bine, die Hand in Hand nebeneinander stehen und winken. Vaters „Bleib behütet!" klingt mir noch im Ohr, begleitet mich.

Jetzt kommt es erst einmal darauf an, durch die Grenzkontrollen zu kommen, ohne dass sie mir den ganzen Wagen ausräumen. Die Chancen stehen schlecht, aber man kann ja auch mal Glück haben, selbst als Langhaariger mit Kinnbärtchen. Glück, ja, das ist das Gefühl, das sich jetzt langsam im ganzen Körper ausbreitet und das flaue Magengefühl verdrängt. Ich starte neu! Ich fange ein ganz neues Leben an, so wie ich es möchte! Mich überströmt ein Glücksgefühl der Dankbarkeit und Sympathie für meine Familie, so wie sie da eben zum Abschied stand. Hoffentlich lebt Oma noch lange, so dass ich immer mit ihr sprechen kann, wenn ich zu Besuch komme. Und während ich fahre, kommen auf einmal die Erinnerungen hoch, laufen wie ein Film vor meinen Augen ab. Erstaunt und überwältigt registriere ich, was ich schon alles Schönes und Aufregendes erlebt habe bis hierhin. Diese sehr private Filmvorführung ist mein persönlicher Abschied von Berlin. Sie startet auch mit einem Aufbruch in unbekanntes Terrain, mit meinem Schulwechsel nach Frohnau in der fünften Klasse ...

Frohnau

Die Osterferien sind fast vorbei. Die Luft riecht nach Frühling. Friedel kann den Duft nicht beschreiben, aber er weiß: So riecht er, so ganz anders als der Herbst mit seinem erdigen Geruch feuchter Blätter oder der Winter mit seiner Schneeluft. Ein milder Wind streicht über Friedels Gesicht. Die Sonne versteckt sich immer wieder hinter den dick aufgeplusterten Wolkentieren am Himmel, aber wenn sie hervorkommt, dann spürt man ihre sanfte Wärme auf der Haut. Freche Spatzen flattern umher und tschilpen aufgeregt. Friedel möchte am liebsten aufspringen, die Arme nach oben reißen und schreien vor Glück, so froh macht ihn der Frühling. Stattdessen beißt er in seine Mütze und presst dabei die Augen zu. Glück muss man mit geschlossenen Augen genießen.

Als er später im Bus sitzt, oben natürlich, sind alle Leute wie verwandelt. Die Sonnenstrahlen scheinen durch die staubigen Scheiben direkt ins Herz und zaubern ein Lächeln auf jedes Gesicht. Friedel würde sich nicht wundern, wenn jetzt einer aufstehen und anfangen würde, zu singen und zu tanzen. Es wäre die natürlichste Sache der Welt. Hat er so etwas schon einmal erlebt, dass die Frühlingssonne schlagartig alles verändert? Vorhin im Haus hatte er noch diesen dicken Kloß im Magen, diese seltsame Angst. Wie wird es werden auf der neuen Schule in Frohnau, die in zwei Tagen anfängt? Mutter Anna hatte ihm geraten: „Fahr doch mal hin und schau dir alles ganz genau an, du hast doch schon eine Monatskarte für den Bus!" Er hat kurz überlegt und ist dann losgelaufen zur Bushaltestelle. Der Zwölfer kommt alle zehn Minuten, er braucht nicht lange zu warten. An der Schule steigt er aus, auch dort kitzelt ihn die warme Sonne. Er läuft über den leeren Schulhof, der viel kleiner ist als der Hof seiner Grundschule, aber auch viel schöner, mit großen Laubbäumen und kleinen, lauschigen Ecken. Auch das alte Schulgebäude ist klein und sieht irgendwie gemütlich aus, findet Friedel. Trotzdem komisch, so ein Schulhof ohne Menschen. Was für Kinder hier wohl herumlaufen werden am Montag? Er läuft zum Ludolfinger Platz, vorhin beim Vorbeifahren hat er gesehen, dass dort eine Currywurstbude steht. In der Tasche klimpern ein paar Groschen, zu Ostern hat er Taschengeld bekommen. Für sechs Groschen bekommt er die leckerste Curry-Bulette, die er in seinem Leben gegessen hat. Hat er schon mal eine gegessen? Currywurst ja, schon oft. Aber Curry-Bulette? Mutter Anna liebt Currywurst. Wenn er mit ihr einkaufen geht, kriegt er manchmal eine spendiert. Aber er findet, Curry-Bulette schmeckt mindestens genauso lecker. Und das Beste: Sie kostet zwei Groschen weniger als die Wurst! Da hat er noch was gespart!

Friedel hat selten Geld in der Hosentasche. Manchmal nur einen Groschen für eine saure Fassgurke in der Weddinger Markthalle. Der nette Currywurstmann fragt ihn nach seinem Namen und verrät ihm, dass er Manuel heißt. Manuel freut sich, dass es ihm so gut schmeckt und gibt ihm noch eine Extraportion Currysoße mit Brot dazu. Friedel erzählt ihm, dass er in Zukunft bestimmt öfter vorbeikommen wird, weil er jetzt in Frohnau zur Schule geht. Er sieht, dass der Zwölfer in den Kreisverkehr einbiegt, verabschiedet sich schnell von seinem ersten Freund in Frohnau und rennt zur Haltestelle, wo er gerade noch auf den anfahrenden Bus aufspringen kann. Er steigt direkt die Treppe hinauf nach oben und sieht, dass sein Lieblingsplatz noch frei ist: ganz vorne, über dem Fahrer. Dort hat er alles im Blick und fühlt sich wie der Kopilot, manchmal bremst er sogar mit. Heute ist ein besonderer Tag, alles läuft wie am Schnürchen! Er freut sich schon richtig auf Montag, wenn die Schule losgeht und er jeden Tag mit dem Zwölfer fahren kann!

Das darf er natürlich nicht laut sagen, dass er sich auf die Schule freut. Er kommt schließlich in die fünfte Klasse und findet Schule an sich lästig, manchmal auch doof. Am Anfang in der Grundschule war das anders, klar. Er verehrte Fräulein Herrmann, seine Klassenlehrerin und verteidigte sie gegen alle ungerechtfertigten Angriffe seines Freundes Thomas. Was Fräulein Herrmann sagte, war Gesetz. Aber leider musste sie ja nach Argentinien ziehen, um dort diesen blöden Rinderfarmer zu heiraten. Die ganze Klasse war geschockt. Das konnte doch nicht gut gehen! Und es ging nicht gut: Ein paar Monate später war sie tot. Friedel hasste Fräulein Herrmanns Nachfolgerin von ganzem Herzen, spätestens ab diesem Zeitpunkt machte ihm Schule keinen Spaß mehr. Sein Freund Norbert war auch weg, Maria, in die er ein wenig verliebt war, sollte auf eine katholische Mädchenschule gehen. Das trug dazu bei, dass ihm der Abschied von der Schule am Schäfersee nicht ganz so schwer fiel. Nur schade, dass sein Freund Thomas nicht mit durfte, den könnte er hier gut an seiner Seite gebrauchen.

In den nächsten beiden Tagen muss er immer wieder darüber nachdenken, ob er sich freut oder ob er Angst hat vor der neuen Schule. Es ist eine Mischung aus beidem. Je näher der Montag heran rückt, desto größer die Herzklopfen. Was, wenn er in der Klasse keinen Anschluss findet? Wenn alle sich schon kennen, nur er kennt keinen? Wenn die Lehrer doof sind und ihn nicht leiden können? Wenn es stimmt, was der Vater von Thomas gesagt hat, dass die Frohnauer alles arrogante, verwöhnte Fatzkes sind? Immer wieder holt er den letzten Brief von Fräulein Herrmann aus Argentinien hervor, streicht das dünne, blaue Luftpostpapier glatt und liest, was sie ihm geschrieben hat:

Lieber Friedel,
Du wirst an Deiner neuen Schule mit vielen Kindern aus reichen Elternhäusern zusammenkommen. Da heißt es manchmal verzichten. Lass dich davon nicht entmutigen, die Gaben, die du mitbringst, sind viel mehr wert als Geld. Bleib so wie du bist, neugierig, freundlich, bescheiden und lass dich nicht verbiegen ...

Die Worte machen ihm ein bisschen Angst, aber sie geben ihm auch ein Gefühl der Stärke. Es ist wie eine Herausforderung, ein Kampf – und er hat unsichtbare Mitstreiter an seiner Seite. Fräulein Herrmann kam aus Frohnau, vielleicht ist sie jetzt sein Schutzengel? Es ist ein Gefühl, ähnlich dem, wenn er wegfährt, und Vater ihm zum Abschied über den Kopf streicht und sagt: „Bleib behütet!" Er hat nie darüber nachgedacht, aber er fühlt dann beinahe den Schutzengel hinter sich. Und mit Schutzengel kann ihm nichts passieren. Ein neues Abenteuer wartet auf ihn. *Frohnau, ich komme!*

Am Montag muss er um sieben Uhr aus dem Haus gehen, damit er den Bus um zehn nach sieben an der Aroser Allee erreicht. Das Oberdeck ist voll mit Schulkindern, natürlich ist auch sein Lieblingsplatz schon belegt. Er sucht sich einen Platz weiter hinten und schaut ab und zu verstohlen zur Seite, wer von den anderen Kindern wohl auch bis Frohnau fährt. Schwer zu sagen, es gibt ja bestimmt noch eine Menge anderer Schulen auf der Strecke. Der Bus fährt am Paracelsus-Bad vorbei und am Astra, dem kleinen Kino in der Roedernallee. Dann biegt er ab nach Wittenau, dort steigen tatsächlich viele aus. Sein Spezialplatz wird sogar frei, aber ehe Friedel seine Schultasche gegriffen hat, hat schon ein älterer Schüler den Frontplatz belegt.

In Wittenau steigen zwei blonde Mädchen in seinem Alter zu, eine lange dünne und eine kleine, die spielen doch tatsächlich Pferd! Nicht zu fassen! Eine wiehert die ganze Zeit und die andere gackert blöde. „Das darf nicht wahr sein!" murmelt Friedel vor sich hin. Sein Nachbar schaut ihn kurz an und flüstert dann: „Die steigen bestimmt an der Hilfsschule aus!" Aber die Hoffnung bleibt vergeblich, Friedel hat so etwas schon geahnt. Sie fahren mit durch Waidmannslust und Hermsdorf, biegen am „Entenschnabel", dort, wo die Bundesstraße 96 durch die Grenze unterbrochen ist, scharf nach links ab auf die Hohefeldstraße. Ja, das Gewieher, Geschnatter und Gegacker hinter ihm wird immer lauter und nervtötender und endet auch nicht, als sie in Frohnau am Zeltinger Platz halten, wo der Bus sich leert. Friedel weiß, es gibt kein Entrinnen. *Diese beiden sind auch auf meiner neuen Schule!*

Hoffentlich nicht in meiner Klasse! denkt Friedel noch, als er aussteigt. Da stehen sie und gickern. *Eigentlich sehen sie ganz süß aus, wenn sie nur nicht so schrecklich albern wären!* Friedel will an ihnen vorbeigehen, um die Straße zu überqueren.

„Hallo!" sagt die größere von beiden und lächelt. Meint sie wirklich ihn? Friedel schaut sich zur Vorsicht um, ob hinter ihm noch jemand geht. Dann lächelt er zurück und sagt ebenfalls: „Hallo!"

„Bist du auch neu hier?"

„Ja!"

„Welche Klasse?"

„Klasse 5!"

„Wir auch. Das hier ist Ingrid, das Pferd. Sie ist ein bisschen durchgedreht heute. Die Aufregung! Ich heiße Uli, wie heißt du?"

„Friedel!"

„Echt?"

„Ja!"

„Komm, lass uns zusammen reingehen."

„Okay!"

So kommt es, dass Friedel hinter Uli, die er erstaunlich nett findet, und Ingrid, dem kleinen Pferd, in die neue Klasse trottet. Es stellt sich heraus, sie sind nicht die einzigen Neuen. Auch die Klassenlehrerin, Frau Will, ist neu und muss die recht kleine Klasse erst einmal kennenlernen, so wie Friedel, Uli und Ingrid. Friedel beschließt spontan, sie zu mögen. Sie ist sehr jung und ziemlich aufgeregt, macht auch hin und wieder Fehler, versucht aber nicht, sie zu verbergen. Manchmal sagt sie auch: „Ihr müsst mir jetzt mal helfen!", das findet Friedel sympathisch. Wenn sie vor Aufregung rote Flecken im Gesicht hat, leidet Friedel mit ihr.

Nicht alle in der Klasse sind so verständnisvoll, manche nutzen auch die Situation aus oder machen Scherze auf Kosten der noch unerfahrenen Lehrerin.

Friedel findet das gemein, denn eigentlich mögen doch alle Frau Will. Auch seine Banknachbarin Christel mit den dicken, roten Zöpfen und den lustigen Sommersprossen sieht das so und ist sauer auf die Mitschüler, die die Situation ausnützen. Friedel und sie machen eine Strichliste. Wer sich billige Lacher holt auf Kosten von Frau Will, hat bei ihnen auf ewig verschissen. Das sind nicht nur Jungs, auch einige Mädchen machen mit, sind aber nicht so fies wie die Jungen. In den Pausen und vor und nach der Schule sucht Friedel Mitstreiter für die „Seid nett zu Frau Will"-Kampagne. Uli und Ingrid sind dabei. Wen er nicht fragt, das ist Finchen.

Finchen, ein großes und starkes Mädchen mit langen, dunklen Haaren, ist etwas Besonderes. Sie fährt auch mit dem Bus, sitzt schon drin, wenn Friedel einsteigt, kommt also aus dem Wedding. Friedel hat einmal gesehen, wie sie einem Jungen auf dem Schulhof eine gescheuert hat, und zwar so heftig, dass der hinflog und anfing zu heulen. Mit Finchen hat man besser keinen Streit, deshalb erwähnt Friedel auch lieber nicht, dass sie Frau Will doch bitte in Ruhe lassen soll. Seine Banknachbarin Christel dagegen ist ganz anders, eher schüchtern, sie bekommt in der Klasse kaum ein Wort heraus, ohne knallrot anzulaufen. Aber am Tisch flüstern klappt gut, Friedel und sie kommentieren leise das Unterrichtsgeschehen und verstehen sich prima.

Der rote Zwölfer

Friedel fühlt sich überraschend schnell wohl in der neuen Schule und ist erleichtert, dass er viele Mitschüler mag und auch einige nette Lehrer erwischt hat. Die weite Fahrt morgens und das frühe Aufstehen machen ihm nicht viel aus, er liebt die morgendliche Fahrt mit dem Zwölfer und kann schon alle Stationen auswendig. Wenn er nachmittags nichts anderes vorhat, fährt er mit seinem Rad immer rund ums Gemeindezentrum und ruft alle Stationen aus. Er kontrolliert dabei mit seiner neuen Armbanduhr, ob er auch den Fahrplan einhält und überall pünktlich ist. Wenn jemand ihn dabei beobachtet, ist ihm das peinlich, er tut dann so, als würde er nur irgendetwas vor sich hin brabbeln und müsste mal anhalten, um sich den Schuh zuzubinden.

Sogar morgens im Bett zählt er manchmal halblaut die Stationen des Zwölfers auf, nachts auch gern rückwärts von Frohnau bis Reinickendorf. Sein Berufsbild ist klar: Busfahrer auf der Linie Zwölf. Vor einigen Tagen hat er etwas Neues entdeckt: Er war morgens zu spät und verpasste seinen Bus. *Mist!* Der nächste Zwölfer würde erst eine Minute vor acht in der Hainbuchenstraße ankommen, wenn er pünktlich war, konnte man mit dem Stundenklingeln in die Schule flitzen, aber meistens hatte der Bus Verspätung. Die strenge Mathelehrerin findet das gar nicht lustig. Ralf aus Wittenau, dem das mehrmals passierte, wurde beim letzten Mal vor versammelter Mannschaft fertiggemacht. Friedel legt es nicht darauf an, vor der Klasse einen Anschiss von der Mathelehrerin zu bekommen. Sie ist es auch, die Finchen zu ihrem

Spitznamen verholfen hat, Finchen klingt so niedlich, aber eigentlich ist Josefine alles andere als niedlich.

Während er von einem Bein auf das andere hüpfte und die Aroser Allee hinauf schaute, sah er plötzlich einen neuen Bus, mit dem er noch nie gefahren war, und der sich mit ziemlich hoher Geschwindigkeit näherte. Die Zwölf vorne war rot und als Ziel stand dort: Zeltinger Platz. Der Bus hielt, Friedel stieg ein. Der Bus war hinten geschlossen und hatte keinen Schaffner, man musste vorne beim Fahrer einsteigen und die Monatskarte zeigen. Der Fahrer fuhr sofort wieder los und brauste die Aroser Allee hinunter, ließ die nächste Haltestelle aus und fuhr direkt bis zum Paracelsusbad durch. Friedel jubelte. In dem Tempo würde er es doch noch pünktlich schaffen, vom Zeltinger Platz konnte er dann schnell hinüber flitzen zur Schule.

Oben verfolgte er in der zweiten Reihe die Aufholjagd des Schnellbusses: Er hielt nur an den Haltestellen mit der roten Zwölf, die Haltestellen dazwischen ließ er aus, meistens eine, manchmal sogar zwei. Auf diese Weise ging es sehr flott voran, der Fahrer fuhr ziemlich sportlich und hatte kaum Zeit, die Haltestellen übers Mikrofon auszurufen. Die Schulkinder in der ersten Reihe verfolgten das Rennen gespannt und kommentierten den Fahrstil der Autos, die den roten Zwölfer bei seiner rasanten Fahrt behinderten: „Mach die Straße frei, Opi!" „Wo hat d e r denn seinen Führerschein gemacht?" „Bestimmt bei Wulle (*Woolworth)* am Krabbeltisch jekooft!"

Aber das Beste kam noch: Auf der Berliner Straße in Hermsdorf kam der normale Zwölfer in Sicht, den Friedel verpasst hatte! Der Rote arbeitete sich Stück für Stück heran, in den beiden Kurven am Fließ war er schon direkt hinter ihm, und an der Haltestelle Waldseeweg überholte er ihn dann unter dem frenetischen Jubel und Gejohle der Schüler in den vorderen Reihen. Friedel war völlig außer sich vor Begeisterung. Er würde ab jetzt nur noch mit dem roten Zwölfer fahren! Am Zeltinger Platz hatte er alle Zeit der Welt und konnte in Seelenruhe auf den überholten Bus warten, der ihn, pünktlich wie immer, zur Schule brachte.

Jetzt braucht Friedel immer erst fünf Minuten später aus dem Haus zu gehen. Er merkt schnell, dass der rote Zwölfer nur äußerst selten den anderen Bus einholt, manchmal steht er aber am Zeltinger Platz noch an der Haltestelle, wenn der Rote angesaust kommt, und die Schüler können schnell hinüberflitzen. Aber auch wenn das nicht klappt, ist meistens genügend Zeit, um den Rest zu Fuß zu laufen. Jeder Morgen bekommt dadurch eine sportliche Note. Aber der Rote hat auch einen Nachteil: Das Einsteigen dauert hier länger, weil manche Fahrgäste vorne beim Fahrer erst ihren Fahrschein kaufen oder stempeln müssen. Beim „normalen" Zwölfer sind größere Menschenmengen durch die offene große Tür hinten schnell eingestiegen. Manchmal hilft der Schaffner nach und schiebt noch ein bisschen.

Friedel erlebt einmal sogar, dass der Weiße den Roten an einer Haltestelle wieder überholt, weil dort noch nicht alle eingestiegen sind. Das ist natürlich eine Riesenenttäuschung, eine Schmach. Die hämischen Blicke der Schüler im anderen Bus sagen: *Ätschebätsche, da seht ihr mal, wir sind doch schneller!* Egal, auch Niederlagen muss man wegstecken können. Friedels absoluter Lieblingsbusfahrer trägt immer eine schwarze Lederkappe und unterhält den ganzen Bus mit seinen lustigen Ansagen übers Mikrofon. Der Oma, die gerade noch den Bus erreicht, ruft er zu: „Imma mitte Ruhe, junge Frau, komm' se rin, könn' se rauskieken!" An der Endhaltestelle Zeltinger Platz sagt er an: „Zeltplatz, Schlafsäcke nich vajessen, sonst jehts zurück im Wedding!" Einmal erwischt Friedel ihn bei der Rückfahrt und fährt extra noch weiter bis zum Leopoldplatz, um seine besten Ansagen nicht zu verpassen. An der Emmenthaler Straße ruft er: „Schweizer-Käse-Straße, bitte die Fenster schließen!", an der Barfußstraße: „Ohne-Socken-Straße, wer Schweißfüße hat, bitte hier aussteigen!"

Der Rote ist Friedels Favorit, aber auch der andere Zwölfer hat seine Vorteile. Das Beste an den alten Bussen ist, dass man sich hinten aus der Tür raushängen kann, wenn der Schaffner gerade nicht aufpasst oder beschäftigt ist. Das ist natürlich streng verboten, aber gerade darum so beliebt, genau wie das Abspringen, bevor der Bus richtig gehalten hat. „Trauste dich, hier abzuspringen? Nee? Lass mir ma vor, ick mach dett!" Die Schaffner schimpfen zwar, aber verhindern können sie es nur, wenn sie sich breitbeinig vor die Tür stellen. Meistens geht der Absprung gut. Ab und zu gibt es ein aufgeschürftes Knie oder einen zielsicheren Sprung in einen der tausend Hundehaufen von Berlin.

Ralf aus Wittenau hat es neulich geschafft, mitten in ein Wahlplakat zu springen. Vielleicht braucht er eine Brille, oder er hat sich beim Absprung enorm verschätzt. Der SPD-Bürgermeisterkandidat Klaus Schütz, der auf den Plakaten eine richtig fette Hornbrille trägt und ein, wie Friedel findet, ziemlich dämliches Grinsen im Gesicht hat, kriegte unfreiwillig Besuch: Ralf steckte mit seinem Fuß mitten im Gesicht von Klaus Schütz fest und musste von seinen jubelnden Mitschülern befreit werden. Der Schaffner schrie ihm hinterher: „Dett jeschieht dir Recht, bei mir fährste nich mehr mit, Freundchen!"

Das Loch im Kopf des Bürgermeisterkandidaten hat keine negativen Auswirkungen auf das Wahlergebnis, Klaus Schütz gewinnt auch mit Loch im Kopf haushoch die Wahl. Friedels Vater sagt: „Es ist egal, wen die SPD aufstellt, die werden alle Bürgermeister!" Aber die Absprünge aus den Bussen scheinen sich herumgesprochen zu haben. Seit einiger Zeit lässt die BVG, die Berliner Verkehrsgesellschaft, immer mehr Busse mit verschließbaren Hecktüren auf der Linie Zwölf fahren. Das macht natürlich überhaupt keinen Spaß mehr. Umso mehr muss man jetzt die wenigen genießen, die hinten noch offen sind. Ein Busfahrer fährt einmal aus Jux dreimal um den Kreisverkehr am Ludolfinger Platz mit der johlenden Meute hinten am offenen Ausgang, bis er endlich in die Straße einbiegt, in der die Schule liegt. Als die Schüler in die Klasse gerannt kommen und erzählen, sie wären zu spät, weil der Busfahrer immer wieder um den Kreisverkehr gefahren ist, muss selbst die strenge Mathelehrerin schmunzeln.

Kuchenkrümel

Eines Tages in den Herbstferien trifft Friedel beim Einkaufen im Supermarkt an der Gotthardstraße Thomas. Thomas kommt strahlend auf ihn zu und sagt: „Hallo Friedel! Es gibt Neuigkeiten! Meine Eltern erlauben mir, dass ich auch nach Frohnau auf die Schule darf!"

„Das ist ja super! Wie hast du das geschafft?"

„Ick hab so lange rumjenölt, und außerdem war die Klassenfahrt so schrecklich, und überhaupt, ob se denn nicht wollten, dass ihr Sohn auf eine gute Schule jeht und immer so weiter."

„Und dann haben sie's eingesehen?"

„Als mein großer Bruder ihnen och noch in't Jewissen jeredet hat, und meene Tante aus Monaco jesacht hat, sie würde jerne det Schuljeld bezahlen, damit aus dem Jungen wat Vernünftijet wird, da sind se schließlich schwach jeworden!"

„Na Glückwunsch, mein Lieber! Da können wir ja nächsten Montag direkt zusammen los zum Bus! Ich zeig dir alles, was du wissen musst."

„Super. Ick hol dich ab. Sieben Uhr?"

„Zu früh! Ick nehme immer den roten Zwölfer. Zehn nach sieben reicht!"

„Okay, aber sei fertig, ick hab keene Lust zum Bus zu rennen."

Friedel guckt seinen alten Kumpel grinsend an: „Wie kommste denn auf sowas?"

„Na ick meene ja bloß, falls de noch so bist wie früher, wo de immer Zahnpasta am Mund hattest, wenn ick jeklingelt hab!"

Am ersten Schultag nach den Herbstferien steht Thomas vor Friedels Haustür, frisch gestriegelt und geschniegelt, so wie immer. Friedel ist natürlich noch nicht ganz fertig, muss noch eben die Treppe rauf flitzen, um die Schultasche zu holen, ach ja, die Zeugnismappe, wo ist die eigentlich, heute müssen ja die Unterschriften gezeigt werden. „Mutti, weißt du, wo meine Zeugnisse sind?" - „Im Wohnzimmer, auf dem Radio! Und vergiss nicht deine Stullen, die liegen im Flur!" Also noch schnell runter ins Wohnzimmer, Zeugnisse eingesteckt, beim Raufrennen über die offenen Schnürsenkel gestolpert, auf die Treppe gesetzt, Schuhe zugebunden, Stullen eingepackt, Jacke übergeworfen. „Tschöhö!"

„Tschüß, Friedel, guten Start! Und vergiss nicht, deine Jacke zuzumachen, es ist kalt heute!"

„Jaha!"

Rumms, die Haustür ist zu. Thomas grinst: „Holla, det jing ja richtig flott heute! Du bist schneller jeworden, würd ick sagen!"

Er haut ihm auf die Schulter: „Na denn wolln wa ma." Sie gehen nebeneinander die Gotthardstraße hinunter zur Aroser Allee. Thomas mustert Friedel. „Du hast übrijens Zahnpastaflecken am Mundwinkel!"

„Hab ich extra gemacht, für dich!"

Im roten Zwölfer ist tatsächlich die erste Reihe frei und Thomas lässt sich schnell von Friedels Begeisterung anstecken. Friedel hat in den vergangenen Tagen öfter darüber nachgedacht, ob er sich immer noch so gut mit Thomas verstehen würde wie früher. Er hat schließlich ein halbes Jahr nichts mehr mit ihm zu tun gehabt, dadurch, dass sie in verschiedene Schulen gingen. Friedel hat das Gefühl, er ist in diesem halben Jahr ein anderer geworden, er kann nicht genau sagen wie, aber es fühlt sich gut an. Es ist ein seltsames Gefühl, wenn man sich eine ganz neue Welt aufgebaut hat dort in Frohnau, viele neue Leute kennengelernt hat, und plötzlich kommt da jemand aus dem früheren Leben und passt da vielleicht gar nicht so gut hinein? Wie wird das wohl werden mit

Thomas? Ist er für ihn verantwortlich? Nein, er kann ihm Starthilfe geben, aber klarkommen muss er selbst.

Im Bus fühlt sich alles prima an, altvertraut, auch wenn der weiße Zwölfer heute nicht eingeholt wird, macht es Spaß, da oben mitzulenken und zu kommentieren. In Wittenau steigen Ralf und Uli mit ihrem Pony Ingrid ein, die heute zum Glück nicht wiehert. Friedel winkt ihnen zu und macht sie mit Thomas bekannt. Finchen ist nicht im Roten, die fährt mit dem Weißen. Aber Thomas wird sie später noch sehr gut kennen lernen. Am Zeltinger Platz steigen sie aus und laufen quer über den Platz zur Konditorei Herrmann. Hier stellt Friedel seine neueste Entdeckung vor. Sie gehen um das Café herum nach hinten zur offenen Tür der Backstube, aus der Dampfwolken herausquellen. Friedel kennt den dicken, rotbackigen Gesellen mit der weißen Schürze schon, sagt aber trotzdem seinen Spruch auf: „Haben Sie Kuchenkrümel?"

Der lacht: „Heute zu zweit, wa?" und verschwindet in der Backstube, um dort die Ränder von den noch warmen Blechkuchen abzuschneiden und in zwei Papiertüten zu füllen. „Hier habta wat zu prepeln, Jungs!"

Friedel bedankt sich höflich: „Vielen Dank auch, bis morgen!"

Thomas macht große Augen, als er eine Bäckertüte in die Hand gedrückt bekommt und fragt: „Müssen wa nischt bezahlen?"

Friedel lacht: „Nee, die sind umsonst, Kuchenkrümel eben! Einmal probieren, sind noch ganz warm. Und dann müssen wir rennen!"

Thomas macht: „Mmmh!" und ist begeistert, zusammen laufen sie über die S-Bahnbrücke zum Kreisverkehr, und biegen dort in die Straße zur Schule ein. Als sie in der Klasse ankommen, klingelt es gerade. „Puuh, das war knapp!" sagt Thomas. Ralf winkt ihn zu sich, weil bei ihm am Tisch ein Platz frei ist. Friedel setzt sich neben Christel und hat das Gefühl, als wäre seine Aufgabe, Thomas Starthilfe zu geben, hiermit abgeschlossen. Sie fragt: „Wer ist das denn?"

Friedel kann nur ganz knapp „Thomas!" antworten, denn gerade betritt Frau Wendt, die Mathelehrerin, die Klasse.

Alle springen auf. In diesem Augenblick kommt Finchen hereingestürmt, knallrot im Gesicht. Alle erwarten den Anschiss des Jahres, aber Frau Wendt sagt nur: „Geh schnell zu deinem Platz, Finchen, damit wir anfangen können. Ach, da sitzt ja schon jemand!"

Sie schaut Thomas an, der stellt sich vor. „Bleib ruhig da sitzen, Thomas! Finchen, du setzt dich nach hinten an den freien Tisch! Guten Morgen!"

„GU-TEN MOR-GEN FRAU WENDT!" antwortet die Klasse im Chor.

„Setzt euch! Ralf, die Hausaufgaben!"

Ralf stottert die Lösungen der Hausaufgaben herunter, wird einmal unterbrochen, weil er falsch gerechnet hat. Das dauert ziemlich lange. Christel flüstert: „Thomas – kennst du den?"

„Ja! Mit dem bin ich früher zusammen zur Grundschule gegangen!"

Komisch, warum sagt er nicht „mein Freund", er ist doch sein Freund, oder?

Christel fragt weiter: „Dein Freund?" Friedel nickt.

Frau Wendt räuspert sich. Das heißt: *Ich habe genau gehört, dass da irgendjemand flüstert! Das hört jetzt sofort auf - oder*

Gnade Gott dem, der es wagt ... Aber Christel lässt sich nicht so schnell einschüchtern. Als Ralf die restlichen Ergebnisse herunter stottert, fragt sie leise: „Fahrt ihr zusammen im Bus?"

Friedel macht: „Mmh mmh!"

In diesem Augenblick fährt Frau Wendt herum, fixiert Christel mit ihren stechenden Augen und sagt ganz leise, aber mit diesem speziellen, schneidenden Tonfall: „Christel, steh auf!"

Christel erhebt sich, versucht ein schräges Lächeln, ihr Gesicht leuchtet wie eine reife Tomate: „Ja, bitte?"

„Wiederhole doch noch einmal das letzte Ergebnis!"

„Das kann ich leider nicht, ich bin gerade nicht mitgekommen!"

„Das ist auch kein Wunder, wenn du dich fortwährend mit deinem Nachbarn unterhältst, während die Ergebnisse verglichen werden!"

Christels Gesicht ist jetzt so rot, dass man den Eindruck hat, sie beleuchtet den Klassenraum.

Friedel meldet sich.

„Ja bitte?"

„Frau Wendt, Entschuldigung bitte, ich bin schuld, ich habe geflüstert! Lassen Sie mich bitte stehen!"

Ein Raunen geht durch die Klasse. Ralf grinst, Thomas weiß gar nicht, was hier los ist und schaut völlig verwirrt, Uli streckt den Daumen in die Luft, als wollte sie Friedel zeigen: *Respekt! Hätte ich dir gar nicht zugetraut!* Ein paar Mädchen kichern und flüstern sich zu: „Der Friedel ist in die Christel verliebt!" Frau Wendt steht wie angewurzelt in der Klasse. Die Situation droht ihrer Kontrolle zu entgleiten. Sie räuspert sich noch einmal, um die Aufmerksamkeit wieder auf sich zu ziehen und sagt dann: „Da habt ihr wohl beide geflüstert da hinten. Das hört jetzt sofort auf, habt ihr mich verstanden?"

Christel und Friedel nicken eifrig.

„Christel, setz dich wieder hin!"

Puh, das ging gerade noch einmal gut! Christel sagt jetzt gar nichts mehr, guckt aber Friedel so an, dass der von ihrer Infrarot-Strahlung angesteckt wird. Er hat das Gefühl, die ganze Klasse beobachtet sie beide aus den Augenwinkeln. Das ist ihm unangenehm. Er vertieft sich völlig in sein Mathebuch und versucht, sich ganz auf die Aufgaben zu konzentrieren und nicht mehr hoch zu gucken. In der Pause will er in Ruhe seine Kuchenkrümel genießen, wird aber sofort umringt von gackernden Mädchen, die ihn fragen, wie lange das denn schon geht mit ihm und Christel, sie hätten ja gar nichts geahnt davon. Christel hat sich in die hinterste Ecke des Schulhofs verkrochen, um diesem dummen Geschwätz zu entgehen. Uli schiebt die Mädchen weg und sagt: „Fand ich gut von dir, Friedel!"

Daraufhin gibt es neue Kommentare aus der zweiten Reihe: „Oh, da hat er gleich zwei Freundinnen, na, wenn das mal gut geht!"

Friedel sagt: „Ihr seid doch bescheuert! Das hat doch nix mit verliebt zu tun! Das ist doch ganz normal, dass man die Klappe aufmacht, um zu sagen, was Sache ist, ihr blöden Gänse!"

Die blöden Gänse tun entrüstet und haben schnell etwas anderes gefunden: „Guck mal, er wird ganz rot! Fast so rot wie die arme Christel vorhin, als er ihr die Liebeserklärung gemacht hat!"

Friedel wird jetzt wirklich puterrot. Wie kommt er hier bloß wieder raus? Wo ist eigentlich Thomas? Da

plötzlich kommt Bewegung in die ganze Schulhofmeute. Das kann nur bedeuten: Irgendwo ist gerade eine Klopperei im Gange und alle rennen hin, um zuzugucken.
Friedel kann gar nichts sehen, so dicht ist der Ring von johlenden und schreienden Schülern in der Ecke des Schulhofs. Ein Sechstklässler informiert ihn: „Der Neue kloppt sich mit 'nem Mädchen! Dett muss ja 'ne Pfeife sein!"

Friedel schwant Schlimmes. Frau Will, die Aufsicht hat, bahnt sich einen Weg durch die Zuschauer. Kurze Zeit später kommt sie mit Thomas und Finchen wieder heraus, die sie fast vor sich herschiebt. Beide sehen dreckig aus, haben Laubreste an der Kleidung und Erde im Gesicht, Thomas hat seine Brille in der Hand und stolpert halb blind über den Schulhof. Finchen schaut triumphierend in die Runde und bekommt vereinzelt Beifall für ihren Abgang. Friedel versucht ihnen zu folgen, wird aber von der Aufsicht an der Tür gestoppt: „Der muss sich jetzt erst einmal waschen und sortieren, lass ihn mal."

Nach der Pause sitzt Finchen wieder vorne neben Ralf, sieht arg ramponiert aus, ist aber anscheinend bester Dinge. Thomas bleibt verschwunden. Frau Will informiert sie, dass Thomas abgeholt wurde, weil er ohne Brille nichts mehr sehen könne. Sie spricht mit ihnen über den Vorfall und versucht herauszubekommen, was denn eigentlich passiert ist. Friedel merkt schnell, dass die Darstellung sehr einseitig wird. Finchen stellt sich als unschuldiges Opfer dar, das von Thomas angegriffen wurde und wird von einigen Mitschülern dabei unterstützt, die die Stimmung anheizen mit Sprüchen wie: „Man schlägt doch keine Mädchen!" und „Gerade erst neu in der Klasse und schon die erste Schlägerei!" Als Frau Will fragt, wer denn nun dabei gewesen ist, als der Streit angefangen hat, stellt sich heraus, dass alle erst später dazu gekommen sind, als Finchen und Thomas sich schon im Herbstlaub wälzten.

Friedel meldet sich und sagt: „Ich kenne Thomas sehr gut, ich bin vier Jahre mit ihm zur Grundschule gegangen. Er hat sich schon mal gekloppt, eher selten, aber nie mit einem Mädchen. Das passt überhaupt nicht zu ihm. Ich kann mir nicht vorstellen, dass er einfach so auf ein Mädchen losgegangen ist."

Frau Will guckt herüber zu Finchen und fragt sie: „Hast du den Streit angefangen, Finchen? Was hast du zu ihm gesagt? Überleg bitte noch mal gut!"

Finchen fühlt sich in die Enge getrieben und sagt gar nichts mehr. Frau Will hakt nach: „Frau Wendt erzählte mir, du seist heute Morgen zu spät gekommen, und der Neue hätte auf deinem Platz gesessen. War das der Grund, worüber ihr gestritten habt?"

Finchen presst trotzig die Lippen aufeinander und schüttelt vehement den Kopf. Aber man kann spüren, dass die Klassenlehrerin der Wahrheit auf der Spur ist. Das Thema wird erst einmal vertagt, Frau Will möchte zunächst hören, wie Thomas den Vorfall schildert.

Auf dem Weg vom Bus nach Hause geht Friedel bei Thomas vorbei und klingelt. Die Mutter öffnet und möchte von ihm wissen, was denn da eigentlich passiert sei, aber Friedel hat ja nichts gesehen. Thomas sieht ganz verändert aus ohne Brille, er hat ein paar Schrammen an der Nase. Friedel erzählt ihm lieber nichts von dem Gespräch in der Klasse, damit er sich nicht aufregt.

„Was ist denn eigentlich los gewesen auf dem Schulhof? Erzähl doch mal!"

„Also ick stehe da und futter gemütlich meine Kuchenkrümel aus der Tüte, da kommt diese Irre wie eine Furie auf mich zujeschossen und ballert mir ohne Vorwarnung direkt eine ins Jesicht, dat mir die Brille in den Dreck fliegt!"

„Ihr habt nicht gestritten?"

„Na jetze natürlich! Ick sage: *Bist du bescheuert oder sowat?* und suche meine Brille im Laub, finde se aber nich. Sie sagt: *Was sagst du zu mir, du Spast?* und tritt mir in den Hintern, dass ich beinahe hinfliege. Jetzt wird et mir zu bunt und ick nehme sie in' Schwitzkasten und sag, sie soll aufhören mit dem Scheiß, sonst würde ick ihr eene verpassen, aber richtig. Sie sagt: *Trauste dir ja sowieso nich, 'n Meechen zu schlagen!* Und ich sage: *Und ob ick mir det traue, wenn de's nich anders willst* und schon liegen wir im Laub und wälzen uns hin und her und ick denke noch: *Is janz schön stark, die Braut!* Na und dabei müssen wir irgendwie die Brille kaputt jemacht haben, am Schluss hab ick se jefunden, in zwei Hälften, als Frau Will kam."

„Und du weißt wirklich nicht, warum die auf dich losgegangen ist?"

„Keene Ahnung. Ick kenn die doch überhaupt nich! Die hatte 'nen schlechten Tag oder sowat. Oder is die immer so?"

„Nee, sie schlägt schon mal zu, aber so hab ich sie jedenfalls noch nicht erlebt. Kommst du denn morgen wieder?"

„Na meenste, ick loofe jetze wieder zur alten Schule und sage: *Bitte nehmt mich wieder zurück, die wollen mich da nich?*"

„Nee, ich meine wegen der Brille!"

„Ick war vorhin schon mit Muttern beim Optiker und habe ne Ersatzbrille jekriecht, bis meene wieder heil is! Kiek ma!"

Thomas holt eine schwarze Brille hervor und setzt sie auf. „Na, wie seh ick aus?"

„Stark! Die solltest du behalten! Die steht dir richtig gut, besser als die goldene!"

„Na, ick weeß nich. Ick hab ma so an die andere jewöhnt, weeßte?"

„Auf jeden Fall brauchst du dich damit nicht zu verstecken morgen. Sieht auf jeden Fall besser aus als mein blödes Kassengestell. Da könnte doch mal einer drauftreten!"

Thomas lacht: „Soll ick?"

„Nee, lieber nich! Wie haben dir eigentlich die Kuchenkrümel geschmeckt?"

„Genial!"

„Morgen wieder?"

„Klar doch!"

Fasching

In den nächsten Wochen beruhigt sich die Lage wieder in der Klasse. Thomas hatte leider einen sehr unglücklichen Start erwischt. Obwohl die Sache auf dem Schulhof aufgeklärt wurde, eilt ihm der Ruf des

Schlägers voraus, der sich sogar mit Mädchen prügelt. Und Finchen stichelt, wo sie nur kann, und rächt sich dafür, dass er ihre Version der Geschichte als unschuldiges Opfer kaputt gemacht hat. Thomas kontert, sie sei ja bloß so sauer, weil die Schokoladenfabrik ihres Vaters im Wedding gerade pleite machen würde. Damit kann er sie richtig hochbringen. Aber es bleibt jetzt bei Streitereien mit Worten. Friedel findet es blöd, dass der Streit immer wieder losgeht. Er hasst Streit, er unterstützt natürlich seinen Freund, aber er findet Finchen gar nicht so doof wie Thomas. Neulich hat er sich im Bus sogar mit ihr unterhalten – als Thomas nicht dabei war, natürlich.

Im Laufe der nächsten Wochen und Monate entwickelt es sich so, dass Friedel und Thomas zwar nach wie vor gemeinsam zur Schule und nach Hause fahren, aber in der Schule hat jeder seine eigenen Kumpel und bevorzugten Gesprächspartner. Friedel freundet sich mit Titus und Johannes an, die in der Klasse öfter den Ton angeben, und unterhält sich sehr gerne mit Christel und Uli. Thomas findet Uli total nervig. Sie kann ziemlich aufdrehen und laut sein, okay - aber eigentlich ist sie prima, findet Friedel. Überhaupt hat Thomas nach seinem Schockerlebnis mit Finchen mit Mädchen überhaupt nichts mehr im Sinn, er findet sie alle blöd.

„Als wat jehste denn zur Faschingsparty, Friedel?"
„Als Mädchen!"
„Du spinnst! Sag ma ehrlich, jetze!"
„Glaubste nicht? Warte mal ab!"
„Also ick werde wieder Ritter! Die Klamotten passen mir noch von letztet Jahr!"
„Na denn, viel Spaß!"

Seit Tagen schon hängt Friedel dauernd im Zimmer seiner großen Schwester Bea. Sie hat eine tolle grüne Perücke von einer Schulaufführung, Friedel hat sie aufprobiert, und beide haben beschlossen, dass Friedel dieses Jahr unbedingt Nixe werden muss. Seitdem schneidert sie an seinem Nixenkostüm, vernäht bunte Fische, testet an ihrem kleinen Bruder verschiedene Make-ups aus, übt mit ihm, wie man mit Frauenschuhen laufen muss und wie man sich bewegt als Dame. Friedel hat keinem bisher etwas verraten, auch die Eltern wissen nicht, was er vorhat. Am Faschingsdienstag dann wird er in stundenlanger Feinarbeit perfekt zurechtgemacht und stolziert als Nixe im grünen Hängerchen und weißer Strumpfhose zur Bushaltestelle, wo schon Thomas, der Ritter, wartet. Der kapiert erst überhaupt nicht, wer sich da zu ihm stellt. Erst als Friedel zu ihm mit tiefer Stimme sagt: „Na Süßer, wie wär's denn mit uns beiden?", fällt endlich der Groschen.

„Det jibt et doch wohl nich! Friedel! Det is ja wohl der absolute Hammer! Ick habe jedacht, wat kommt da denn für 'ne scharfe Braut!"

„Ick dachte, du interessierst dich gar nicht mehr für uns Mädels!"

Im Bus erkennt ihn keiner. Er findet die Vorstellung reizvoll, unerkannt zu sein und geht in seiner Mädchenrolle ganz auf. Eigentlich ist er ja ein bisschen schüchtern und kein Show-Mensch, aber in dieser Verkleidung fällt es ihm leicht, jemand anderes zu sein. Ein älterer Junge pfeift ihm sogar hinterher, als er an der Schule aussteigt. Im geschmückten Klassenraum, in dem die Party steigt, gibt es ein Riesenhallo, als dort die fremde Nixe auftaucht. Alle rätseln, wer das ist, selbst

Frau Will erkennt ihn nicht sofort. Sie überlegen angestrengt, welches Mädchen sich da als Nixe verkleidet hat. Da plötzlich stürzt Uli auf ihn zu, auch sehr schick, mit goldener Perücke, und schreit: „FRIEDEL!" Jetzt fällt es allen wie Schuppen von den Augen, sie drängen sich um ihn herum, zupfen hier und da, schauen ihm ins Gesicht, ob er's wirklich ist, lachen. Die Mädchen weichen gar nicht mehr von seiner Seite, finden ihn süß, wollen wissen, wer ihn denn so toll geschminkt und zurecht gemacht hat. Friedel genießt es, einmal so im Mittelpunkt zu stehen.

Die Jungs sind erst etwas verunsichert, dass sich ein Junge nicht als Cowboy, Mexikaner oder Pirat verkleidet, und fragen ihn, wie er sich denn als Mädchen fühle. Sie finden beeindruckend, dass er sich so etwas traut, bei einigen schwingt auch etwas Neid mit, denn er stiehlt natürlich den Cowboys, Mexikanern und Piraten die Show. Darüber ist besonders Johannes irritiert, der sich wirklich stark zurechtgemacht hat, als Hippie, mit langer Zottelmähne und Pfeife im Mund. Plötzlich fühlt er sich etwas an den Rand gedrängt.

Während der ganzen Party, ob beim Essen, bei den Gesellschaftsspielen oder beim Tanzen, befindet sich Friedel immer in der Mitte eines Pulks, bis Uli schließlich die anderen beiseiteschiebt und sagt: „Die Friedoline ist heute meine! Wir beiden sind nämlich Schwestern! Das sieht man an unseren Perücken!" Dann schleppt sie Friedel auf die Tanzfläche und tanzt mit ihm. Wild und ausgelassen. Ab und zu kommt Hippie Johannes und will die schöne Nixe oder wahlweise auch die schöne Uli entführen, aber Uli lässt die Nixe nicht weg. Auch beim Apfelsinentanz und Schokoladenessen mit Handschuhen, Messer und Gabel sind die beiden unzertrennlich. Am Abend kehrt Friedel mit verwischtem Make-up, verwuschelter Perücke und arg strapazierter Strumpfhose vollkommen erschöpft, aber glücklich nach Hause zurück.

Friedel hat seit der Faschingsfete so ein Kribbeln im Bauch, wenn Uli ihn anspricht. So ähnlich scheint es Johannes und Titus schon länger zu gehen, sie haben auch entdeckt, dass Uli gar nicht so schlecht aussieht mit ihrer langen, blonden Mähne, ein bisschen dünn vielleicht, aber dafür ziemlich keck und überhaupt nicht schüchtern. Johannes ist der erste in der Klasse, der schon lange Haare tragen darf, er ist immer für einen flotten Spruch zu haben und gibt manchmal ganz schön an. Jedenfalls, wenn er im Rampenlicht steht. Privat ist er eigentlich ein netter Kerl, Friedel war ein paar Mal bei ihm zu Hause, da haben sie Musik gehört und Tonbänder aufgenommen. Wenn Friedel ihn auf Uli anspricht, wiegelt er immer ab: „Uli? Da läuft gar nix! Die ist mir viel zu dünn. Haste mal die Mädels in der siebten Klasse gesehen? Das sind Bräute, sag ich dir!"

Trotzdem weiß Friedel, dass Uli wochenlang mit Johannes und Titus durch die Gegend zog und die drei dabei einen ziemlichen Wirbel veranstalteten. In der Klasse wechseln wöchentlich die Gerüchte, ob Uli jetzt gerade mit Johannes oder mit Titus zusammen ist. Als Friedel einmal Titus besucht, fragt er ihn danach. „Du meinst, ob da irgendwas Ernstes passiert zwischen uns?" Titus lacht. „Nee du, da ist gar nix. Mit Uli kann man richtig gut Scheiß bauen und alle möglichen Abenteuer erleben, sie hat immer tolle Ideen, was man so machen kann. Aber sonst ist da nichts. Auch wenn die Idioten in der Klasse immer so tun, als ob wir wer weiß was machen würden. Kannste komplett vergessen. Alles ganz harmlos!"

Titus ist ruhiger als Johannes, er hat so eine Art Beatles-Topfschnitt, und Friedel mag ihn sehr gerne. Bei ihm zu Hause in Frohnau lernt er zum ersten Mal Pizza kennen. Titus Mutter hat sie selbst auf dem Backblech gebacken. Friedel kann nicht genug davon bekommen und schwärmt seitdem für Pizza. Er fragt Mutter Anna, ob sie auch mal so was backen kann, aber die hat noch nie Pizza gegessen und weiß nicht, wie man das macht. Oma natürlich auch nicht. Sie versprechen ihm aber, einmal zusammen zum Italiener in der Residenzstraße zu gehen und dort zu probieren.

Als Uli die halbe Klasse zur Geburtstagsfeier zu sich nach Hause einlädt, ist Friedel ein bisschen aufgeregt. Ihr Vater ist Chefarzt, sie wohnen auf dem großen Klinikgelände in Wittenau. Thomas ist auch eingeladen, sie fahren zusammen mit dem Zwölfer dort hin. Es ist alles ganz locker dort, es gibt jede Menge Essen, jede Menge Spaß, Spiele und gute Musik. Am Abend werden alle Gäste von Ulis Papa nach Hause gebracht. Uli sorgt für gute Laune, während die Besucher weggebracht werden. Um die Wartezeit zu verkürzen, machen sie alle möglichen Spiele, erst draußen auf dem weitläufigen Klinikgelände, dann, als es draußen zu dunkel wird, auch drinnen.

Schließlich sind nur noch Johannes, Titus, Thomas und Friedel da. Sie sollen sich schon mal ins Auto setzen, Ulis Papa muss noch eben etwas im Haus erledigen, bevor er sie nach Hause fährt. Uli kommt natürlich mit ins Auto, ist ja klar. Sie hat auch schon eine neue Idee: Sie machen

Ratespiele, und wer richtig geraten hat, darf Uli küssen. Nachdem sich Johannes und Titus jeweils einen Kuss rechtmäßig erworben haben, gewinnt Thomas, der aber anscheinend nicht in Kusslaune ist. Vielleicht hat er auch ein bisschen Angst. Jedenfalls überlässt er seinem Freund Friedel großzügigerweise die Belohnung, so dass Friedel zum ersten Mal in seinem Leben, sozusagen im Auftrag seines Kumpels, ein Mädchen küsst. Aufregend ist es, hinten auf dem Rücksitz des Peugeot, ganz flüchtig nur berühren sich die Lippen, trotzdem kribbelt es überall.

Bei der nächsten Frage kommt die richtige Antwort bei Friedel wie aus der Pistole geschossen, er darf das spannende Erlebnis direkt noch einmal wiederholen, jetzt aber nicht als Stellvertreter, sondern in eigener Sache. Der zweite Kuss ist genau so aufregend wie der erste und Friedel meint, er wäre den Bruchteil einer Sekunde länger. Genau in diesem Moment kommt Ulis Papa zum Auto. Er zögert einen Augenblick, ehe er die Fahrertür öffnet. Hat er etwas gesehen? Wenn ja, lässt er sich nichts anmerken. Er wundert sich darüber, dass es so still ist im Auto. „Schlaft ihr schon?" Da prustet Uli los und kriegt sich überhaupt nicht mehr ein. Auch die Jungs glucksen und kichern jetzt bei jeder Andeutung oder noch so harmlosen Bemerkung. Der Vater schüttelt den Kopf und murmelt so etwas wie „Verrückte Bande!" vor sich hin. Er ist gut gelaunt und sagt, er freue sich, dass die Stimmung gut sei. Als letztes werden Thomas und Friedel abgesetzt, bevor Uli mit ihrem Papa wieder nach Hause fährt.

Die erste Demo

Amis raus aus Vietnam, Russen raus aus Prag! rufen die Demonstranten und setzen sich in einer Art Laufschritt in Bewegung. Und Friedel ist mit seinem Kumpel Thomas mitten drin! Es ist Herbst 1968, viel ist passiert in den vergangenen Wochen in Berlin und dem Rest der Welt. Friedel ist zum aufmerksamen Zeitungsleser und Radiohörer geworden und hört interessiert zu, wenn sich die Erwachsenen über Politik unterhalten. Die Schah-Demonstrationen, Rudi Dutschke, der Tod von Benno Ohnesorg, all dies hat er verfolgt und sich auch in manche Diskussion eingemischt. Und jetzt sind die Russen in Prag einmarschiert! Da kann man doch nicht einfach zu Hause sitzen bleiben! Er fühlt, dass er etwas machen muss. Er spricht Thomas an, ob er mitkommen will zur Demo am Zoo.

„Eine Demo? Bist du bescheuert? Dett ist doch nischt für Kinder! Watt willste denn da?"

Friedel versucht ihm zu erklären, was in Prag passiert ist. „Demonstranten? Dett sind doch allet Langhaarige und Kommunisten, die sollen nach drüben jehn!"

Friedel erklärt ihm, dass das zwar in der BILD und BZ so steht, aber nicht stimmt. Nicht jeder Student ist Kommunist, und auch bei denen gibt es solche und solche. „Aber da in Prag sind doch auch Kommunisten!"

„Na das sage ich ja. Es gibt solche und solche. In Prag fahren die einen Kommunisten gerade mit Panzern die anderen platt, weil die selbst bestimmen wollen, was in ihrem Land passiert."

„Lasse doch. Da können wir doch nischt machen von hier."

„Doch. Wenn wir das zulassen, marschieren die hier bei uns auch ein in Berlin."

„Die sind doch schon da, die Russen."

„Na eben. Kommste nun mit?"

„Ick frag mal, ob ick darf."

„Vergiss es. Wenn du sagst, dass du zur Demo willst, darfst du sowieso nicht mit. Sag doch, du willst mit mir zum Europa-Center!"

So wird es gemacht. Thomas' Mutter hat Vertrauen zu Friedel, er kommt schließlich aus einer Pfarrersfamilie, warum soll sie da ihrem Sohn nicht erlauben, mit ihm einen Ausflug in die Stadt zu machen? Thomas ist schnieke zurechtgemacht wie immer, weißes Hemd und rotes Wams, wie aus dem Ei gepellt, Haare gescheitelt. Friedel trägt seine neueste Errungenschaft: Den olivgrünen Parka aus dem US-Army-Shop, Second Hand natürlich. Er hat zu Hause gar nichts erzählt und meint, es falle gar nicht auf, ob einer mehr oder weniger da sei. Mutter Anna ist im Moment mit dem neuen Baby beschäftigt, dem kleinen Steffen, und mit der zweijährigen Nelli, die eifersüchtig darüber wacht, dass ihre Mutter sich auch noch mit ihr beschäftigt. Da hat Mutter Anna zwangsläufig die vier größeren Geschwister nicht immer so im Blick.

Nun befinden sie sich also mitten im Pulk der Erwachsenen. Es dauert eine ganze Weile, bis sich das Menschenknäuel mit den vielen langhaarigen, vollbärtigen Plakat-, Pulli- und Parkaträgern, endlich in Bewegung setzt. Alle sind mindestens einen Kopf größer als sie. Friedels Herz klopft stark, als er am Straßenrand jede Menge Polizisten mit Plastikschilden sieht. Jetzt bekommt die große Masse eine Form und eine Ausrichtung, auch der Schritt gleicht sich an, ein gemäßigter Laufschritt. Friedel kommt sich etwas verloren vor in dieser Masse von Erwachsenen. Ein bärtiger Riese neben ihnen hält ein Bild von Che Guevara in die Höhe, rot und weiß. In der Reihe hinter ihnen wird von mehreren Demonstranten ein großes Spruchband aus durchlöchertem Stoff getragen. „Warum sind denn da Löcher drin?" „Damit der Wind da durchwehen kann, sonst wird man weggeweht!"

A-mis raus aus Vi-et-nam, Rus-sen raus aus Prag! rufen die Demonstranten jetzt in einer Art rhythmischen Sprechgesang. Friedel wundert sich. *Amis raus aus Vietnam?* Was haben die Amis damit zu tun? Der Anlass für diese Demo ist doch der russische Überfall auf Prag, das Ende des Prager Frühlings. Deshalb ist er hier. Und nun also *Amis raus aus Vietnam?* Das ist doch eine andere Baustelle. Friedel fragt den Che Guevara neben sich. „Dett musste dialektisch sehen, dett jehört zusammen, Kleener!" Ach so ist das also! Friedel findet nicht, dass das zusammengehört, lässt einfach den Anfang immer weg und ruft nur: „Russen raus aus Prag!"

Der zweite Sprechchor: *Bürger lasst das Gaffen sein, kommt herunter, reiht euch ein!* gefällt ihm viel besser, das macht richtig Spaß und hebt das Selbstbewusstsein, als kleiner Knirps den Erwachsenen am Straßenrand und in den Fenstern der Wohnungen so etwas zuzurufen. Klar werden sie auch angegafft, wie sie da so mit den Großen mitmarschieren. Aber die Ängstlichkeit verschwindet langsam aus ihren Stimmen, am Anfang klangen sie noch wie piepsende Kinder, jetzt schon wie Jugendliche, findet Friedel. Ein älterer Mann steht kopfschüttelnd am

Straßenrand und fragt: „Jungs, wie alt seid ihr eigentlich? Wisst ihr überhaupt, was ihr da tut?"

Friedel nickt nur und geht schnell weiter. Ja wissen sie das wirklich? Sind sie wirklich schon reif für diese Veranstaltung hier?

Friedel hat besonders bei der Großmutter in Lichterfelde viele Diskussionen mitbekommen. Seine jüngste Tante, Carola, studiert an der Freien Universität in Dahlem und lässt keine Gelegenheit aus, ihre Mutter zu provozieren. *Scheiße*, ein Wort, das man nicht ungestraft verwenden darf, kommt bei ihr in jedem zweiten Satz vor. Und dass sie ihre Mutter *Alte* nennt, ist wirklich ungeheuerlich. Wenn Friedel seine Großmutter besucht, ist her hin- und hergerissen zwischen Mitleid und Bewunderung. Mitleid mit seiner Großmutter, die er sehr mag, und die oft gar nicht weiß, was sie ihrer jüngsten Tochter entgegnen soll, wenn die so richtig loslegt. Wenn es aber nicht gegen Großmutter geht, sondern Carola zum Beispiel nur laut rülpsend die Treppe herunterkommt, Friedel gespielt entrüstet anschaut und mahnend sagt: „Aber Friedel!" und ihm dabei zuzwinkert, dann findet Friedel seine freche Tante ganz große Klasse.

Diskutiert wird im kleinen Reihenhäuschen der Großmutter in Lichterfelde meistens lautstark. Carola, als Studentin aktiv gegen Spießertum, Doppelmoral und Springerpresse, wird verhalten bis offen unterstützt von den meisten ihrer älteren Geschwister, Friedels Tanten und Onkel. Die sind zwar schon im Berufsalltag angekommen und finden Carolas Ton oft zu frech und übertrieben, aber eigentlich scheinen sie ganz froh darüber zu sein, dass die Studenten die Dinge beim Namen nennen und regen sich, wenn auch mit anderen Worten, über die offensichtlichen Lügen der BILD-Zeitung und die Hetzkampagne gegen Rudi Dutschke und die Studenten auf. Der Schah von Persien, die Berliner Polizei, Springer, die Pressefreiheit – das sind die Themen, über die in Lichterfelde hitzig gestritten wird.

Dabei hat Friedel dann wieder Mitleid mit seiner Großmutter. Die steht mit ihrer Meinung meistens alleine ihren Kindern gegenüber und schüttelt irgendwann den Kopf und sagt: „Das wird nicht gut enden, so kann es doch nicht weitergehen!" Sie kommt aus einer pommerschen Pfarrersfamilie, hat dort am Ende des Krieges von einem Tag auf den anderen alles zurücklassen müssen, und hat ihre große Familie im Flüchtlingstreck bis nach Berlin geführt. Dort haben sie noch einmal bei Null angefangen. Mit großem Geschick, Sparsamkeit und Arbeit von morgens früh bis spätabends hat sie ihren Mann und ihre acht Kinder heil über die Runden gebracht. Die gewaltsame Vertreibung bei Nacht und Nebel aus dem pommerschen Hafenstädtchen ist und bleibt für sie ein Unrecht. Dies betont sie bei jeder sich bietenden Gelegenheit.

Die Gräuel, Vertreibungen und Vergewaltigungen dürfen nicht vergessen werden. Es sind *die Russen* und vor allem *die Polen,* die ihnen das angetan haben. Natürlich weiß sie, dass es auch andere Russen und Polen gibt, doch die Wunde heilt nicht. Berlin ist für sie keine Heimat, obwohl sie ja schon seit über zwanzig Jahren dort wohnt. Ihre eigentliche Heimat ist in Pommern an der Ostsee, da können ihre Kinder noch so oft sagen: „Das ist verloren, Mutter!" und „Das haben sich die Deutschen selbst zuzuschreiben!"

Die Trauer bleibt. Sie sympathisiert natürlich mit den Vertriebenenverbänden und der Partei mit dem großen „C", die diese Verbände aktiv unterstützt. Manchmal fragt Großmutter: „Friedel, du wählst doch später mal die richtige Partei, nicht?"

Friedel nickt dann unbestimmt. Sein Herz schlägt für seine Großmutter, die er liebt und verehrt, aber sein kleiner Kopf sagt: Nein, politisch stehen wir nicht auf der gleichen Seite!

Friedel hat keine Ahnung, was seine Tanten mit „revanchistisch" meinen und findet deren Kritik an der Haltung seiner Großmutter oft überzogen und ungerecht. Es ist nicht seine Haltung, aber er spürt, dass sie Gründe für ihre Haltung hat und auch ein Recht, eine andere Meinung zu haben als ihre Kinder. Es kommt ihm so vor, als würde man einem alten Baum vorwerfen, dass er so knorzig und verästelt wäre, dass er zu viel Schatten werfen würde. Vieles versteht Friedel auch noch nicht so richtig, er will einfach nicht, dass jemand seine Großmutter angreift und sie traurig oder ratlos macht.

Trotzdem wird mit der Zeit für Friedel immer klarer: Der Feind steht rechts, das Gute kommt von links. Und solche Worte wie „Vaterland", „Heimat" oder auch „Deutschland", die sagt man nicht, die denkt man nicht, und die empfindet man auch nicht. Man sagt „BRD" oder „Bundesrepublik" - und das andere Deutschland ist natürlich nicht die „Ostzone", wie die BILD und BZ und die anderen Springer-Zeitungen schreiben, sondern die „DDR". Da kommt diese Geschichte mit den Russen in Prag jetzt ganz verquer daher: Links kämpft gegen Links, Sozialisten gegen Kommunisten? Der Feind kommt von der falschen Seite. Rufen die Demonstranten deshalb: *Amis raus aus Vietnam, Russen raus aus Prag* – als Ausgleich sozusagen? Damit man nicht vergisst, wo der eigentliche Feind steht, die Amerikaner?

Friedel versucht erst gar nicht, Thomas seine Gedanken mitzuteilen, der ist sowieso nur Friedel zuliebe mitgegangen und weil das Ganze hier ein großes Abenteuer ist, das eigentlich nur den Großen vorbehalten ist und nicht kleinen, zwölfjährigen Knirpsen. Thomas findet das Geschreie, den Laufschritt, dann wieder das Warten und Geschubse irgendwann nicht mehr so toll. Friedel hat immer noch die Stimme des alten Mannes im Ohr: *Jungs, wisst ihr überhaupt, was ihr da tut?* So kommt es ganz gelegen, als Thomas ihn in die Seite knufft und sagt: „Ick hab meener Mutter doch erzählt, wir sind im Europa-Center. Die wird mich nachher löchern, wat wir da so jesehen und jemacht haben. Komm, lass uns hier abhauen und rüber zum Europa-Center, da kann man mit dem Fahrstuhl bis nach oben, dett macht mehr Laune, als hier blöd rumzustehn und kalte Füße zu kriegen!"

Tatsächlich macht die Fahrt in den 21. Stock und wieder runter große Laune. Vorher haben sie sich unten im Europa-Center ein bisschen umgesehen, damit Thomas seiner Mutter zu Hause auch was erzählen kann. Erst sind sie an den vielen bunten Schaufenstern vorbei gebummelt, leider haben sie kein Geld mit, um etwas zu kaufen. Dann haben sie eine ganze Weile auf der Eisbahn in der Mitte zugeguckt, wie die großen Mädels mit den weißen Röcken über die Eisfläche fliegen und ihre Pirouetten drehen. Und dann haben sie sich das größte Vergnügen gegönnt, das man dort umsonst haben kann: Mit dem schnellen Fahrstuhl immer rauf und runter, bis ihnen ganz flau im Magen wird.

Dann plötzlich steigt dieser alte Mann ein, einer von den vielen Berliner Rentnern, die immer nur meckern können. Der hat sie schon vorher einmal am Fahrstuhl gesehen, da ist ihm sofort klar, was die beiden Jungs da machen. Und das kann er natürlich nicht zulassen, logisch, Ordnung muss ja sein. Er ist einer von diesen Hilfs-Sheriffs, immer im Kampf gegen das Böse. Kinder an sich sind schon ein Grund zum Meckern, die Tatsache, dass es überhaupt Kinder gibt, ist schon eine Provokation an sich. Friedel hat schon viele dieser Mecker-Opas kennengelernt. Als ob sie sich rächen wollen an den Jungen, dafür, dass sie keinen Spaß mehr haben am Leben, oder vielleicht auch nie gehabt haben.

Aber dieser hier ist besonders böse. Er brüllt: „Verschwindet, ihr Läusebengels, sonst mach ick euch Beene!" Dabei fallen ihm fast die Glubschaugen aus dem Kopf. Thomas und Friedel gucken sich kurz an und flitzen dann wie der geölte Blitz raus aus dem Fahrstuhl, die Treppe runter, aus dem Europa-Center raus auf die Straße und zur U-Bahnstation. Auf der Heimfahrt mit der U-Bahn fühlen sie sich erschöpft von den vielen Erlebnissen, aber auch stolz. Friedel legt sich zurecht, was er antworten wird, falls zu Hause jemand fragen sollte, wo er gewesen sei: „Auf der Demo, wo denn sonst?" Er ist schon ganz gespannt auf die Reaktion der Eltern, aber als er ins Haus kommt, bemerkt das keiner. Mutter Anna füttert gerade das neue Baby, Nelli steht dabei und nölt ein bisschen. Friedel nimmt sie an der Hand und sagt: „Komm, ich les dir was vor!" Mutter Anna zwinkert ihm dankbar zu.

Aufklärung

Ein neues Fach in der Schule: Sexualkunde! Wie aufregend! Friedel ist sehr gespannt, was ihn erwartet. Mutter Anna ist überzeugt, dass er schon aufgeklärt ist. Damals, kurz nachdem Friedels kleine Schwester Nelli geboren wurde, hatte sie bei ihm mal nachgehakt, ob er da noch Fragen hätte. Friedel hatte ihr ohne zu zögern erklärt: „Das ist wie so'n Gummiband, das dehnt sich dann und Schwupps! Ist das Baby draußen, und dann schließt sich das wieder von selbst!" Mutter Anna war beeindruckt und beruhigt. Sie dachte sich, sieh mal an, der Junge weiß doch schon alles, dem brauchst du gar nichts mehr zu erzählen! Leider ein kolossaler Irrtum! Sicher, Friedel hätte seine Mutter alles fragen können. Er macht es aber nicht, obwohl ihn nicht so sehr die Vorgänge rund um die Geburt, sondern vor allem die Vorgänge, die zum Entstehen eines Kindes führten, immer brennender interessieren.

Im Rahmen des Biologieunterrichts wurde das Thema rund um die Geburt schon einmal in der fünften Klasse abgehandelt. Frau Will zog damals die Vorhänge in der Klasse zu und hängte ein Schaubild an den Kartenständer. Friedel konnte auf dieser Tafel trotz intensiver Suche nichts erkennen, was für ihn von Interesse gewesen wäre. Er verstand überhaupt nicht, was da gezeigt wurde. Das Unterrichtsgespräch mit Frau Will, die puterrot angelaufen war, verlief eher schleppend. Es ging eigentlich nur um die Frage, wie Babys im Bauch wachsen. Das interessierte ihn nicht so besonders, er hatte ja zu Hause zwei kleine, manchmal niedliche, manchmal nervige und plärrende Geschwisterchen, die reichten ihm völlig aus. Er wollte viel lieber wissen, wie „Es" funktionierte und welche der vielen Körperöffnungen für welche Zwecke vorgesehen waren. Das traute er sich aber nicht zu fragen, weil die anderen dann gemerkt hätten, wie ahnungslos er noch war. Und Frau Will, die er ja gut leiden konnte, wäre das bestimmt auch schrecklich peinlich gewesen, das ahnte er. Er wollte sie nicht in zusätzliche Verlegenheit stürzen, deshalb hielt er seine Fragen zurück.

Aber jetzt in der sechsten Klasse hatte sich Frau Will verabschiedet und war auf eine andere Schule gewechselt. Frau Wendt, die Mathelehrerin, übernahm die Klasse in ihr strenges Regiment, und sie bekommen richtigen Sexualkunde-Unterricht bei Frau Budenberg. Frau Budenberg ist schon älter, eine erfahrene Lehrerin. Sie zieht die Vorhänge nicht zu, trennt aber geschickterweise Jungen und Mädchen. Das führt dazu, dass die Jungs sich viel mehr zu fragen trauen, weil sie unter sich sind. Frau Budenberg bleibt tapfer, selbst als Rick aus Wittenau fragt: „Wie onaniert man eigentlich?" Als sie allerdings Ricks Handbewegung sieht, die seine Frage begleitet, ruft sie aufgeregt: „Nein, doch nicht quirlen!"

Damit ist natürlich die Stimmung in der Jungsgruppe auf dem Höhepunkt. Rick, ganz obenauf, hat jetzt noch eine Zusatzfrage: „Wie viel kommt da eigentlich raus?" Die Jungen halten den Atem an. Aber auch das wirft Frau Budenberg nicht um, sie antwortet ganz souverän: „Ungefähr ein Esslöffel voll!" Gut, mit diesen Informationen kann man wenigstens etwas anfangen, anders als mit den blöden biologischen Schaubildern am Kartenständer oder im Biobuch, die bringen für Friedel überhaupt nichts. „Weil du sie nicht blickst, du Hirni!" sagt Thomas zu ihm. Vielleicht hat er Recht. War er so sehr mit Herumalbern und blöden Bemerkungen beschäftigt, dass er dabei wesentliche Dinge verpasst hatte?

Sein Kumpel Thomas ist ihm auf jeden Fall wissensmäßig voraus. Wenn sie beide aus dem Zwölfer aussteigen, gehen sie immer auf der rechten Straßenseite der Gotthardstraße nach Hause. Dort kommt nämlich nach einer Weile der Zeitungskiosk. Hier sind besonders die Titelbilder der Illustrierten interessant: Stern, Praline, Pardon, Neue Revue und andere Hochglanzmagazine zeigen jede Woche etwas mehr von den Geheimnissen des weiblichen Körpers auf ihren Titelseiten. Eine ganz nackte Brust bekommen sie bisher noch nicht zu sehen, aber es fehlt nicht mehr viel. Auch über den weiteren Verlauf des Körpers unterhalb der Bauchnabelzone bekommt man noch keinen genaueren Aufschluss, aber auch hier wird die Tabuzone wöchentlich kleiner, man kann sozusagen dabei zugucken. Thomas und Friedel registrieren die fallenden Pegelstände ganz genau. Es ist aufregend. Sie ahnen: Die letzten weißen Flecken auf der Landkarte des weiblichen Körpers werden verschwinden, es ist bloß eine Frage der Zeit. Es ist wie ein Langzeit-Striptease: Jeden Monat bekommen sie ein bisschen mehr geboten.

Dazu kommen Filmplakate. Die Kolle-Welle ist angelaufen: *Deine Frau, das unbekannte Wesen. Alles, was sie schon immer über Sex wissen wollten.* Die Titel versprechen mehr, als die Plakate zeigen und wecken die Sehnsucht und die Ungeduld, irgendwann einmal alles sehen zu können. Dabei geht es zu Hause nicht prüde zu. Mutter Anna schließt nie ab, wenn sie im Badezimmer ist und hat auch nichts dagegen einzuwenden, wenn man mal eben schnell auf Klo geht. Die Sache ist bloß die: Friedel ist es unangenehm, er möchte da nicht hereinstolpern und auch gar nicht so genau hinsehen, ihm ist das alles peinlich. Und natürlich schließt e r immer ab, wenn er im Bad ist.

Auch die Mode spielt mit. Die Röcke werden immer kürzer, der Minirock wird so kurz, dass man eigentlich darin nur noch stehen kann, beim Gehen, Treppensteigen und Sitzen blitzt das Höschen darunter auf, das ist ein Skandal. Findet zumindest Oma, die sich seit Wochen Wortgefechte mit Friedels ältester Schwester Bea darüber liefert, was man in der Öffentlichkeit tragen darf und was nicht. Bea muss alles ausprobieren. An das Schminken, das Rauchen, sogar im Zimmer, hat sich Oma, die ganz unten in der Pfarrwohnung ihr Zimmer hat, schon gewöhnt. Aber dass Beas Rock von Woche zu Woche immer kürzer wird, das treibt sie in den Wahnsinn. Ihre mildesten Kommentare sind: „Du kannst doch nicht wie ein Flittchen herumlaufen!" oder „So gehst du nicht auf die Straße, man kann ja a l l e s sehen!"

Das ist nun wirklich übertrieben, findet Friedel, man kann ja schließlich nur das Höschen sehen.

Einmal streiten sich Friedel und Thomas darüber, wo das Baby denn nun heraus kommt. Friedel behauptet, es käme hinten heraus. Er müsste es schließlich wissen, er hätte ja zwei ganz kleine Geschwister. Thomas widerspricht: „Biste dabei jewesen, oder wie? Du spinnst doch komplett! Niemals hinten!"

„Aber wenn ich's dir doch sage! Da vorne ist doch gar kein Platz! Da ist doch bloß so 'ne kleine Spalte!"

„Und hinten ist mehr Platz oder was?"

„Na auf jeden Fall! Guck dir doch mal so'n Popo an!"

„Es jeht doch nicht um den Po, du Blödmann. Es jeht um die Öffnung! Meenste vielleicht, Babys und Kacke kommen aus dem gleichen Loch?"

„Aber Babys und Pippi, das ist wohl besser, wie?"

„Mit dir kann man nicht diskutieren, du Idi. Du hast überhaupt keene Ahnung, von nüscht. Wetten, dass se vorne rauskommen?"

„Wetten nicht?"

„Ick frag meene Mutter!"

„Ach du Scheiße! Sag ihr aber nicht, was ich gesagt hab!"

„Kiek ma an, jetze wirste doch unsicher, wa?"

„Klappe!"

Und so kommt es dann heraus. Beim nächsten Besuch bei Thomas zu Hause will Friedel beinahe in den Erdboden versinken vor Scham, weil sein Freund zu Hause natürlich haarklein berichtet hat, Friedel würde glauben, die Babys kämen hinten raus. Aber Thomas' Mutter erwähnt diese Peinlichkeit mit keinem Wort und ist so freundlich wie immer. Thomas wohnt in einem Mehrfamilienhaus mit vier Stockwerken und einem langen, dunklen Keller. In diesem Keller machen Thomas und Friedel einen kleinen Test und vergleichen die Länge ihrer „primären Geschlechtsorgane" - diesen Ausdruck hat sich Friedel aus dem Biologieunterricht gemerkt. Friedel ist es allerdings sehr unheimlich da unten im Keller mit heruntergelassenen Hosen. Er fürchtet, jeden Augenblick könnte ein Hausbewohner oder gar die Mutter von Thomas um die Ecke kommen und die beiden Jungs sehen.

Deshalb möchte er auch auf den zweiten Teil des Vergleichs verzichten, obwohl er schon gerne die brennenden Fragen geklärt hätte, ob eine Krümmung von 10 bis 20 Prozent auch bei anderen verbreitet ist, und ob es ein Zeichen einer bösartigen und heimtückischen Krankheit war, wenn ein Hoden etwas größer ist als der andere. Er hat sich bisher noch nicht getraut, jemanden um Rat fragen. Vielleicht am ehesten Mutter Anna, aber die glaubt ja, dass er alles im Griff hat. Er hat gehofft, er sähe im Halbdunkel des Kellers bei Thomas vielleicht ähnliche Defekte, aber ehrlich gesagt, hat er so gut wie gar nichts gesehen, dafür gezittert und Gänsehaut gehabt vor Hektik und Angst.

Auf die Idee, seinen großen Bruder Jan zu fragen, ist er auch noch nicht gekommen. Er hat nicht so viel mit ihm zu tun im Moment, anders als früher. Er teilt sich mit Jan ein Zimmer, das in der Mitte durch einen Vorhang abgetrennt wird. Jan will immer seine Ruhe haben, und Friedel nervt ihn damit, dass dauernd, bis in die Nacht hinein, Friedels altes Nordmende-Radio mit dem grünen magischen Auge in Betrieb ist. Ab acht Uhr abends kann man, bei geeignetem Wetter, sogar Radio Luxemburg hören, auf Mittelwelle. Allerdings stark verrauscht und immer nur in Wellen – mal lauter, dann wieder ganz weit weg. Ganz schlimm für Jan ist es seit Weihnachten. Friedel hat ein Telefunken-Tonbandgerät bekommen. Seitdem schneidet er gnadenlos alles mit, was ihm erhaltenswert vorkommt. „Den ganzen rauschenden Quatsch", wie Jan sagt.

Diese Aufnahmen hört Friedel dann natürlich auch noch ab, schneidet heraus, was ihm nicht mehr gefällt. Eigentlich ist er im Moment fast immer mit dem Radio und dem Tonbandgerät beschäftigt. Jan ist bisher geduldig, hat nur ein paar Mal nachts gebrubbelt: „Mach doch jetzt mal das Ding aus!"

Friedels Tagesrhythmus ist geprägt durch die Jugendradiosendungen. Jeden Tag hofft er, dass Lieder, die er sich dort gewünscht hat, im Radio gesendet werden, damit er sie mitschneiden kann. Aber da muss er immer einen sehr langen Atem haben. „Top Twenty" im RIAS hört er kaum noch, die hinken immer ein bis zwei Monate hinter den aktuellen Titeln her. Da sind der Soldatensender BFBS oder eben nachts Radio Luxemburg aktueller. Am Nachmittag gibt es den „RIAS-Treffpunkt", anschließend im SFB den etwas flotteren „s-f-beat". Hatte Friedel früher noch „Ein Student aus Uppsala" und Ähnliches in seinem Hör-Repertoire, hat sich mit der Pubertät sein Musikgeschmack stark gewandelt. Schlager oder überhaupt deutsche Texte sind jetzt undenkbar für ihn.

Französisch dagegen ist in Ordnung. Peinlich an den deutschen Texten ist doch vor allem, dass sie so platt sind - und dass man alles versteht. Im Wohnzimmer hört Friedel lautstark „Je t'aime – moi non plus". Die Melodie gefällt ihm. Warum das Lied ein Skandal ist und seit Wochen von vielen Radiosendern boykottiert wird, weiß er nicht. Er versteht weder den französischen Text, noch ahnt er, was das Gestöhne am Ende des Liedes bedeuten soll. Das verrät ihm die 18-jährige Melanie, die gerade in der Familie ein Sozialpraktikum macht und oben neben dem Kinderzimmer wohnt. Sie mag das Lied auch schrecklich gerne und denkt dabei immer an ihren Freund in Kanada. Dort wird ja auch Französisch gesprochen, deshalb versteht sie den Text auch so genau.

Friedel fällt von einer Verlegenheit in die andere, als sie ihm mal eben ganz locker, als wäre es das Selbstverständlichste von der Welt, den Text übersetzt:

Wie die ziellose Welle gehe ich,
ich gehe und komme zwischen deinen Lenden.

Schön, dass Melanie ihn nicht auslacht, obwohl er das mit dem Stöhnen nicht kapiert hat. Sie behandelt ihn wie ihresgleichen und nicht wie einen kleinen dummen Jungen, dabei ist er doch erst zwölf! Das macht ihn stolz und ein kleines Stück erwachsener. Seitdem ist das Lied für ihn noch interessanter. Die wenigen Radiosender, die es spielen, sind inzwischen dazu übergegangen, es so rechtzeitig auszublenden, dass die Atemgeräusche am Schluss nicht mehr zu hören sind. Melanie zwinkert ihm öfter zu, wenn sie die Treppe herunterkommt und sieht, dass er wieder vor dem Wohnzimmerradio hockt. Wenn „Je t'aime" gespielt wird, macht er die Augen zu und denkt an Melanie.

Weltschmerz und Shocking Blue

Mit seiner großen Schwester Bea ist Friedel gerne zusammen. Es gibt viele Gemeinsamkeiten, manche eher gefühlt als ausgesprochen. Obwohl Bea vier Jahre älter ist, stehen sich Bea und Friedel sehr nahe. Sie senden auf der gleichen Wellenlänge und fühlen sich in der familiären Schicksalsgemeinschaft eng miteinander verbunden: Eine kleine, geheime Zelle, die Geborgenheit und Rückzugsmöglichkeiten bietet in einer Umgebung, auf die sie sich nicht hundertprozentig einlassen wollen. Das Gefühl, verstanden zu werden: Wir gegen den Rest der Welt. Friedel fühlt sich stark, fast unbezwingbar, in Beas Zimmer. Hier ist er ein geschätzter Gesprächspartner seiner großen Schwester, ein heimlicher Verbündeter. Hier entdeckt er Musik, die er noch nicht kannte, hört Neuigkeiten aus der Welt der Großen, hier kann er sich gehen lassen. Gemeinsam klagen und meckern sie über alles, was schiefläuft in der Familie und in der Welt und bemitleiden sich gegenseitig.

Als Beas und Friedels leibliche Mutter starb, war Bea neun, Jan acht und Friedel fünf Jahre alt. Bine, damals die Jüngste, war gerade zwei. Als Älteste der Geschwister war Bea plötzlich in einer Situation, die sie völlig überforderte. Sie versuchte, stark zu sein, Verantwortung zu übernehmen für die kleinen Geschwister, die gar nicht kapierten, was da eigentlich passierte. Ja sie versuchte sogar, dem völlig verzweifelten Vater zu helfen, ihn zu beraten, dabei war sie doch nur ein Kind und genauso allein gelassen wie er.

Dann kam die Zeit der wechselnden Tanten, die auf die Kinder aufpassten und den Haushalt führten. Bea wollte keine Tanten, die sich in ihre Familie einmischten, sie wollte ihre Mutter zurück. Ein Jahr später, nach vielen Tantenwechseln, heiratete der Vater Anna, die Patentante von Jan. Anna ist nur fünfzehn Jahre älter als Bea. Aus allen Richtungen kommen Warnungen: „Das kann doch nicht gut gehen! Wie soll eine Fünfundzwanzigjährige das schaffen? Das ist doch ein Himmelfahrtskommando!" Wie soll aus vier verstörten Kindern und einem völlig überforderten und in seinen Grundfesten erschütterten Vater wieder eine funktionierende Familie werden?

Aber Tante Anna stürzt sich mit bewundernswertem Mut, mit Tatkraft, Optimismus und Gottvertrauen in ihre neue Aufgabe. Sie lässt sich von niemandem und nichts bange machen, es ist, als ob sie einen geheimen Fahrplan hat, der sie dazu bringt, fast immer genau das Richtige zu tun. Es ist ein Wunder, ein echtes Wunder. Sie bringt das leck geschlagene Familienboot wieder in sicheres Fahrwasser, so selbstverständlich, als sei gar nichts dabei. Sie lässt den Kindern viel Zeit, Vertrauen zu fassen und selbst den Zeitpunkt zu bestimmen, an dem aus „Tante" Anna „Mutti" wird. Die ein wenig altertümliche Anrede „Mutti" wird übernommen wie die Zubettgeh-Zeremonie der „Himmelsmutti" und noch viele andere kleine Alltagsdinge von früher, um den Kindern den Übergang zu erleichtern.

Dies alles ist Friedel und Bea eigentlich bewusst. Sie haben sich mit der neuen „Mutti" arrangiert und mögen sie gern. Sie funktionieren innerhalb der Familie, erledigen ihre Aufgaben und akzeptieren die neue Situation. Eigentlich. Aber in ihnen ist ein trotziger Rest, eine goldene Erinnerung an ein Früher, als alles besser war. Bevor die Himmelsmutti an Krebs erkrankte, nach qualvollen langen Monaten starb und die Kinder allein zurückließ. Dieser trotzige Rest, dieses Früher wird von Bea und Friedel immer wieder beschworen, gehegt und gepflegt, wenn sie zusammen in Beas Zimmer hocken und Musik hören. Es kommt noch einmal richtig an die Oberfläche, als die Familie größer wird, mit der Geburt von Nelli und von Steffen. Mutter Anna hat sowieso schon alle Hände voll zu tun mit den Aufgaben in der Familie, im Haushalt und als Pfarrfrau. Jetzt, wo sie noch zwei kleine Kinder zu versorgen hat, bleibt natürlich weniger Zeit für die anderen vier, auch wenn sie sich alle Mühe gibt, es jedem Recht zu machen.

Friedel und Bea lieben ihre neuen kleinen Geschwister, finden sie niedlich. Sie gehören auf jeden Fall dazu. Auf die Idee, über sie als Stiefgeschwister zu denken oder zu sprechen, kommen Friedel und Bea nie. Friedel ist ganz irritiert, als ihn ein Erwachsener einmal nach seinen Stiefgeschwistern fragt, und muss erst einmal überlegen, wer denn wohl damit gemeint ist. Den Begriff der Stiefmutter gibt es für ihn nur im Märchen, aber nicht in Wirklichkeit. Das böse Gefühl: *Das ist ja eigentlich gar nicht unsere richtige Mutter!* taucht zwar manchmal auf, wird aber nie ausgesprochen oder als Trumpf ausgespielt. Aber in der hellhörigen Vier-Etagen-Schachtel-Wohnung kann man bei Kinderbrei und Babygeschrei schon mal die Nerven verlieren, manchmal passiert das sogar Mutter Anna.

Wenn Bea und Friedel zusammen hocken, sagen sie Sätze wie: „Mutti hat sowieso keine Zeit mehr für uns!"

„Diese Schreierei Tag und Nacht macht mich ganz krank!"

„Alles dreht sich nur noch um die Kleinen!"

„Um uns kümmert sich ja keiner!"

„Weiß überhaupt jemand, wie es bei uns drinnen aussieht?"

„Das will doch sowieso keiner hören!"

„Mit wem kann man hier überhaupt noch vernünftig reden?"

„Jan wird auch immer stiller und seltsamer!"

„Lange mache ich das hier nicht mehr mit!"

„Wie meinst du das denn?"

„Wenn ich mit der Schule fertig bin, hau ich ab!"
„Was machst du denn dann?"
„Egal, Hauptsache weg und Geld verdienen!"
Diese Gespräche und der Rückzug in Beas Zimmer sind ein Geheimnis zwischen Bea und Friedel. Keiner darf davon erfahren. Natürlich bekommen die anderen mit, dass Friedel öfter mal bei Bea im Zimmer ist, aber keiner ahnt, was dort gesprochen wird. Friedel hat manchmal ein schlechtes Gewissen, wenn er da rauskommt. Dann denkt er: *So schlimm und ausweglos ist es ja eigentlich alles gar nicht! Eigentlich sind doch alle ganz nett!* Es ist ein Zwiespalt. Aber Friedel liebt diese geheimen Treffen in Beas Zimmer.

Bea hat einen beigefarbenen Dual-Koffer-Plattenspieler und eine kleine, aber feine Auswahl von Schallplatten. Die Musik gehört immer dazu, sie hat Auswirkungen auf die Stimmungen und Gespräche. „Nights in White Satin" von den Moody Blues passt perfekt zu Beas und Friedels Traurigkeit und Sehnsucht, genauso wie „A Whiter Shade of Pale" von Procul Harum oder „April" von Deep Purple mit der langen Orchesterpassage. In Beas Zimmer ist es immer etwas schummerig, eine Kerze flackert und wirft Schatten an die Wand. Wahrscheinlich verstärkt die Musik auch das Gefühl, in der Welt da draußen keinen richtigen Platz zu haben. Das Bedürfnis, sich zurückzuziehen an einen kuscheligen Ort, wo man geborgen ist.

Aber in Beas Höhle lernt Friedel auch andere Musik kennen, die nicht schwermütig macht: Twist, Rock'n Roll, die Beatles sind schon alte Bekannte, neu sind jetzt Janis Joplin, Dusty Springfield und Aretha Franklin. Diese Stimmen können auch traurig sein, aber sie sind voller

Kraft, man bekommt Mut und neue Lust am Leben, wenn man sie hört. Als Friedels erste Tanzfete ansteht, zeigt Bea ihm, wie man Klammerblues tanzt. Das ist das einzige, was mit Partner getanzt wird, und da muss man natürlich wissen, wo man hin greift und wie man sich bewegt. Die Schritte sind egal. Es gibt eigentlich nur zwei Möglichkeiten beim Tanzen: Bei schnellen Titeln Freistiltanzen mit viel Kopfschütteln. Wer lange Haare hat, ist hier klar im Vorteil. Bei Friedel wachsen sie jetzt langsam, das letzte Frisörgeld hat er zurückgegeben. Und bei langsamen Titeln Klammerblues. Beides kann jeder tanzen, der Arme und Beine hat. Ein paar Jahre vorher ist noch Twist mit dabei gewesen. Bea kann twisten, sie ist sogar mal in einer Tanzschule gewesen. Aber Twist ist aus und vorbei. Ab und zu hören sie noch Beas Single „Twist and Shout" von den Beatles – ein Gruß aus einer vergangenen Zeit.

Mit zwölf darf Friedel abends noch nicht raus. Obwohl er doch demnächst dreizehn wird. Aber als diese neue holländische Gruppe, die noch keiner richtig kennt, im Jugendzentrum Sloopy am Kurt-Schumacher-Platz spielt, schmuggelt Bea Friedel mit aus der Wohnung. „Die sollen eine tolle Sängerin haben!" erzählt sie ihm auf dem Fußweg zum Sloopy. Ihr Freund, der sie abholt, ist erst etwas irritiert darüber, dass Beas kleiner Bruder mitkommen soll, fügt sich aber schnell in sein Schicksal. Er ist an Beas Launen gewöhnt. Einige Wochen davor hatte er Friedel mal vor der Wohnung abgefangen und ihn gefragt, ob er ein gutes Wort für ihn bei seiner Schwester einlegen könnte. Sie hatte ihm die Tür nicht aufgemacht, obwohl sie zu Hause war.

In so eine seltsame Vermittlerrolle ist Friedel früher bei Beas rasch wechselnden Freunden schon öfter geraten: Einmal im Urlaub am Waginger See in Bayern hatte Bea keine Lust, zu einer Ferien-Verabredung zu gehen und hatte dann die glänzende Idee, ihren kleinen Bruder zu schicken, um sie zu entschuldigen. Friedel vertraute Bea blind, fand auch nichts weiter dabei und lief zum See. Dort wartete schon der nette junge Mann, der für seine Urlaubsbekanntschaft ein Ruderboot gemietet hatte und statt nach Zigaretten wie die meisten Jungs nach dem Rasierwasser duftete, das Friedel so gerne roch. Natürlich war der junge Mann überrascht, statt Bea Friedel zu sehen, aber er ließ sich den Schock nicht anmerken. Friedel erzählte ihm, was ihm aufgetragen wurde: „Bea geht es heute Abend nicht besonders, sie hat Magenkrämpfe!"

Er schaute Friedel an, der konnte für seine Schwester lügen, ohne rot zu werden. „Ach die Arme!" sagte er. „Grüß sie mal schön von mir und wünsch ihr gute Besserung!" Friedel nickte und wollte gerade wieder zurück rennen, da fragte er: „Und was ist mit dir? Hast du vielleicht Lust auf eine kleine Bootsfahrt? Dann habe ich das Boot wenigstens nicht umsonst ausgeliehen!" Friedel nickte wieder. Klar hatte er Lust auf Bootfahren, immer. Und so genoss er die Bootstour, unterhielt sich angeregt mit dem jungen Mann, den er ausgesprochen sympathisch fand und dachte: *Bea, was bist du dumm, dass du dir den hier entgehen lässt, der ist richtig nett!* Bei der Auswahl von Beas Freunden ist Friedel oft anderer Meinung als sie.

Aber der Freund, mit dem Friedel und Bea jetzt gerade zum Sloopy gehen, ist in Ordnung, obwohl er raucht wie ein Schlot. Er betrachtet Friedel mehr als Verbündeten, nicht so sehr als kleinen, dummen Jungen. Ja, er unterhält sich sogar mit ihm. Jetzt sind sie vor der Eingangstür vom Jugendclub, und wie Bea schon befürchtet hat, lässt der muskelbepackte Kartenabreißer Friedel nicht hinein. Er raunzt ihn an: „Wat willst du kleena Piepel denn hier? Kiek ma, dat de wegkommst, sonst sagen wa deine Mama Bescheid, dann jibts Dresche, aber nich zu knapp!" Es hilft auch nichts, dass Bea ihm schöne Augen macht und ihm irgendetwas von „kleinwüchsig" erzählt: Friedel kann für vierzehn durchgehen, vielleicht, aber nicht für sechzehn.

Hier kommt jetzt Beas Freund ins Spiel, der Friedel noch einen Gefallen schuldet. Er kennt jemand, der in der Küche des Sloopy arbeitet. Er schickt Friedel zum Hinterausgang, er soll dort warten. Es kommt ihm lange vor, Bea meint später, es wären höchstens zehn Minuten gewesen. Irgendwann endlich öffnet sich die Tür und Friedel wird heimlich hineingeschmuggelt. Er versucht, sich so groß wie möglich zu machen, um nicht wieder hinaus geschmissen zu werden. Aber in dem Gedrängel fällt er sowieso nicht weiter auf.

Es ist unglaublich voll im Jugendzentrum, laut und verraucht. Friedel ist von Beas Zimmer verrauchte Luft gewöhnt, auch vom Arbeitszimmer seines Vaters, der Zigarren und Pfeife raucht – aber das hier ist richtig dicke Luft, vermischt mit Schweiß. Friedel tränen die Augen. Er lässt sich natürlich nichts anmerken. Sie drängeln sich zur Bühne durch und Friedel erlebt den ersten Bandauftritt seines Lebens: „Shocking Blue" aus Holland – sehr rockig, sehr laut ausgesteuert, die dicken Boxen explodieren fast. Er hat noch nie beobachtet, wie Lautsprecherboxen sich bewegen können. Bei den Basstönen wölbt sich der Stoff so weit nach vorne, dass man Sorge hat, die Box könnte auseinander platzen.

Bea zieht ihn von den Boxen weg in die Mitte. Sie schreit ihm ins Ohr, er solle auf seine Ohren aufpassen, die würde er noch brauchen im Leben. Jetzt kann er auch die Musiker von vorne sehen. Die Frontfrau mit den langen schwarzen Haaren gefällt ihm besonders. Sie sieht nicht nur toll aus und trägt den kürzesten Minirock aller Zeiten, sondern sie singt auch noch verdammt gut. Friedel ist wie im Rausch, er ist unglaublich stolz, dass er hier mit dabei sein darf. Zwei Lieder gefallen ihm so sehr, dass er die Melodie und Textfetzen noch Tage später im Ohr behält: *Send me a postcard, darling* und der absolute Knaller, der den ganzen Saal zum Toben bringt und am Schluss noch einmal als Zugabe gespielt wird:

She's got it, your baby she's got it.
Well, I'm your Venus, I'm your fire,
at your desire ...

Uli

In der Frohnauer Klasse fühlt sich Friedel inzwischen ganz zu Hause. Mit Thomas teilt er den Schulweg, hat mit ihm in der Schule aber nicht mehr so viel zu tun. Friedel sitzt immer noch hinten neben Christel, mit der er sich gut versteht. Als sie mehrere Tage nicht auftaucht, erzählt ihm Christels Freundin, sie wäre krank und müsste zu Hause im Bett liegen. Das tut Friedel sehr leid und er zeichnet für sie im Unterricht ein kleines Bild: Christel guckt mit Tropfnase aus einem riesigen Federbett hervor und grüßt mit der Hand. Darunter schreibt er: *Gute Besserung, Christel! Komm bald wieder, es ist so langweilig hier auf der Bank!* Das Bild wird zu einem Briefchen gefaltet und der Freundin mitgegeben.

Am nächsten Tag berichtet die Freundin, Christel hätte es gar nicht fassen können, dass sie von Friedel einen Brief bekommen hätte und hätte sich riesig gefreut. „Du kannst dir ja vorstellen, wie rot sie angelaufen ist, als sie den Zettel auseinandergefaltet hat!" Ja, das kann Friedel sich vorstellen, der bei diesem Bericht auch rot anläuft und sich fragt, ob das Ganze wohl falsch verstanden werden könnte. Die Freundin erzählt natürlich überall herum, dass Friedel einen „totaal süüßen" Brief an die kranke Christel geschrieben hat. Für die Klasse ist damit klar: Friedel liebt Christel. Dabei ist das gar nicht wahr. Er mag sie gerne, sicher, und er hat ihr einen Brief geschrieben, weil sie krank ist, mehr nicht. Auch Uli fängt jetzt an, ihn damit zu necken, und das nervt ihn wirklich.

Seit der Geburtstagsfeier bei Uli zu Hause sind Titus und Johannes für Uli etwas in den Hintergrund gerückt. Auf Nachfrage von Friedel, ob sie denn nichts mehr zusammen unternehmen würden wie früher, sagt Johannes: „Ach nee, wir waren schon lange auf'm Absprung, weeßte, auf Dauer hat's die Uli einfach nich so jebracht!" *Ach so ist das also*, denkt Friedel, *sie hat's nicht so gebracht. Was denn eigentlich?* Das fragt er Johannes aber lieber nicht. Er hat eher den Eindruck, Johannes interessiert sich nicht mehr so für Uli, weil Uli sich nicht mehr so für Johannes interessiert. Das heißt für Friedel, er hat jetzt freie Bahn, die Konkurrenz ist aus dem Weg. Das ist ein tolles Gefühl, gleichzeitig macht es ihm ein wenig Angst. Will e r denn überhaupt etwas von Uli?

Aber auf diese Frage verschwendet Friedel nicht allzu viel unnötige Energien. Wenn einem plötzlich die unerwartete Ehre zuteil wird, einen frei gewordenen Platz zu besetzen, fragt man nicht lange, sondern nutzt die Gunst der Stunde. Friedel hat schon öfter erlebt, dass man Geduld haben muss mit dem Glück. Man kann es nicht erzwingen, aber man kann sich sagen: Es kommt schon noch vorbei, irgendwann, auch wenn ich lange warten muss. Und wenn es dann soweit ist, darf man nicht lange zögern, sondern muss das Glück am Rockzipfel packen, ehe es wieder weg ist.

Ulis Papa, der Chefarzt, findet Friedel anscheinend nett und einen passenden Umgang für seine flippige Tochter. Er lädt die beiden ins Kino ein, in den Zoo-Palast, das West-Berliner Paradekino. Dort sitzen sie in den roten Plüschsesseln nebeneinander, Friedel, Uli und ihr Papa, und schauen sich „Funny Girl" mit Barbara Streisand an. Friedel bekommt vom Film nicht viel mit. Er hat als Sechsjähriger zwei Schockerlebnisse im Kino gehabt: „Winnetou" und „Krieg der Knöpfe", von denen er sich bis heute noch nicht so ganz erholt hat. Wenn die Musik spannend wird, macht er automatisch die Augen zu, blinzelt dann aber doch ab und zu, was gerade auf der Leinwand passiert. Ihn fasziniert die große Leinwand und die Lebendigkeit der Figuren, aber sie erschreckt ihn auch. Er fühlt sich so ausgeliefert. Er ist immer auf der Hut, um nichts sehen zu müssen, was er nicht sehen will. Allzu viele Kinofilme hat er noch nicht gesehen, meistens ist ihm alles zu laut, zu groß, zu aufregend. Zu Hause am Fernseher kann man weglaufen, hier nicht.

So kommt es, dass er erleichtert ist, dass „Funny Girl" ganz harmlos ist. Er muss gar nicht die Augen schließen, nur ein paar Mal die Ohren, weil ihm die Musik zu laut ist. Aber er kann am Schluss, als sie den Zoo-Palast verlassen, gar nicht genau sagen, um was es überhaupt ging, und ob ihm der Film gefallen hat oder nicht. Er ist einfach nur erleichtert. Uli und ihr Papa sind begeistert, also lässt er sich von ihrer Begeisterung anstecken.

Einige Wochen später schickt Ulis Papa die beiden alleine ins Kino, nicht in den teuren Zoo-Palast, sondern in ein kleineres Kino an der Kantstraße. Dort läuft „Lichter der Großstadt" von Charlie Chaplin. Diesmal geht Friedel die ganze Sache viel entspannter an, er weiß, dass er bei Charlie Chaplin keine Angst haben muss. Aufregend wird es trotzdem. Diesmal sitzt kein Papa dabei und passt auf, dass alles mit rechten Dingen zugeht. Friedel fühlt sich wie ein Großer. Als es romantisch wird im Film, legt er im Kinodunkel vorsichtig seinen Arm um Ulis Schulter. Sie zischt ihm ins Ohr: „Denk doch mal an die arme Christel!" Schwupps! Schon ist es vorbei mit der Romantik. Schade!

Er zieht seinen Arm wieder zurück und denkt: *Dann eben nicht!* Auf den Gedanken, dass das Ganze nur ein Spiel ist und Ulis Entrüstung nicht so ganz echt, kommt er nicht. Das verklickert ihm später erst Bea, als er ihr davon berichtet: „Die hat doch nur darauf gewartet, dass du sagst, dass du mit Christel gar nichts am Hut hast. Sie wollte hören, dass du sie viel toller findest, du Dummerchen!" Das verwirrt Friedel kolossal: „Warum sagt sie dann „nein", wenn sie „ja" meint?"

„Das wirst du schon noch lernen, wie es gemeint ist!"
„Das ist doch saublöd!"
„Das ist normal!"

Wenn Uli enttäuscht war, hat sie auf jeden Fall nicht gemerkt, warum es schiefging, denn sie holt das Thema „Christel" bei jeder passenden oder unpassenden Gelegenheit wieder hervor. Das regt Friedel wirklich auf. Er ist gerne mit Uli zusammen, sie ist immer flippig und hat gute Laune und witzige Ideen, aber dieses Christel-Gerede bringt ihn jedes Mal auf die Palme. Je öfter Uli mit Christel anfängt, desto mehr fragt sich Friedel, was das mit ihm und Uli eigentlich geben soll. Er findet immer mehr Argumente, warum Uli nicht seine Traumfrau ist: Sie ist zappelig, laut, hat keinen Sinn für romantische Momente und nervt ungeheuer mit dieser Arme-Christel-Masche. Friedel hat das Gefühl, er habe Uli nie so richtig ungestört für sich alleine.

Dieses Gefühl wird bestärkt bei einem gemeinsamen Ausflug in den Sommerferien. Friedel hat sich etwas Tolles ausgedacht: Eine gemeinsame Radtour, immer an der Havel entlang, mit Picknicksachen und Badeklamotten. Treffpunkt: um elf Uhr am Eichborndamm. Als Friedel ankommt, wie immer auf den letzten Drücker, steht Uli schon da und wartet, mit Fahrrad, Picknickkorb und – darauf ist Friedel nun wirklich nicht vorbereitet – mit ihrer kleinen Schwester! Die Mama hat darauf bestanden, dass Uli die kleine Schwester mitnimmt. Friedel klappt vor Überraschung der Unterkiefer auf. Er weiß gar nicht, was er sagen soll. Uli strahlt ihn an, als wäre alles in Butter. Er grinst verlegen zurück und denkt sich seinen Teil.

Die Fahrradtour wird trotz kleiner Schwester prima, die Sonne lacht vom Himmel, zum Glück funktionieren auch die Fahrräder gut. Fahrräder flicken gehört nämlich nicht gerade zu Friedels Spezialitäten. Das Ganze hat irgendwie etwas von Familienausflug. Papa Friedel vorneweg, Mama Uli am Ende und das Kind in der Mitte. Das Kind ist sehr pflegeleicht und quengelt kein bisschen, wenn Friedel und Uli Baden gehen wollen und anschließend am Sandstrand liegen und sich sonnen. Alles geht ganz gesittet zu. Allzu lange hält Uli es sowieso nicht aus, faul und gemütlich im Sand neben Friedel zu liegen, dann muss sie ihn ein bisschen necken oder herumlaufen und neue Dinge entdecken. Einmal zwinkert die kleine Schwester zu Friedel herüber, als will sie sagen: „So ist sie, meine große Schwester, da machst du nichts!"

Eine Woche später verabreden sich Friedel und Uli im Freibad Heiligensee, hinter den Dünen. Diesmal kommt sie alleine, ohne Schwester im Schlepptau. Nach Heiligensee muss man weit mit dem Bus hinausfahren bis zur Endhaltestelle und dann über die Havelbrücke zum Freibad laufen. Das Freibad hat einen schönen kleinen Sandstrand. Auch das Wasser ist ziemlich sauber, im Heiligensee dürfen nämlich keine Motorboote fahren. Der eigentliche Knüller liegt aber auf der anderen Seite des Sees: Dort soll es einen FKK-Strand geben! Das bedeutet allerdings: einen Kilometer hin schwimmen und einen zweiten wieder zurück!

Uli und Friedel sind sehr neugierig und hart im Nehmen dazu. Sie schwimmen los, an vielen Holzstegen und Badebuchten vorbei. Die Strecke ist ganz schön lang, finden beide, halten aber tapfer durch. Da endlich kommen in der Ferne nackte Gestalten in Sicht! Prima, endlich raus aus dem Wasser und einmal richtig durchschnaufen! Friedel sieht leider alles etwas verschwommen, denn er schwimmt ohne die Brille, die er seit einigen Jahren tragen muss. Ein blödes, graues AOK-Kassengestell, das er bei jeder sich bietenden Gelegenheit gerne absetzt. Uli sagt ihm, es wäre nicht so schlimm, dass er nicht alles so genau erkennen kann, die dicke Frau da vorne vor der Holzhütte würde schon ziemlich gemein aussehen.

Völlig erschöpft erreichen sie das rettende Ufer und waten an Land, da kommt diese unglaublich dicke Frau mit riesigen, schlabbernden Brüsten auf sie zu und ruft: „Wenn ihr beede hier an't Land jehen wollt, müsst ihr eure Badeklamotten ausziehen, hier is FKK!" Friedel wird blass. Er wünscht sich, er würde noch verschwommener sehen. Diese Frau kommt immer weiter auf ihn zu. Die kriegt das fertig und reißt ihm die Badehose vom Leib! Friedel stürzt panisch zurück zum Wasser, Uli hinterher. Die ersten hundert Meter schwimmen sie in Rekordzeit, Friedel traut sich nicht einmal, sich umzusehen. Er hat noch lange die hässliche Lache der Alten im Ohr, als sie beide ins Wasser stürmen. Er hat Angst, sie könnte vielleicht mit dem Boot hinter ihnen herfahren, um sie doch noch einzufangen. Uli nimmt das Ganze sportlich. „Kannst ruhig wieder normal schwimmen, sie ist nicht hinter uns!" ruft sie Friedel zu und lacht: „Hast du gesehen, wie die aussah?"

„Na klar hab ich das gesehen, auch ohne Brille, mehr, als mir lieb ist, das kannst du mir glauben!"

„Hab keine Angst, ich bin ja bei dir!"

„Ein Glück! Die hätte mich gefressen, glaube ich!"

„Wir sind doch nicht Hänsel und Gretel!"
„Aber das war 'ne Hexe, hundert Prozent!"

Als sie wieder zurück im Freibad sind, liegen sie beide erst einmal lange Zeit am Sandstrand, ohne sich zu rühren. Sogar Uli. Friedel hat noch nicht mal Lust auf Eis, obwohl er das Kleingeld dafür in der Tasche hat. Er ist einfach nur fix und fertig. Immer wenn er die Augen schließt, taucht die dicke, böse Hexe auf und lacht und Friedels Puls beschleunigt sich wieder. Irgendwann muss er doch eingeschlafen sein, denn er wird wach, als ihn ein kalter Finger an der Schulter anstupst. Uli steht über ihm und strahlt. Sie beugt sich zu ihm herunter: „Aufstehen, Friedel, hier, ich hab dir ein Eis mitgebracht, Capri, das magst du doch. Und danach müssen wir langsam los, sonst komme ich zu spät nach Hause!"

Heiligensee

Einige Monate später ist Friedel wieder in Heiligensee. In einem großen, verwunschenen Garten mit Apfel-, Kirsch- und Pflaumenbäumen, direkt am Ufer des Sees. Hinter Himbeer- und Brombeergestrüpp, zwischen großen Bäumen und einem alten Bootssteg kann man ins Wasser steigen. Gegenüber, am anderen Ufer, liegt der FKK-Strand, den Friedel schon flüchtig kennt. Hierher werden sie demnächst umziehen, hier in dieses Paradies am Heiligensee!

Friedel kann es gar nicht fassen. Es ist so, als ob die Kindheit noch einmal zurückkommt. Ein großer, wilder Garten, viel größer und schöner als der Garten seiner Kindheit in der Baseler Straße. Und das jetzt, wo er bald konfirmiert wird und sich schon als Jugendlicher fühlt.

Das Beste ist aber dieser See vor der Haustür, dieser schöne, klare Badesee. Er hält die nackten Füße hinein – eiskalt! „Warte noch ein bisschen, ab Mai kannst du hier baden gehen!" sagt Vater und lacht. „Du auch?" fragt Friedel zurück. „Klar, ich auch, ich freu mich schon drauf!" So fröhlich hat er seinen Vater lange nicht gesehen. Die Umzugspläne nach Heiligensee scheinen aus ihm einen anderen Menschen gemacht zu haben. Er ist voller Pläne, voller Begeisterung über diesen Umzug nach Heiligensee. Er kommt Friedel manchmal wie ein kleiner Junge vor, wie er an diesem und jenem Strauch riecht, die weißen Blütenblätter des Kirschbaums auffängt, mit seinem großen Taschenmesser einen Pfad durchs Brombeergestrüpp schlägt, den Bootssteg auf Standfestigkeit überprüft, überschwänglich Nachbarn begrüßt, vor sich hinsummt und pfeift. Sie sind zu guter Letzt doch noch im Paradies angekommen.

Auch das alte, dicht mit Wein berankte Pfarrhaus ist eine echte Bereicherung. Groß, alt, dicke Mauern, mit einem großen Keller und einem geräumigen Dachboden. Hier findet jeder seinen Platz, hier geht man sich nicht mehr gegenseitig auf die Nerven wie im hellhörigen Neubau an der Gotthardstraße. Das Haus wirkt etwas heruntergekommen und verwohnt, aber Vater hat schon Pläne für jedes Zimmer, ja sogar für die Wandfarben in den einzelnen Räumen. Beim Schreiner hat er gleich geräumige Hängeschränke für die Küche in Auftrag gegeben, in Orange! Der alte Schreiner hat dreimal nachgehakt: „Wirklich in Orange, Herr Pfarrer?"

„Aber ja, der Körper weiß, die Türen in leuchtendem Orange. Wir müssen doch etwas Farbe in die Küche bringen!"

„Na wenn Sie meinen, Herr Pfarrer!"

Als sie dann umgezogen sind und der Schreiner die knatschbunten Schränke anmontiert, bleibt Oma erst einmal der Atem weg. Aber Vater tänzelt begeistert hin und her und ruft: „So haben wir immer die Sonne hier in der Küche!" Bea, Jan und Friedel finden es gewagt, aber es macht gute Laune. Es ist richtig poppig, so etwas hat sonst keiner. Mutter Anna ist gut gelaunt, weil Vater so fröhlich ist, sie freut sich vor allem darüber, dass die Schränke so geräumig sind, dass man endlich den ganzen Kram unterbringen kann, der jetzt noch auf und in Kisten steht. Oma brummt etwas vor sich hin, was so klingt wie: „Jetzt ist er ganz verrückt geworden!" und räumt lieber in Ruhe die Speisekammer ein.

Im Wohnbereich wird helles Parkett gelegt, auch das begeistert den Vater. Von der Küche aus gibt es eine praktische Durchreiche zum Esszimmer. Das ist durch Glastüren vom kleinen, halbrunden Wintergarten, durch den man in den Garten gelangt, und vom gemütlichen Wohnzimmer getrennt. Ein kuschliges rotes Sofa steht im Wohnzimmer, auch der weiße Schleiflack-Fernseher findet dort seinen Platz und die weiße, neue Musikanlage, beide von der Firma Braun. Vater liebt das Design, er ist normalerweise immer sparsam, aber dafür gibt er Geld aus und schwärmt vom Braun-Design in den höchsten Tönen. Natürlich ist auch sein Rasierapparat von Braun.

Oben im ersten Stock ist das einzige Badezimmer. Das ist ein Rückschritt gegenüber der alten Wohnung. Dort gab es ein Bad, eine Dusche und mehrere Klos. Hier in Heiligensee kommt es öfter vor, dass sich vor dem Bad Warteschlangen bilden oder jemand verzweifelt klopft, weil er dringend auf Klo muss. Zur allergrößten Not kann man auf die Toilette des Gemeindebüros gehen, das ist aber tagsüber nicht so gerne gesehen. Dafür sind die Zimmer schöner, von Friedel und Jans Zimmer hat man einen wunderschönen Blick auf den Garten und den See. Es gibt eine Verbindungstür zum Kinderzimmer von Nelli und Steffen, die aber geschlossen wird, damit Friedels Bett besser in den Raum passt. Selbst durch diese Tür hört man weniger als in der alten Wohnung durch die Wände. Normalerweise bekommt man nicht viel mit, nur wenn es Streit gibt nebenan.

Steffen kann noch gar nicht so lange laufen, aber er klettert schon auf Bäume. Mutter Anna bleibt meistens ganz ruhig, wenn er schreit: „Guck mal, wo ich bin!" und wieder auf einem nicht besonders dicken Ästchen des kleinen Apfelbaums sitzt und stolz herunter winkt. Sie merkt früh, dass sie Steffen in seinem Bewegungs- und Abenteuerdrang nicht stoppen kann und vielleicht auch gar nicht stoppen sollte. Nelli ist viel vorsichtiger, sie übernimmt als ältere Schwester Verantwortung und holt Hilfe, wenn Steffen alleine nicht mehr klarkommt. Der See ist für beide Tabu, sie wissen, dass sie nicht zu dicht ans Wasser sollen und halten sich normalerweise auch daran.

Im Dorf Heiligensee ist die Zeit stehen geblieben. In der Mitte der Dorfanger mit der kleinen Dorfkirche, dahinter die Schmiede, in der noch gearbeitet wird. Friedel schlendert dort oft vorbei, das Tor steht immer offen, und man kann schon von weitem sehen, wie die Funken sprühen. Die Straße, die sich für den Dorfanger teilt, ist aus grobem Kopfsteinpflaster. Hier fahren die Autofahrer langsam, aus purer Angst um die Stoßdämpfer ihrer Autos. Am Ende des Dorfangers befindet sich die Kneipe, dahinter die Endhaltestelle der Buslinien 13 und 14 sowie des kleinen Busses, der über die Sandhausener Brücke an der Havel entlang nach Tegelort fährt. An der Bushaltestelle gibt es ein kleines Büdchen, in dem man Süßigkeiten und Eis bekommt. Da Friedel meistens in letzter Minute zum Bus rennt, hat er nur Gelegenheit, das Angebot zu studieren, wenn der Bus ihm vor der Nase weggefahren ist.

Schräg gegenüber wohnt der einzige noch verbliebene Bauer des Ortes, Löper. Hier hält sich Friedels drei Jahre jüngere Schwester Bine oft auf, sie liebt Tiere über alles und drängelt und bettelt seit Jahren, dass sie ein Haustier haben möchte. In der alten Wohnung war das gar nicht möglich, da gab es nur einmal die Schildkröte Slo, die sich dauernd versteckte und ausriss. Aber hier in Heiligensee ist mehr Platz, und Vater hat ihr versprochen, dass sie Kaninchen bekommt, die sie dann selber pflegen soll. Bine liebt alle Tiere, sie bringt verletzte Vogelkinder mit nach Hause, füttert Igel durch den Winter, findet verwaiste Katzen und richtet im Urlaub am Meer Quallen-Schulen am Sandstrand ein. Die bissigen Kommentare des Vaters und den Spott der älteren Geschwister erträgt sie tapfer. Zum Glück versteht Oma sie immer und tröstet sie, wenn sie Kummer hat und die Zeit ihr zu lang wird ohne ein Tier, um das sie sich kümmern kann.

Neben Bauer Löper gibt es noch das ehemalige Straßenbahn-Depot, früher gab es entlang der Heiligenseestraße eine Straßenbahntrasse nach Tegel, die aber schon seit langer Zeit nicht mehr genutzt wird. Wenn man weitergeht auf die Sandhausener Brücke zu, hat man einen schönen Blick auf die Dünen von Heiligensee, die Sandberge, und den sich anschließenden Tegeler Forst, ein riesiges Waldgebiet. Man steht genau über dem kleinen Zufluss zwischen Havel und Heiligensee, der durch ein Tor für Schiffe gesperrt ist. Der Heiligensee ist ein Privatsee, hier sind nur Boote ohne Motor zugelassen. Wenn man von der anderen Seite der Brücke auf die Havel schaut, sieht man schwere Lastkähne, Sportboote und manchmal auch einen Ausflugsdampfer.

Früher gab es eine Fähre hinüber nach Niederneuendorf, aber der Fährbetrieb wurde schon lange eingestellt. Die kleine Straße zur Havel hin heißt Fährstraße. Man kann immer noch den alten Fähranleger sehen, nur nicht mehr das Gegenstück auf der anderen Seite, dort sieht man einen Wachtturm und die hässliche Mauer aus Betonplatten, die den Blick auf das Dorf Niederneuendorf versperrt. Nur der Kirchturm guckt über die Mauer, er sieht genauso aus wie der Kirchturm von Heiligensee. Vielleicht sieht auch das Dorf da drüben in der DDR so aus wie Heiligensee?

Vater bestätigt das, als Friedel ihn einmal fragt. Ja, das wäre ganz ähnlich. Als er nach seinem Theologiestudium frischgebackener Pfarrer geworden war, hätte er die Pfarrstelle drüben in Niederneuendorf angeboten bekommen und wäre auch sehr gerne dort hingegangen. Aber dann verschärften sich die Spannungen zwischen der DDR und West-Berlin, so dass ein Austausch von Pfarrstellen nicht mehr möglich war. „Sonst würden wir vielleicht seit vielen Jahren dort drüben wohnen, Friedel!"

„Aber dann könnten wir ja gar nicht mehr rüber in den Westen?"

„Ja, dann wären wir jetzt da drüben eingesperrt und könnten noch nicht einmal rüber nach Heiligensee gucken!"

„Da hast du ja Glück gehabt, dass das damals nicht geklappt hat!"

„Im Nachhinein ja, Riesenglück. Aber damals war ich erst sehr enttäuscht. Das hätte mir schon damals gefallen, Dorfpastor zu sein Und jetzt bin ich's tatsächlich."

„Komisch, ich habe immer gar nicht geglaubt, dass da drüben hinter der Mauer auch Menschen wohnen! Man sieht ja keinen, außer die Grenzer."

„Doch doch, da wohnen schon Leute, aber die werden schön von der Mauer ferngehalten, damit keiner auf die Idee kommt, da rüber zu klettern."

„Dann müssten sie ja auch immer noch durch die Havel schwimmen."

„Und die ist ziemlich breit und hat Strömung. Die Grenze verläuft genau in der Mitte. Spätestens dort würden sie erwischt."

„Erschossen?"

„Ja. Oder, wenn sie noch leben, kommen sie für viele Jahre in den Knast."

„Hat das einer mal geschafft?"

„Hier in Heiligensee nicht, glaube ich. Woanders schon. Aber es sind auch viele erschossen worden beim Fluchtversuch."

„Deshalb ist die Havel nachts immer so hell ausgeleuchtet!"

„Genau. Und die Frachtschiffe und Sportboote müssen auch gut aufpassen, dass sie nicht aus Versehen zu dicht an die Grenzlinie kommen. Die Grenzer haben schon mal Boote nach drüben geschleppt und dort festgesetzt."

„Und dann? Mussten die dann in der DDR bleiben?"

„Nein, aber es gab tagelange Verhöre, riesigen Ärger und Strafzahlungen, ehe sie dann endlich wieder freigelassen wurden."

„Woran erkennt man denn die Grenze?"

„In der Mitte sind Bojen."

Wenn Friedel abends über die von Flutlicht hell erleuchtete Havel hinüberschaute, findet er die ganze Szenerie unheimlich, unwirklich, wie aus einem schlechten Film. Er versucht dann, die Grenzbojen in der Flussmitte zu erkennen und stellt sich vor, was er tun würde, wenn er dort plötzlich einen Schwimmer entdeckt. Er hat noch nie Schüsse gehört, aber er sieht die Grenzposten mit ihren Gewehren am Mauerstreifen patrouillieren, ab und zu auch ein graues Schnellboot der Grenzpolizei auf der anderen Flussseite.

Am Tag sieht alles viel friedlicher aus, idyllisch. Die träge dahinfließende Havel, die vorbei tuckernden Frachtkähne, der Heiligenseer Fischer Liptow, der in der Havel Fische fängt, räuchert und verkauft, die kleine Fleischerei an der Fährstraße, bei der Nelli und Steffen immer ein Würstchen bekommen, wenn sie beim Einkaufen dabei sind, der kleine Bäcker, wo Friedel sonntags öfter Schlagsahne für den Sonntagskuchen holt, die alte Dorfschule mit den zwei Klassenräumen, der Frisörsalon, wo sich Mutter Anna die Haare machen lässt und dabei den neuesten Dorftratsch erfährt, das vornehme Ausflugslokal Dannenberg mit den Kurortpreisen, der kleine Kaufmannsladen. Alles wirkt ein bisschen verträumt und verschlafen, als hätte eine Fee den ganzen Ort vor vielen Jahren in Tiefschlaf versetzt. Wenn man in die Heiligenseestraße einbiegt, sieht man die weiten Felder und am Rand die Kiefern rund um die Sandberge.

Jeder Besucher sagt: „Das hier gehört zu Berlin? Unglaublich!" Friedel fühlt sich manchmal wie im Traum und muss sich zwicken, um sich zu überzeugen, dass Heiligensee Wirklichkeit ist. Oft ist er abends im Garten, alleine, wenn die Sonne untergeht, der Himmel sich rot färbt über den schwarzen Baumsilhouetten und die kleinen Wellen auf dem See die rote Farbe trinken. Dann ist er so glücklich, dass er immer wieder die Augen ganz fest schließen muss, um seine Eindrücke und Gefühle zu genießen. Er kann sich keinen schöneren Platz auf der Erde vorstellen als diesen hier, am Ufer des Heiligensees, im Garten des alten Pfarrhauses.

Dem Vater muss es ähnlich gehen. Er ist endlich an der Pfarrstelle angekommen, in der er sich zuhause fühlt, hier möchte er bleiben, bis er pensioniert wird. Er erzählt oft von seinen Begegnungen und Gesprächen mit den Heiligenseern, er mag die einfachen Leute, den Bauern, den Fischer, den Schmied, die Handwerker, er war ja selbst Handwerker, hat Buchdrucker gelernt, und hat sich als „Studierter" nie wohl gefühlt. Auch als Pastor fühlt er sich eher als Handwerker, als Mann der Tat, der lieber praktisch hilft als predigt. Er liebt die Gespräche mit den Alteingesessenen, die ihm Geschichten von früher erzählen, als die Straßenbahn und die Fähre noch fuhren. Und er wird im Dorf akzeptiert, weil die sonst eher verschlossenen und als eigensinnig und stur verschrieenen Bewohner merken, dass er als Pastor aus der Stadt nicht auf sie herabsieht, sondern sie ernst nimmt und mag. Man merkt ihm auf Schritt und Tritt an, dass er dieses Dorf in sein Herz geschlossen hat.

Friedel begleitet ihn, als er zum ersten Mal in der Silvesternacht hinübergeht zur Dorfkirche, um die Glocken zu läuten und ist stolz auf seinen Vater, den Dorfpfarrer. Erst wenn die Glocken läuten, beginnt das neue Jahr, erst dann werden die Böller und Raketen gezündet und der Sekt aufgemacht. Das ganze erste Jahr in Heiligensee zieht in einem Augenblick an Friedel vorüber. Die Ankunft im Paradies, seine Konfirmation, die noch in der Reinickendorfer Kirche mit seiner alten Konfirmandengruppe stattfand, aber schon hier im Heiligenseer Garten gefeiert wurde, seitdem hat er das Gefühl, kein Kind mehr zu sein. Die Kindheit ist endgültig vorbei, und was jetzt kommt, wird spannend und schön. Und hier, in Heiligensee, ist er jetzt richtig zu Hause angekommen.

Niki

Zur Konfirmation hat Friedel ein neues Fahrrad bekommen, mit fünf Gängen und Kettenschaltung, Außenspiegel und einer schwarzen Hupe. Wenn das Wetter mitspielt, fährt er mit seinem neuen Rad zur Schule, wenn er sich beeilt, dauert das nicht viel länger als mit dem Bus. Er fährt auf der Hennigsdorfer Straße an der Havel bis zur Ruppiner Chaussee. Dort gibt es im Wald entlang der Grenze einen kleinen Weg nach Frohnau. Er genießt den Morgen im Wald, das besondere Licht und die erwachende Natur. Manchmal flitzen Hasen vor ihm her, Wildschweine rascheln und grunzen im Unterholz, Rehe wechseln leichtfüßig auf die andere Seite über. Zu seiner Linken stehen alle paar Meter Schilder auf Deutsch und Französisch: *Achtung! Sie verlassen den französischen Sektor!* Die DDR-Grenzposten auf dem Wachtturm kennen ihn schon und rufen ihm manchmal etwas hinterher oder pfeifen, wenn er vorbeiradelt. Ansonsten sieht er im Wald meistens keinen Menschen, nur Tiere, bis er im Eichengrund Frohnau erreicht.

Dort ist er jetzt im neuen Schulgebäude in der siebten Klasse. Viele seiner Mitschüler haben nach der sechsten die Schule verlassen, dafür wurden beide Klassen jetzt zu einer siebten zusammengelegt. Er lernt neue Mitschüler kennen, mit denen er bisher gar nichts zu tun hatte. Und ein Mädchen ist dabei, in das er sich sofort Hals über Kopf unsterblich verliebt: Niki. Schlank, aber nicht dürr, dunkle Haare, immer ein wenig verträumt und nicht von dieser Welt, wunderschön. Sie hat eine sehr aufrechte Haltung und einen Gang, als würde sie sich immer etwas nach hinten in den Rückenwind lehnen. Friedel versucht wochenlang, diesen Gang nachzumachen, dieses Zurücklehnen gefällt ihm so gut. Aber bei ihm sieht es im Gegensatz zu Niki dämlich aus. Seine Mitschüler fragen: „Friedel, du läufst so komisch in letzter Zeit, ist alles in Ordnung mit dir?" oder: „Sag mal, hast du Gegenwind oder so?"

Niki ist immer geschmackvoll gekleidet, hat ihren eigenen Stil, kann gut zeichnen, ist kreativ und geschickt. Sie ist hilfsbereit und freundlich, lacht gerne, ist dabei aber nicht albern. Niki ist zurückhaltend, erzählt nicht so viel wie ihre Freundinnen, und hat ihre ganz eigenen Vorstellungen und Wege. Sie hält sich gerne im Hintergrund. Deshalb fällt sie in der neuen Klasse erst gar nicht weiter auf – den anderen jedenfalls nicht, Friedel schon. Sie hat ihre eigene Aura und Friedel bewundert sie, verliebt und verschüchtert, von weitem.

In der siebten Klasse beginnt die große Zeit der Feten. Friedel hat immer weniger mit Thomas zu tun, seit dem Umzug nach Heiligensee haben die beiden keinen gemeinsamen Schulweg mehr und gehen auch in der Schule ihre eigenen Wege. Die Interessen, der Freundeskreis, die Musikvorlieben – alles entwickelt sich auseinander. Es gibt keinen offenen Streit zwischen ihnen, sie grüßen sich und reden auch noch miteinander, merken aber, dass die Zeit der dicken Freundschaft vorbei ist. Der Musikgeschmack ist dabei ein ganz wichtiger Indikator: Friedel kann beim besten Willen mit Leuten nichts mehr anfangen, die immer noch „Top Twenty" mit Lord Knut im RIAS hören. Das ist doch total spießig!

Es gibt in der Klasse eine regelrechte Spaltung zwischen den „progressiven" und den „spießigen" Jungs. Das fängt bei den Haaren an, die werden nicht nur bei Friedel immer länger, Wolfram hat schon eine richtige rotblonde „Matte", das sieht stark aus, besonders beim Tanzen. Nur Spießer haben jetzt noch einen Kurzhaarschnitt. Natürlich muss man auch rauchen, auf dem Schulhof in der Ecke. Friedel hat gar kein Geld für eigene Zigaretten, wird aber von den Kumpeln bereitwillig mitversorgt. Eigentlich schmeckt ihm das nicht, aber in der Clique mit dabei zu stehen, ist schon wichtig.

Bei der Musik geht es dann weiter: Jimi Hendrix, Jethro Tull, Santana, Deep Purple, Doors, Yes, Pink Floyd,

Amon Düül, Can, Tangerine Dream – das sind die Namen, die zählen, das sind die Musiker, die etwas Neues, Aufregendes machen und die Rockmusik revolutionieren. In der Schulhofecke werden Schallplatten und Tonbänder getauscht, Namen von Musikern und Stücken fliegen hin und her und werden mit bewunderndem Schnalzen kommentiert. Die Kluft zu den Spießern, die Howard Carpendale oder Vicky Leandros hören, ist riesig und unüberbrückbar.

Diese Spaltung zwischen „progressiv" und „spießig" betrifft auch die politischen Auffassungen und das ganze Lebensgefühl. Willy Brandt als Vaterfigur ist okay bis akzeptabel, aber er ist doch ein Vertreter der Elterngeneration. Friedel und seine Kumpel suchen ihre Idole irgendwo zwischen Bob Dylan, Rudi Dutschke, Frank Zappa und Angela Davis. Ihre Träume sind die Hippieträume von Woodstock, von Love and Peace, dem Paradies auf Erden, in dem sich jeder frei entfalten kann, in dem es gerecht zugeht und die Liebe regiert. Aber natürlich darf man kein Spießer sein, muss die Haare wachsen lassen und die richtige Musik hören, dann ist alles möglich.

Friedel geht mit Freunden ins Musical „Hair" und kommt völlig begeistert wieder heraus. Genau das ist es, das will er: Frei sein, tun, was ihm gefällt, seine Haare im Wind flattern lassen. Er trägt seine Mähne mit Stolz, sie geht ihm fast schon bis auf die Schulter. Lästig ist, dass er sie jetzt fast jeden Tag waschen muss, weil die Haare seit einiger Zeit ganz schnell fettig werden. Er probiert heimlich Beas Shampoo, weil er vermutet, die „Schauma"-Großpackung im Badezimmer wäre Schuld, aber auch das hilft nicht. Er muss eben Opfer bringen und ignoriert tapfer alle Anfeindungen und blöden Bemerkungen der spießigen Umgebung, wie:

„Biste 'n Junge oder 'n Mädchen?"
„Bei Adolf wär sowat wie ihr vergast worden!"
„Kiekt doch ma in' Spiegel, langhaarige Affen, ihr!"
„Lange Haare – kurzer Verstand!"

Vorbei ist's mit Autoquartett spielen mit Thomas im Zwölfer-Bus, vorbei mit Kuchenkrümel holen am Zeltinger Platz, die Zeiten haben sich geändert, Friedel hat jetzt Wichtigeres zu tun. Er freundet sich mit Jack an, der wirkt für sein Alter schon ziemlich reif und erfahren, hat sogar schon einen dunklen Flaum auf der Oberlippe, ist sehr praktisch veranlagt, findet die gleiche Musik toll wie Friedel. Er ist Einzelkind aus einem schicken Bungalow am Frohnauer Waldrand und kann sich schon Platten kaufen, von denen Friedel nur träumt: „This was" von Jethro Tull zum Beispiel, oder die erste Santana-LP.

Als Jackie hört, dass Friedel unsterblich in Niki verliebt ist, aber aus übergroßer Bewunderung und Schüchternheit bisher weder ein Wort noch irgendein Zeichen seiner Liebe herausgebracht hat, hat er sofort eine Lösung: „Wir machen eine Fete bei mir im Keller, nächsten Sonnabend, dann sind meine Eltern nicht da! Du wirst sehen, dann läuft das von selbst, spätestens beim Klammerblues!" Genau so wird es gemacht. Alle nicht-spießigen Mädchen und Jungen der Klasse werden eingeladen. Jack und Friedel sortieren die passende Fetenmusik vor, Jack kann Platten, Friedel Tonbandmitschnitte aus dem Radio beisteuern. Jack organisiert aus den reichhaltigen Beständen seiner Eltern Getränke und Salzstangen.

Als der Abend naht, haben Jack, Johannes und Friedel schon von den Schnapsvorräten von Jacks Vater probiert und sind sehr ausgelassen und so aufgedreht wie die Musik, die aus den fetten Bassboxen dröhnt. Jackie hat wirklich eine Musikanlage vom Feinsten und das Beste ist: Er hat sturmfreie Bude! Johannes und Friedel legen einen wilden Tanz aufs Parkett, Solo natürlich, mit wüsten Zuckungen von Armen und Beinen, die langen Haare fliegen nur so durch die Gegend. Sie stacheln sich gegenseitig an, spielen Luftgitarre, bekommen lustvolle Krämpfe. *Come on baby, light my fire!* dröhnt Jim Morrisons Stimme durch den Raum, Friedel kommt es vor, als würde er anfangen zu fliegen. Plötzlich knöpft sich Johannes, aufgedreht und übermütig wie er ist, seine Jeans auf, setzt sich seine runde John-Lennon-Sonnenbrille auf und tanzt mackermäßig mit offener Jeans weiter. Friedel zögert etwas, will aber kein Spielverderber sein, knöpft sich auch die Jeans auf und versucht, den Macker zu geben, was ihm nicht allzu gut gelingt.

In diesem Augenblick hören sie Geräusche vom Fenster: Die anderen sind gekommen, stehen am Fenster und schauen ihnen zu! Blitzartig ist Friedel wieder nüchtern und auf dem Klo verschwunden. Er verriegelt die Tür und schämt sich zu Tode. Wie gerne hätte er diese Szene rückgängig gemacht! Aber es ist kein Film, er kann sie nicht auslöschen. Jetzt hat er es richtig verbockt! Wie kommt er jemals wieder aus diesem Klo raus, ohne vor Peinlichkeit in den Erdboden zu versinken? Er weiß nicht, wie lange er schon hier hockt und dumpf vor sich hin brütet. Ihm wird abwechselnd heiß und kalt, ihm ist schlecht, er fühlt sich hundeelend. Irgendwann merkt er, dass ihm die Beine eingeschlafen sind. Als er sich dann endlich hinaus wagt und in den dunkelsten Ecken des Kellers herum drückt, bekommt er erst einmal einen kumpelhaften Klaps von Johannes. Der findet das Ganze eher lustig, auf jeden Fall nicht peinlich.

Jack kommt dazu, er hat den Auftritt gar nicht mitbekommen, berichtet aber, Niki hätte verheult ausgesehen, wäre eine Weile von Uschi und den anderen Mädels umringt und mit Taschentüchern versorgt worden, anschließend dann wieder nach Hause gegangen.

„Das hat aber bestimmt nichts mit dir zu tun, Friedel! Der ging es einfach nicht gut! Du weißt doch, wie das bei den Mädels so ist, das kommt ja häufiger mal vor!"

Friedel hört zwar die tröstenden Worte, antwortet aber nicht und denkt: *Du warst doch gar nicht dabei gewesen! Natürlich hat es damit zu tun! Alle haben es gesehen, Niki natürlich auch. Sie ist entsetzt, was für ein Macho-Angeber ich bin! Mit so einem Idioten will sie nichts zu tun haben! Und Recht hat sie, wie konnte ich nur so bescheuert sein! Da habe ich ein richtiges Eigentor geschossen! Das kann ich nie wieder gut machen!* Mit solch düsteren Gedanken verläuft dann der Rest des Abends trist, so richtige Tanzlust kommt gar nicht mehr auf und um halb elf sind die restlichen Mädchen auch wieder fort. Um halb zwölf sind Jack und Friedel alleine, räumen die Reste zusammen und leeren die angebrochenen Flaschen.

In der Schule weicht Friedel jetzt Niki aus, er schämt sich jedes Mal, wenn er sie sieht. Natürlich bringt er weiterhin keinen Ton heraus. Jack und die anderen Kumpel aus der Raucherecke verstehen sein Problem nicht so ganz. Sie sind da anders gestrickt. Sie wollen Erfahrungen mit Mädchen machen und suchen noch nicht die „Eine". Sie versuchen ihn aufzumuntern: „Niki is hübsch, sicherlich, aber die is doch viel zu still! Wat willste denn mit der anfangen? Sei doch mal locker und kiek dich richtig um! Andere Mütter haben auch schöne Töchter, du brauchst se ja nich gleich zu heiraten!"

Aber Friedel leidet weiter still für sich. Ab und zu riskiert er schon einmal einen Blick in andere Richtungen und denkt: *Die wäre auch nicht so übel!* Aber es ist wie ein Fluch. Er muss sie immer mit Niki vergleichen, und gegen Niki kann keine andere bestehen. Irgendwann kann Jack Friedels leidenden Blick nicht mehr ertragen und sagt: „Nu komm schon, wenn du nicht wegkommst von ihr, musst du einen neuen Anlauf starten! Rede mit ihr! Soll ich was arrangieren?"

Um Gottes Willen, bloß das nicht! Das letzte Mal ist ja Jacks Arrangement gründlich in die Hose gegangen! Nicht noch einmal! Friedel lehnt dankend ab und leidet weiter. Vielleicht ahnt Niki ja, dass er leidet. Es ist seine Form der Wiedergutmachung: Er entsagt allen Freuden und büßt für seine Missetat. Ein Passionslied aus seiner Kinderzeit geht ihm durch den Kopf:

Ein Lämmlein geht und büßt die Schuld
der Welt und ihrer Sünder ...

Er hat damals als kleiner Junge „Männlein" verstanden, das war sein Spitzname, von Friedemann. Er hatte sich immer gefragt, was für eine Schuld er da auf sich geladen hätte. Jetzt schleppt er wieder so ein Päckchen mit sich herum, und er kann auch gar nicht mehr mit anderen darüber sprechen, denn alle anderen finden es doch bestimmt völlig überzogen und lächerlich. Es ist wie ein Fluch, als ob er ein Schweigegelübde abgelegt hätte. Wenn er Niki sieht, sind seine Lippen versiegelt.

Popplitz

Oft kann er sich in der Schule gar nicht mehr richtig konzentrieren. Das liegt nicht nur an Niki, er ist anders geworden. Schule interessiert ihn einfach nicht mehr so richtig, sie nervt hauptsächlich. Schule ist dieses lästige Herumhocken auf zu kleinen Stühlen, bis man endlich in der Pause wieder in die Raucherecke flitzen kann. Die Lehrer gehen ihm auf die Nerven. Friedel ist bisher immer locker und lässig durch die Schule gekommen. Jetzt, in der Pubertät, wo, wie Mutter Anna sagt, die Hormone verrücktspielen, hat seine Lockerheit und Lässigkeit eher noch zugenommen. Für die Jungs von der progressiven Liga in der Raucherecke sind solche Dinge wie Anstrengung, Fleiß, Sport absolute Tabus. Das ist nur was für die Spießer und Schleimer mit den Bürstenhaarschnitten. Allerdings hat diese Einstellung jetzt zum ersten Mal Einfluss auf Friedels Zensuren, die sind so schlecht wie noch nie.

Im Gegensatz zu seinen Kumpeln hat er immer noch ein sattes Polster und muss noch nicht ernsthaft um seine Versetzung fürchten. In den meisten Fächern kann er durch eine kleine, spießige Sonderanstrengung die Sache noch irgendwie schaukeln. Auch Hausaufgaben macht er in der Regel noch, auch wenn seine Schrift inzwischen so schlecht geworden ist, dass er manchmal selbst nicht mehr entziffern kann, was er da eigentlich hingeschrieben hat. Seit seine geliebte Grundschullehrerin Fräulein Herrmann nicht mehr seine Hefte kontrolliert und mit ihrer feinen Schrift mit rotem Füller *Fein, Friedemann!* darunter schreibt, interessiert sich kein Lehrer mehr ernsthaft für seine Hefte. Die Folge ist ein grauenhaftes Geschmiere und Gekritzel, er benutzt seine Hefte an den Rändern gleichzeitig als Skizzenblock für kleine gezeichnete Lehrerportraits oder poppig ausgemalte Botschaften. Wenn irgendein Lehrer mal Hefte eingesammelt hätte, hätte er sich bestimmt mehr angestrengt.

In den Naturwissenschaften ist er allerdings überhaupt nicht locker und entspannt, hier verkrampft sich sein Herz schon beim Eintritt in die immer irgendwie eklig riechenden Fachräume. Das einzig Nette dort sind die Klappsitze wie im Kino. Bloß leider wird das Licht nicht gelöscht. Wie schon im Aufklärungsunterricht sitzt Friedel staunend und ratlos vor den bunten Schautafeln, starrt auf vollkommen rätselhafte Formeln und Versuchsanordnungen, die nach mühevollem Aufbau am Ende der Stunde noch nicht einmal richtig funktionieren und ihm von A bis Z völlig unverständlich bleiben. In Physik und Chemie ist er auf die freundliche Unterstützung seiner Mitschüler angewiesen, um bei Tests noch mit einer vier minus durchzurutschen. Manche Lehrer geben ihm auch aus Mitleid noch eine vier, weil er ja eigentlich ein netter Kerl ist, auch wenn er diese langen Haare hat und vor Lässigkeit nicht weiß, wohin mit seinen Knochen.

Mathe hat Friedel immer ganz gerne gemacht, weil es so befriedigend ist, das richtige Ergebnis zu haben. Es ist ein bisschen wie Rätsellösen. Aber auch hier hat er jetzt Aussetzer, besonders heftig in Geometrie. Sauber zeichnen und räumliche Vorstellung sind nicht sein Spezialgebiet. Seine Hefte sehen schlimm aus. Mit einem Bleistift, der einem Besenstiel ähnelt, lassen sich keine exakten Winkel zeichnen und ablesen – leider. Präzision ist ein Fremdwort für ihn. Dabei zeichnet er leidenschaftlich gerne und ständig, es gehört zu seinen Lieblingsbeschäftigungen, Blätter vollzukritzeln mit kunstvollen Geflechten aus Buchstaben, Gesichtern, Mustern und Spiralen. Friedel hat schon als Vorschulkind ganze Hefte vollgekritzelt mit selbsterfundenen Bildergeschichten und Werbebotschaften. Er kritzelt auch jetzt während des Unterrichts ständig vor sich hin, wenn er sich langweilt, und das tut er fast immer.

Dementsprechend gerne mag er das Fach Kunst, zumindest, wenn es ums Zeichnen geht. Sein neuer Klassenlehrer in der siebten Klasse ist der Kunstlehrer Guhl, dessen alter Fiat Kombi immer nach frischer Farbe riecht. Guhl ist ein Macher, ein praktischer Mensch mit einer grün getönten Brille und einem ehemals weißen Kittel, den er immer offen trägt, und der inzwischen mit einem interessanten Muster farbiger Sprengsel verziert ist. Seine Unterschrift kann man zwar nicht lesen, sie sieht aber grafisch gut aus. Er schreibt nur mit diesen dünnen, schwarzen Finelinern. Diese Stifte lernt Friedel durch ihn kennen und schätzen, sie ersetzen bald den lästigen, klecksenden Füller. Als Guhl entdeckt, dass Friedel gut zeichnen kann, nimmt er ihn auf dem Schulhof beiseite und redet mit ihm wie mit einem Oberstufenschüler. Friedel versteht nicht so richtig, worauf er eigentlich hinaus will. Er soll Arbeiten von zu Hause mitbringen und zeigen? Er hat doch gar keine Arbeiten zu Hause! Er kriegt einen Schreck, er macht doch nur diese Kritzeleien, und die will er ihm nicht zeigen. Er fühlt sich geehrt, aber auch überfordert, weil er nicht so genau weiß, was der Lehrer eigentlich von ihm will.

Schlimm wird es allerdings in Technik, die Schule hat keinen Techniklehrer, also muss Guhl als Verlegenheitslösung ran. Der ist entsprechend wenig motiviert, Technik zu unterrichten. Seine Lösung sieht so aus: „Sucht euch was aus, was ihr gerne basteln wollt, macht einen Plan, besorgt euch die Materialien und dann geht's los!" Na prima! Friedel ist handwerklich nicht besonders geschickt und erfahren, aber irgendein Teufel hat ihn geritten und er kündigt an, er wolle ein Radio bauen. Leider hat er überhaupt keine Ahnung von Elektronik. Er besorgt sich eine Bastelanleitung aus der Bücherei, baut einen schönen, kleinen Sperrholzkasten und erwirbt in der Elektronik-Fachhandlung in Tegel alle benötigten Einzelteile: Kupferspule, Dioden, Widerstände, Kondensator, Drehregler. Dann verbringt er lange Abende im Werkkeller, um das Ganze zu verlöten und richtig anzubringen. Der Keller stinkt nach Lötzinn und Lötfett, er hat die Tür geschlossen, damit er die Musik der Doors richtig laut hören kann beim Löten. Einmal wird ihm plötzlich schwarz vor Augen und so schwindlig, dass er die Tür aufreißen muss, um frische Luft hineinzulassen.

Leider gelingt es ihm nicht, das Radio ans Laufen zu bekommen - wahrscheinlich hat er beim Löten auf der Kupferplatte irgendwelche empfindlichen Teile ruiniert oder falsch miteinander verbunden. Sein Vater kann ihm nicht helfen, der hat von Technik und Elektrik auch keine Ahnung. Friedel beschließt, seine vergeblichen Bemühungen einzustellen. Er nimmt schließlich seinen kleinen Kasten zur Präsentation mit in die Schule, schön lackiert, mit Schaltern und Knöpfen dran. Seine Mitschüler haben kleine Billardtische, Kugelbahnen und Ähnliches gebastelt. Friedels Radio fällt schon ein wenig aus der Reihe. Schade nur, dass es keinen Ton von sich gibt! Guhl begutachtet es ausgiebig von allen Seiten, stellt fachmännisch fest, dass es nicht funktioniert und gibt Friedel dann, wegen des Designs und der Mühe, die er sich damit gemacht hat, eine Drei minus.

Deutsch mag Friedel eigentlich gern, weil er Spaß an Texten und am Schreiben hat. Daran kann auch Dr. Popplitz nichts ändern, den Friedel in der Sieben bekommt. Dr. Popplitz ist schon ziemlich alt, *mindestens siebzig*, denkt Friedel, *sieht aber aus wie achtzig!* Popplitz ist lang und hager, hält sich aber sehr aufrecht wie die ganze Generation, die von den Nazis gedrillt worden ist. Er hat Augenbrauen wie Grasbüschel und dicke Tränensäcke. Die Grasbüschel wachsen ihm auch aus der riesigen Nase und aus den gewaltigen Ohren, aber sie scheinen ihn nicht weiter zu stören oder zu behindern, denn er hört ausgesprochen gut für sein Alter.

Popplitz wäre von seinem Aussehen und Verhalten in jedem Paukerfilm nicht weiter aufgefallen, die Lehrer im Kaiserreich und unter Adolf haben bestimmt ganz ähnlich unterrichtet wie er. Wenn es einen ernst zu nehmenden Inhalt geben würde, hätte Friedel die Verpackung vielleicht noch toleriert, aber D o k t o r Popplitz, wie er sich immer anreden lässt, ist eine komplette Luftbuchung. Er rollt das „r" und redet immer so geschwollen und bedeutungsvoll, als ob er gerade eine Ansprache halten würde. Öfter klappert etwas in seinem Mund, wenn er redet. Wenn er mitbekommt, dass ihn die Schüler deswegen anstarren, sagt er: „Ihrrr denkt wohl, das wärrre mein Gebiss, was da klappert, aberrr es ist nur mein Hustenbonbon!"

Der Doktor hat das Ende des Deutschen Reiches noch nicht so ganz sauber verarbeitet, denn er schwärmt andauernd von den großen, schlanken, blonden deutschen Mädchen mit den blauen Augen. Da ist die Auswahl in Friedels Klasse nicht so groß: Es gibt pummelige und kleine mit strohblonden Haaren und leuchtend blauen Augen, es gibt große, schlanke Brünette oder Dunkelhaarige wie Niki – aber die komplette Anforderungsskala von Dr. Popplitz wird nur von einem Mädchen erfüllt: Uli! Dauernd wird sie von Popplitz aufgerufen, zitiert, muss als Beispiel herhalten – was ihr selbst sichtlich unangenehm ist. Friedel führt Strichlisten, wie oft Ulis Name im Unterricht von Popplitz fällt und hat damit eine Aufgabe, die ihn zwar nicht ausfüllt, aber doch beschäftigt.

Popplitz hat viele Marotten, eine davon erregt besonderes Aufsehen und Ekel und sorgt dafür, dass sein geheimer Spitzname Popelfritz wird: Die ganze Klasse beobachtet ganz genau, wenn es wieder so weit ist: Irgendwann einmal in fast jeder Stunde schnappt er sich den langen Bambus-Zeigestock mit der grünen Gummispitze und hantiert beim Reden so lange mit dem Stock hin und her, bis er die Spitze kurz in einem seiner riesigen, behaarten Nasenlöcher geparkt hat. Entweder weiß er nicht, was er da tut, oder er meint, niemand würde es bemerken. Jedenfalls ist er so routiniert bei seinem Vorgehen, dass er nie hingucken muss. Es wirkt wie automatisiert, wie ferngesteuert. Zwei verschachtelte

Nebensätze später bekommt die grüne Gummispitze einen kleinen, fast zufälligen Schnips mit dem Finger, und etwas Gelblich-Grünes fliegt zu Boden und ein entsetztes Raunen geht durch die Klasse. Die vorderste Reihe ist in diesem Moment schweißgebadet und froh, wenn sie nichts abbekommt.

Wie aus einer Hypnose erwacht fixiert Popplitz jetzt die Klasse und stellt eine inhaltliche Frage zu seinen weitschweifigen Ausführungen. Natürlich hat kein Mensch darauf geachtet, was Popelfritz sagt, sondern nur, was er macht – was sich jetzt rächt. Der Doktor ist nun hellwach und notiert sich in seinem kleinen, blauen Lehrerkalender akribisch seine Benotung für die hilflosen Antwortversuche der Schüler. Die einzige, der er ihr Nichtwissen wortreich verzeiht, ohne etwas zu notieren, ist Uli. Sie erzählt manchmal extra irgendeinen haarsträubenden Unsinn, nur um zu testen, wie er darauf reagiert. Er lässt sich nie etwas anmerken, korrigiert sie höchstens mit einem verständnisvollen, milden Lächeln. Bei einem blonden, hochgewachsenen, blauäugigen, arischen Mädchen kann er nicht anders – er muss ihr verzeihen!

Popplitz hat Friedel schon bald auf seiner schwarzen Liste. Wahrscheinlich spürt er, wie sehr Friedel ihn verachtet, ihn lächerlich und abstoßend findet. Schon wie Friedel sich auf seinem Stuhl herumlümmelt, statt aufrecht und gerade seinem Unterricht zu folgen, ist eine ständige Provokation. Und dann noch diese lange Mähne – widerlich! Friedel hat zwar blaue Augen, auch wenn sie etwas ins Graugrünliche changieren, aber die hellblonden Haare seiner Kindheit sind inzwischen braun. Christian dagegen, schlank und rank, mit seinem blonden Bürstenschnitt und der aufrechten Haltung, als hätte er einen Besenstiel verschluckt – das ist ein arischer Junge von echtem Schrot und Korn! Dem verzeiht er, wie Uli, jeden Blödsinn, der aus seinem Munde kommt.

Wenn Friedel im Unterricht flüstert, registriert Popplitz das mit seinen haarigen Luchs-Ohren sofort und ermahnt ihn scharf. Wenn Friedel eine seiner halblauten, den Unterricht kommentierenden Bemerkungen fallen lässt, fliegt er sofort raus: „Frriedemann – vorr die Türr!" und muss auf dem kalten Flur warten, bis der Doktor ihn wieder hereinbittet. Das reizt Friedel natürlich noch mehr, ihn lächerlich zu machen. Seine Hefte sind voll mit Popplitz-Karikaturen, die den Tatbestand der Beleidigung und Verunglimpfung mehr als erfüllen. Zum Glück ist Popplitz zu faul, die Hefte einzusammeln und durchzusehen, sonst würde es richtigen Ärger geben. So sind die Zeichnungen für Friedel und seine Tischnachbarn Ablenkung und Ventil für aufgestaute Wut und Frustration.

Im Schriftlichen kann er Friedel nichts anhaben, bei Diktaten schreibt der regelmäßig Einsen, da kann Popelfritz sich auf den Kopf stellen. Bei Nacherzählungen und Aufsätzen ist Friedel ebenfalls nicht zu schlagen. Popplitz quält die Klasse mit seinen unsäglichen Vorkriegsgeschichten, mit denen er bestimmt schon ganze Schülergenerationen tödlich gelangweilt hat. Friedel baut bei den Nacherzählungen und schriftlichen Aufgaben gezielt kleine Provokationen ein. Wenn Popplitz fordert, die Schüler sollen ihre Sätze schön bildhaft ausschmücken, übertreibt Friedel die Ausschmückung lustvoll bis zum Exzess und liest das dann auch gerne der ganzen Klasse vor, die weiß, dass es bei Friedels

Texten immer etwas zu lachen gibt. Da wird aus einem stinklangweiligen Sultan plötzlich der stoppelbärtige Mann mit den dicken Tränensäcken und den wilden, schwarzen Augenbrauen, der im lachsfarbenen Bademantel auf einer schläfrigen Kamelstute durch die Stadt reitet. Natürlich werden solche Übertreibungen bei Klassenarbeiten angestrichen und gerügt, aber eine schlechte Note kann er dafür nicht geben, so lange Friedel sich darauf spezialisiert, die Aufgabenstellung mehr zu beachten, als dem Lehrer lieb ist.

Was macht der typische Oberstudienrat in der ersten Deutschstunde nach den Sommerferien? Richtig, er lässt einen Aufsatz schreiben mit dem originellen Thema *Mein schönstes Ferienerlebnis.* Aber was macht Dr. Popplitz am darauffolgenden Tag, wenn er immer noch nicht dazu gekommen ist, zu überlegen, welches Thema er in Deutsch denn nun durchnehmen möchte in den kommenden Wochen? Er lässt zunächst einige Aufsätze vorlesen und bespricht besonders den Aufsatz von Uli begeistert im Detail. Im Anschluss gibt er der restlichen Klasse, die das Pech hat, nicht so schlank und blond und blauäugig zu sein, zur weiteren Übung ein neues, mindestens ebenso originelles Aufsatzthema als Hausaufgabe auf: *Meine Lieblingsbeschäftigung.*

    Friedel sitzt zu Hause an seinem Schreibtisch und kaut an seinem Stift. *Meine Lieblingsbeschäftigung* – was für ein Langweiler! Er überlegt, was die Steigerung von langweilig ist und hat plötzlich sein Thema gefunden: *Meine Lieblingsbeschäftigung: Schlafen!* Friedel stellt sich das blöde Gesicht von Popelfritz vor, wenn er dieses Thema hört – und schon fließt ihm ein leidenschaftliches

Plädoyer für das Schlafen als Lebenszweck aus der Feder, mit Einleitung, Hauptteil, Schluss und allem Drum und Dran, samt Exkurs über Träume und ihre Bedeutung für die Bewältigung des Alltags. Die Bemerkungen über den gesunden Schulschlaf lässt er weg, denkt sie sich aber dazu und muss immer wieder vor sich hinlächeln, während er sein anschauliches, detailliertes und völlig regelkonformes Lob des Schlafens aufschreibt.

Am nächsten Tag ist Friedel der Einzige, der sich zum Vorlesen meldet, alle anderen haben sich zu Tode gelangweilt bei diesem Thema und schauen ihn gespannt an. Popplitz zögert etwas, bevor er ihn dran nimmt, aber es bleibt ihm gar nichts anderes übrig. Es ist mucksmäuschenstill, als Friedel beginnt, seinen Aufsatz vorzutragen. Das ändert sich jedoch schon bald. Während die Schüler kichern, glucksen oder sich die Hände vor das Gesicht pressen, um nicht laut loszuprusten, zucken beim Doktor die Mundwinkel bedenklich und die monumentalen Nasenflügel beben. Seine rötliche Gesichtsfarbe ist verschwunden, er ist grau, fast weiß. Als Friedel fertig ist, bleibt er wie versteinert und starrt in die Ferne, während die Klasse aufspringt und jubelnd applaudiert. Als sich alle wieder gesetzt und beruhigt haben und er seine Mundwinkel wieder unter Kontrolle hat, schnarrt er mit einer seltsam leisen, fast tonlosen Stimme: „Das ist eine merrkwürrdige Lieblingsbeschäftigung, Frriedemann! Nun werrden wir uns ein wenig mit Grrammatik verrgnügen!"

Popplitz weiß, dass er Friedel dafür, obwohl er die Provokation deutlich spürte, keine schlechte Note geben konnte. Die Zwei in Deutsch auf dem Zeugnis muss ihm körperlich wehtun, aber er kann sie nicht verhindern. In seinem anderen Fach Geschichte erwischt er ihn aber dann doch: Hier kassiert Friedel die erste Zeugnis-Fünf seines Lebens. Er hat zwar durchaus Interesse an Geschichte und vor allem an Zeitgeschichte und Politik, aber nicht an der sehr speziellen, völkisch getönten Aufbereitung der deutschen Vergangenheit durch Dr. Popplitz. In diesem Bewusstsein nimmt er die Fünf wie eine Auszeichnung entgegen. Ja er liefert sich mit Thomas, der ebenfalls bei Popelfritz auf dem Index steht, einen kleinen Wettbewerb, wer es öfter schafft, beim Doktor rauszufliegen. Das sorgt sogar wieder für Gesprächsstoff zwischen den beiden:

„Wat ham denn deine Eltern jesacht zu der Fünf?"

„Nicht viel. Mein Vater hat eine Augenbraue nach oben gezogen und irgendwas vor sich hin gemurmelt, was ich nicht verstanden habe. Meine Mutter kennt ja Popelfritze, der hat sie ja mal in die Schule bestellt. Die hat da ja gemerkt, dass der komisch ist.!"

„Wie bei mir, meene Mutter musste da ock antanzen, weil ick so oft rausjeflogen bin aus'm Unterricht und 'n Tadel jekriegt hab. Sie hasst den Typen, ick soll trotzdem die Zähne zusammenbeißen und mich anstrengen. Ick soll ja schließlich 'n anständiget Zeugnis nach Hause bringen, damit ma wat aus mir wird. Die is dauernd hinter mir her, dett ick och fleißig lerne. Dett kennst du ja nich, oder?"

„Nee, zum Glück. Ich mach ja meine Hausaufgaben, auch ohne Mutter hinter mir. Die hat auch gar keine Zeit für so was. Die weiß, dass ich schon das Wichtigste mache, wenn sie mir nicht dazwischenfunkt. Hat sie nie gemacht. Ich fand toll, dass sie den Popelfritze auch so ätzend fand!"

„Macht se sich denn keene Sorgen um dich?"

„Ich glaube nicht. Die weiß, dass sie sich auf mich verlassen kann. Ich werd' schon nicht sitzenbleiben."

Anti-Sport

Einige Wochen später kommt der nächste Brief von Dr. Popplitz nach Hause, Friedels Mutter fährt zum Gesprächstermin. Er will sie über das schändliche Treiben ihres missratenen Zöglings informieren. Da ist er aber bei ihr an die Falsche geraten. Wie jede Mutter kann sie sich natürlich überhaupt nicht vorstellen, dass ihr Sohn sich nicht richtig benehmen kann. „Zu Hause ist er auf jeden Fall ganz normal!" sagt sie mit fester Stimme und denkt dabei: *Im Allgemeinen stimmt das ja auch. Gut, er ist oft sehr nervös und zappelig, bekommt das leider auch öfter von seinem Vater oder von seiner älteren Schwester gesagt: „Friedel zappel nicht so rum!" Dadurch wird es aber eher schlimmer als besser, besonders bei Tisch, da rutscht ihm öfter was aus oder fällt hin. Kein Wunder, wenn man das dauernd zu hören kriegt, wird man noch nervöser. Aber es ist ja nie mit Absicht oder gar böswillig. Der Friedel ist doch ein ganz Lieber!* Sie merkt, dass sie Popplitz überhaupt nicht zuhört, er ist ganz rot im Gesicht vor Aufregung und beendet gerade seine Ausführungen mit „… aufsässig und unverrschämt!"

„Aufsässig? Unverschämt? Friedel? Das muss ein Irrtum sein! Friedel hat sehr viel Phantasie und Humor. Kann es vielleicht sein, dass Sie seinen Humor manchmal nicht verstehen?" Sie denkt: *Was für ein humorloser, dröger Knochen dieser Lehrer ist! Eine Witzfigur! Kein Wunder, dass die Kinder sich über den lustig machen!* Wieder bekommt sie nur das Ende von seiner Antwort mit: „… aufpassen, dass der nicht mal asozial wird!"

Jetzt wird sie rot:

„Asozial? Jetzt reicht es aber, Herr ..."

„D o k t o rr Popplitz!"

„H e r r Popplitz, kommen Sie mal zu uns nach Hause und sehen Sie sich an, wie liebevoll sich Friedel um seine beiden jüngeren Geschwister kümmert, wie er mit ihnen spielt, ihnen vorliest, wie er mir in der Küche beim Abtrocknen hilft, wie er alte Leute in unserer Gemeinde besucht und für sie Musik macht – und dann sagen Sie mir noch einmal, Friedel wäre asozial!"

Damit ist das Gespräch beendet. Mutter Anna erzählt zu Hause nicht viel von diesem Gespräch, nur der Vater bittet Friedel, doch jetzt mal ein bisschen kürzer zu treten, damit die Mutter nicht dauernd durch die Gegend fahren muss, um sich mit irgendwelchen Lehrern zu unterhalten. Friedel verspricht es und schafft es auch, Popplitz nicht mehr ganz so heftig zu reizen. Dafür erwartet er jetzt einen Brief vom Physiklehrer. Er ist beim Kartenspielen erwischt worden, in der ersten Reihe! Wie konnte er nur so blöd sein, sich in die erste Reihe zu setzen? Er sitzt doch sonst immer hinten, aus gutem Grund. Dort fällt es nicht weiter auf, wenn man sich auf die ein oder andere Weise die Zeit vertreibt, während der Lehrer, der eigentlich ganz nett ist, seinen Versuch aufbaut. Was soll er denn sonst tun? Zugucken? Er hat doch keinen blassen Schimmer, was der da vorne macht.

Aber dass er dann in der ersten Reihe mit Wölfi Mau Mau gespielt hat, war wirklich saublöd, das hat er sofort eingesehen. Der Lehrer war sichtlich enttäuscht von ihm und schaute ihn ganz traurig an. „Ja, Friedemann und Wolfram, ihr wisst, was das bedeutet. Tadel, Brief an die Eltern ..." Friedel schaute zu Boden, so peinlich war ihm das. Er druckste an einer Entschuldigung herum. In den folgenden Tagen wartete er immer auf den Brief, der aber nicht kam. Oder hatten die Eltern nichts gesagt? Nein, das konnte nicht sein. Wahrscheinlich hat beim Physiklehrer das Mitleid gesiegt, er hat es einfach nicht übers Herz gebracht, die beiden anzuschwärzen. Aus Dankbarkeit nimmt sich Friedel vor, jetzt in Physik aufzupassen. Das hält aber nicht lange vor, denn er versteht nach wie vor nicht, was da vorne eigentlich passiert und gezeigt werden soll.

Genauso gerechtfertigt wie der Tadel in Physik ist die Abmahnung, die er bekommt, nachdem er einfach aus dem Sportunterricht nach Hause gegangen ist. Er gehört ja zu den *Anti-Sportlern* - so bezeichnen sich die langhaarigen Sport-Geschädigten der Klasse selbst. Mit hochgezogenen Schultern und angewinkelten Armen versucht Friedel heil über den Sportplatz oder durch die Turnhalle zu kommen, ohne dass ein Ball ihn trifft und verletzt. Uli sagt ihm einmal: „Beim Sport siehst du immer so süß aus, wie ein verschrecktes Häschen!" Er weiß nicht recht, ob das ein Kompliment ist und lächelt unbestimmt. Er weiß nur, dass er sich immer unwohl fühlt beim Sport. Schon der Geruchscocktail von feuchten Socken und altem Schweiß in der Turnhalle lässt ihn fast kollabieren. Die Umkleidekabine ist geruchstechnisch eine Folterkammer für ihn, die Duschräume und Toiletten betritt er nie.

Der Sportlehrer will natürlich nicht akzeptieren, dass ein gesunder, körperlich ganz normal entwickelter Junge im Sport wie ein verschrecktes Häschen durch die Gegend schleicht und leistungsmäßig immer nur auf der

Standspur fährt. Er macht einige Versuche, Friedel aus der Reserve zu locken, leider mit geringem Erfolg: „Friedel, du bist doch eigentlich ein prima Kerl und kein Waschlappen, mach doch mal was, zeig doch mal was, gib doch mal Gas! Du kannst doch viel mehr, das sieht man doch!" Okay, ab und zu hat Friedel mal Momente sportlichen Ehrgeizes, aber durch eine Verkettung unglücklicher Umstände werden diese kleinen Flämmchen immer wieder schnell ausgelöscht.

Nachdem er einmal in bester Absicht und guten Willens mit voller Wucht vor den Kasten gerannt ist, anstatt darüber zu springen, hat er eine eingebaute, psychologische Sperre vor den martialischen Geräten, die ihnen der Sportlehrer da ständig in den Weg stellt: Um Kasten, Pferd und Barren macht er, wenn es irgendwie geht, einen weiten Bogen – aus reinem Selbsterhaltungstrieb. Am Boden sieht es nicht viel besser aus. Der Geruch, den diese furchtbaren Gummimatten ausströmen, bringt ihn fast um, besonders bei Übungen, bei denen er mit der Nase ganz dicht darüber hängt. Beim Handstand und Radschlagen plumpst er lokal betäubt auf die qualmende Matte.

All dies hat schon in der Grundschule bei ihm begonnen, die körperliche Abneigung gegen die fiesen Turnhallengerüche, die Angst vor fliegenden Bällen, zusehen zu müssen, wie nette Jungs in der Turnhalle plötzlich zu wilden Tieren mutieren. Kampf in jeder Form ist Horror für ihn. Wofür in aller Welt soll er kämpfen, rennen, Schweiß vergießen? Er weiß es nicht. Er wartet in der Sportstunde immer nur auf das Klingeln und ist froh, wenn er selbst mit dem Leben davon gekommen ist und seine Mitschüler langsam wieder *normal* werden.

Ganz schlimm ist Ballsport. Volleyball, Handball, Basketball? Ein Albtraum für Friedel! Ständig schwebt man in der Gefahr, von Bällen getroffen zu werden! Bei Völkerball wird man sogar gezielt abgeworfen! Außerdem sieht Friedel den Ball nicht so richtig ohne Brille. Er ist ziemlich kurzsichtig, muss aber bei Ballspielen zur Sicherheit die Brille absetzen. Fußball geht noch so, wenn der Ball flach bleibt. Beim Fußball sind ihm zumindest die Regeln einigermaßen vertraut und hier darf er die Brille aufbehalten. Tore schießen kann er leider nicht, Tore halten auch nicht. Mit Brille darf er nicht ins Tor, ohne sieht er die Bälle nicht. Also bleibt für ihn die Position des Verteidigers. Der letzte Mann vor dem Tor, der versucht, den anstürmenden Gegner mit allen erlaubten und unerlaubten Mitteln so zu verunsichern, dass er das Tor nicht trifft. Den Hackentricks und der Schnelligkeit der gegnerischen Stürmer hat er nichts entgegenzusetzen. Deshalb versucht er es meist mit psychologischer Kriegsführung: „Mensch, dein Hemd ist ja zerrissen!" oder: „Ist das nicht deine Freundin, die da hinten zuguckt?"

Mit diesen Methoden hat er nicht allzu oft Erfolg, vor allem nicht bei den Jungs, die seine Sprüche schon kennen. Die meisten Mitschüler finden ihn nicht effektiv genug, denn er wird vor dem Spiel meistens als Vorletzter in die Mannschaft gewählt. Und dann ist es plötzlich so weit: Die beiden Dicken der Klasse fehlen und er ist tatsächlich der Letzte, der einer Mannschaft zugeteilt wird! Da brennt bei ihm eine Sicherung durch. Er packt seine Sachen zusammen und geht einfach nach Hause. Der jahrelang aufgestaute Sportfrust entlädt sich in diesem einen Moment.

Das ist natürlich nicht besonders klug, aber wenn er wütend ist und sich ungerecht behandelt fühlt, kann er ganz radikal sein. Früher als kleines Kind verzog er sich dann immer in den letzten Winkel seines Zimmers hinter das Bett und wartete darauf, dass jemand käme, der ihn tröstete und sich entschuldigte für das bittere Unrecht, das ihm widerfahren war. Das passierte leider sehr selten, und in der langen Wartezeit hinter dem Bett fühlte er sich immer einsamer und ausgeschlossener von der menschlichen Gemeinschaft und entwickelte dann düstere Szenarien: *Wenn ich jetzt tot wäre, dann würden sie schon sehen! Dann würde es ihnen sehr leid tun, wie sie mich behandelt haben, aber dann wäre es zu spät!*

So ähnlich geht es ihm jetzt auf dem Heimweg von der Sportstunde. Er schimpft und flucht und versucht sich einzureden, dass sein Verhalten gerechtfertigt ist. Er steigert sich in seinen Trotz, seine Wut, sein Selbstmitleid richtig hinein und geht allen anderen Menschen aus dem Weg. Er will allein sein und vertrödelt noch etwas Zeit, damit er nicht zu früh zu Hause ist. Es soll keine lästigen Nachfragen geben, wie: „Ist Sport heute ausgefallen?" Meistens registriert zwar keiner, wann er nach Hause kommt, das Essen steht immer auf der Warmhalteplatte, aber man kann ja nie wissen, ob Mutter Anna nicht ausgerechnet heute auftaucht, wenn er sie so gar nicht gebrauchen kann.

Als eine Woche später der Brief von der Schule kommt, ist ihm längst bewusst, dass er Mist gebaut hat. Schon am Abend ist ihm das klar gewesen und er hat sich verflucht, dass er immer so schnell einschnappt. Es ist so ein Mechanismus aus der frühen Kindheit. Zack - ist es schon wieder passiert! Das denkt er aber nur, erzählt es aber nicht, als der Vater ihn zum Gespräch ins Arbeitszimmer bittet. Der hält den Brief von der Schule in der Hand und stochert in seiner Pfeife. Das Zimmer riecht nach dänischem Tabak, lecker. Friedel erzählt ihm, wie alles gekommen ist, dass er so frustriert war, als letzter in die Mannschaft gewählt zu werden. Sein Vater macht immer nur „Hmm, hmm!" und ist intensiv mit dem Putzen seiner schönen Pfeife aus Walnussholz beschäftigt.

Friedel muss also weiterreden. Er sagt, dass es ihm leid tut, dass er sich beim Sportlehrer schon entschuldigt hat. Der hat die Entschuldigung auch angenommen, aber da war der Brief schon weg. Vom Vater kommt immer noch nicht mehr als ein Brummen. Friedel verspricht ihm, dass ihm so etwas nicht noch einmal passieren wird. Jetzt ist der Vater fertig mit seiner Pfeifenreinigung, schaut hoch zu Friedel und murmelt: „Ja, in der Pubertät werden alle ein bisschen komisch in der Schule, das legt sich schon wieder!" Friedel nickt, atmet tief durch und schickt ein stummes Dankgebet gen Himmel, dass er so verständnisvolle Eltern hat.

In den nächsten Wochen versucht er herauszubekommen, was ihm denn richtig Spaß macht in Sport. Und siehe da, es gibt tatsächlich etwas: Klettern. Von der Decke werden dicke Hanfseile heruntergelassen, und nachdem Friedel kapiert hat, wie er sich barfuß mit den Fußsohlen festklammern kann und die Angst vor dem schwankenden Seil und der Höhe verliert, kommt er tatsächlich bis ganz nach oben. Er ist kolossal stolz, reißt sich aber beim schnellen Herunterrutschen leider die Hände an den harten Hanfseilen auf. Egal, beim nächsten

Mal ist er wieder dabei und bekommt richtig Spaß, vor allem als er sieht, dass die Mädchen und auch viele Jungs nicht ganz nach oben kommen. Es ist das erste Mal, dass er denkt: *Ich kann etwas in Sport!*

Leider wird ein paar Wochen später das Seilklettern eingestellt, und das kommt so: Bei einigen Jungen löst die Reibung durch das Seil zwischen den Beinen eine nur schwer zu steuernde Welle von Glücksgefühlen aus. Als in einer Sportstunde einmal gleich vier Jungs gleichzeitig mit schweißüberströmten, wie in Trance verschleierten Gesichtern irgendwo auf dem Seil stecken bleiben und nicht mehr vor noch zurück zu ihren glucksenden, tuschelnden und kichernden Mitschülern und Mitschülerinnen können, bekommt auch der Sportlehrer die Brisanz der Lage mit und stellt das Seilklettern ein. Er kündigt an, dass Jungs und Mädchen demnächst getrennten Sportunterricht haben werden.

Und tatsächlich: Sie bekommen nicht nur getrennte Gruppen, sondern sogar einen neuen Sportlehrer. Der kommt gerade frisch von der Sporthochschule Köln und tut etwas, was Friedel im Sportunterricht noch nie erlebt hat: Er erklärt und übt mit den Jungen Stück für Stück, wie ein Bewegungsablauf funktioniert! Friedel ist begeistert und lernt in kurzer Zeit Aufschwung und Umschwung am Reck, Kugelstoßen, Hochsprung und sogar Stabhochsprung. Er hat zum ersten Mal das Gefühl, dass Sport richtig Spaß machen kann, wenn man etwas ganz systematisch und geduldig erklärt bekommt und Stück für Stück in Ruhe üben kann. Plötzlich ist der Druck weg. Die anderen Lehrer haben immer nur gesagt: „Macht doch mal!" und er hat nie so ganz kapiert, was genau er denn machen sollte.

Schnell rennen und weit springen kann er eigentlich auch schon immer. Beim Sportfest gibt es trotzdem oft eine Enttäuschung, weil er zwar weit springt, aber den weißen Absprungbalken nicht richtig trifft. Auch das wurde nicht richtig eingeübt, sondern entweder man traf, oder man traf nicht. Friedel hat nie verstanden, warum fast alle Mitschüler das blöde Brettchen treffen, nur er nicht. Wenn er sich zu sehr auf dieses Brettchen konzentriert beim Anlauf, springt er verkrampft und schlecht. Wenn er einfach so drauflos rennt, kommt er richtig weit. Aber wenn er Pech hat, wird der Sprung annulliert. Das bestärkt ihn wieder in seiner Anti-Sport-Haltung: Es lohnt sich einfach nicht, sich anzustrengen!

Bleibt noch der Hundert-Meter-Lauf. Der macht ihm Spaß, vorausgesetzt, er kommt rechtzeitig aus der Hocke, denn schnell ist er, wenn er erst einmal gestartet ist. Manchmal startet er allerdings aus Nervosität zu früh. Er fühlt den Startschuss schon, noch ehe er wirklich ertönt ist, und wird dann wieder zurückgepfiffen, was ihm und auch den anderen die Laune erheblich verdirbt. Beim zweiten Versuch ist er dann aus Sorge vor einem wieteren Fehlstart zu spät und muss erst einmal den anderen hinterher rennen, bis er sie wieder eingeholt hat. Beim letzten Sportfest klappte alles prima, kein Fehlstart, zweiter auf der Ziellinie. Der Klassenlehrer Guhl, der die Zeit gestoppt hat, nahm Friedel beiseite und sagte zu ihm: „Friedel, wenn du dich jetzt noch entschließen könntest, bei Gegenwind nicht mit offenem Hemd zu rennen, würdest du allen anderen davon laufen!" Darüber hat Friedel noch nie nachgedacht. Gegenwind? Er findet es angenehm, das offene Hemd fächelt ihm beim Rennen etwas Kühlung zu. Außerdem ist es sein

Lieblingshemd, das bunte, das so gut zu seiner lindgrünen Feincordjeans mit den ausgestellten Beinen und der orangenen Strickjacke mit Reißverschluss passt. Aber gut, wenn der Guhl das sagt, wird wohl was dran sein. Schön, dass er ihm das zutraut – noch schneller zu sein! Schön, dass ihm überhaupt ein Erwachsener etwas zutraut!

Frost

Zu Beginn der achten Klasse sieht die Lage für Friedel schon wieder etwas besser aus. Er ist versetzt worden, die Fünf in Geschichte ist die einzige auf dem Zeugnis, mit dem neuen Sportlehrer versteht er sich gut, mit Guhl meistens auch, er ist zum Klassensprecher gewählt worden und arbeitet zusammen mit Tina in der Schülervertretung. Der alte Schulleiter tut zwar alles, damit die SV nicht wirklich etwas zu entscheiden und bestimmen hat, aber gerade das schweißt zusammen. Der Schulleiter hat nicht nur einen Knall, sondern auch einen Dünkel. Wenn er „unsere Schule" sagt, hebt er fast ab vor Stolz. Dabei gibt es wenig, worauf er stolz sein kann, findet Friedel. Das scheint er anders zu sehen, er redet dauernd davon, diese Schule sei „etwas Besonderes" und die Schüler müssten stolz sein, hier unterrichtet zu werden. Das ist wirklich lächerlicher Blödsinn. Diese Schule war vielleicht früher mal etwas Besonderes, mag sein, aber das muss lange her sein. Sie dümpelt mehr recht als schlecht vor sich hin und lebt nur noch von dem Ruf vergangener Zeiten.

Mit den meisten Lehrern kommt Friedel irgendwie klar, auch wenn sie miserabel unterrichten. Popplitz ist eine Witzfigur, die Friedel keine Angst einjagt. Das macht dafür umso mehr Frau Frost, die Lateinlehrerin. Frau Frost ist eine Frau, die man garantiert nie vergisst, sie verfolgt Friedel bis in seine schlimmsten Albträume. Für kein anderes Fach hat Friedel jemals so geackert, gebüffelt und vor Angst geschwitzt wie für dieses blöde Latein, diese hässliche, tote Sprache. Die lässige Arbeitshaltung ist hier überhaupt nicht angesagt, sie wird einem binnen kürzester Zeit radikal ausgetrieben, mit Stumpf und Stiel.

Frau Frost ist hager, von unbestimmbarem Alter, hat sehr strenge Gesichtszüge wie einer dieser grausamen, römischen Feldherren, eine spitze, römisch gebogene Nase, stechende Augen und sicherlich mehr Testosteron im Körper als so mancher ihrer männlichen Kollegen. Sie geht nicht, sie kann gar nicht normal gehen, nein, sie rennt und hackt dabei ihre Absätze in den Boden: *tock, tock, tock.* Friedel ist sich sicher, überall, wo sie gegangen ist, müssen deutlich sichtbare Spuren in den Fußboden gemeißelt sein. Die Altertumsforscher der Zukunft werden später einmal ratlos vor diesen in Stein gehackten Spuren stehen und sich verwundert fragen, welches Tier denn dort her gestampft ist.

Friedel ist morgens auf dem Schulweg mehrmals von Frau Frost überholt worden. Er hat regelrecht Panik davor, dass es ihm noch einmal passieren könnte. Das Geräusch hinter sich hört man schon von Weitem: *tock, tock, tock.* Automatisch beschleunigt man seinen Schritt, alles krampft sich zusammen, man bekommt Schweißausbrüche und Fieberphantasien, fühlt sich wie ein gehetztes Wild, das keine Chance hat, dem Raubtier zu entkommen. Das tockende Geräusch kommt immer näher, wie mit einem Meißel wird es in die Schädeldecke geschlagen, hallt in der ganzen Straße wieder, man meint, schon den frostigen Luftzug hinter sich zu spüren, duckt sich automatisch zur Seite, möchte die Augen schließen, möchte sich am liebsten platt auf den Boden schmeißen und nie wieder aufstehen. Alles Bunte, Schöne verschwindet aus der Welt, es wird eiskalt und der Kopf zerplatzt fast vor Anspannung. Dann rauscht sie vorbei wie ein D-Zug und hinterlässt eine Schneise der Verwüstung und Trostlosigkeit.

Vor den Lateinstunden muss man darauf gefasst sein, dass Frau Frost sekundengenau mit dem Klingeln in die Klasse rauscht. Wer jetzt ein wenig spät dran ist mit dem Aufspringen, oder gar noch seinen Stuhl vor Aufregung umkippt, bekommt gleich den ersten Einlauf, und zwar so, dass er für den Rest des Tages bedient ist. Wenn die ganze Klasse militärisch stramm steht und es in der Klasse so mucksmäuschenstill ist, dass man die sprichwörtliche fallende Stecknadel als unerträglichen Krach empfinden würde, kommt eine abgehackt krächzende Begrüßung und dann das Kommando: „Setzen!" Dieser Begrüßungszeremonie entspricht die Verabschiedung am Ende der Stunde, unübertroffen in ihrer effektiven Kürze: Frau Frost bellt: „Auf" - alles schnellt in Sekundenbruchteilen von den Stühlen hoch - „Wiedersehn!" - und schon ist sie aus der Tür gerauscht, um die nächste Klassentür noch vor dem Ende des Klingelns siegreich zu überschreiten.

Nach der Begrüßung kommt direkt das Schlimmste: das tägliche Abfragen der Vokabeln. In jeder Stunde werden, nach einem kurzen Blick in ihr Notizbuch, drei unglückselige Wesen herausgepickt und müssen zehn Vokabeln wie aus der Pistole geschossen nennen können. Hat man mehr als zwei Ausfälle, wünscht man sich, nie geboren worden zu sein. Man wird vor versammelter Mannschaft so zusammengestaucht, dass man nicht mehr weiß, wo vorne und hinten ist. In der folgenden Lateinstunde muss man dann mit der doppelten Vokabelladung „freiwillig" antreten. Schlimm ist es besonders für die, die etwas langsamer mit dem Sprechen oder Überlegen sind. Zögert man, kommt aus ihrem Mund ein gekrähtes: „Hast du gelernt?" geschossen. Und schon hat man verloren, selbst wenn man gelernt hat. Es ist wie beim Duell: Entweder man schießt zuerst oder man wird erschossen.

Frau Frost spricht eigentlich nie in ganzen Sätzen, dazu hat sie gar keine Zeit, nein, sie bellt kurze Befehle oder Bewertungen, sie schleudert die Wörter heraus wie der Kettenraucher den Auswurf. Wenn sie versucht, mehr als drei Wörter hintereinander zu einem Satzgebilde zu verknüpfen, bleibt sie regelmäßig mit einem hässlichen Kratzgeräusch hängen wie eine rostige Schallplatte: „Diese Seiten – ääh – sollt ihr – ääh – bis morgen lernen, - ääh – da schreiben wir – ääh – einen Test!"

Wenn Frau Frost einen Schüler dran nimmt, streckt sie ruckartig ihren rechten Feldherrenarm in die Richtung und zeigt: „Du!" Das genügt, dass man von seinem Stuhl emporschnellt wie ein Starfighterpilot aus seinem Schleudersitz und auf weitere Anweisung wartet. Jetzt ein falsches Wort, eine falsche Bewegung, und man kann sich auf ein gebelltes, von „äähs" zerhacktes Gewitter einstellen, das selten ohne Beleidigungen, Demütigungen und Bestrafungen einhergeht. Ralf, der bei Lateinarbeiten ein Abonnement auf die Note Fünf hat, wartete letztens bei der Rückgabe der Arbeiten wie immer die öffentliche Verlesung der Fünfen ab und wagte danach mit einem Schimmer der Hoffnung im Gesicht zu fragen: „Wie, ich hab keine Fünf?" Höhnisch verzog Frau Frost das Gesicht und schleuderte es dann triumphierend hinaus in die Klasse: „Nein, du hast – ääh – keine Fünf! Wer so – ääh – dämlich ist, seinen – ääh – Spickzettel mit abzugeben, der – ääh – hat sich seine – ääh – Sechs redlich verdient!" Mit diesen Worten knallte sie ihm das Heft auf den Tisch.

Widerstand ist bei Frau Frost anscheinend zwecklos. Es ist traurig, mit anzusehen, wie eine ganze Klasse sich dem Terror einer Frau beugt, die ihre sadistischen Triebe jeden Tag aufs Neue ausleben kann. Jeder, der seine Sinne beisammen hat, versucht um Gottes Willen nicht aufzufallen, keine Angriffsfläche zu bieten und seine Aufgaben so zu erledigen, dass er von Frau Frost nicht öffentlich exekutiert wird. Es gibt einige, die wie Ralf trotz gelernter Vokabeln keine Chance haben, eine schriftliche Übersetzung in der Lateinarbeit halbwegs unfallfrei über die Bühne zu bringen. Niki gehört dazu. In der kleinen Pause vor der letzten Lateinarbeit schrieb sie gerade die Vokabeln in ihre linke Handfläche, als Frau Frost völlig unerwartet in die Klasse stürmte wie ein Taifun. Ehe Niki überhaupt reagieren und ihren Stift weglegen konnte, stand sie schon vor ihrem Platz, zeigte auf ihre linke Hand, zischte: „Täuschungsversuch!" und verpasste ihr eine Ohrfeige, die sich gewaschen hatte. Man konnte den Abdruck der Hand in rot auf Nikis Wange sehen.

Ehe sich die Klasse aus ihrer Schockstarre lösen konnte, war Frost schon wieder hinaus geraucht. Niki schluchzte und Friedel schwor Rache. Zusammen mit Uschi und Tina versuchte er nach der Stunde, Niki zu überreden, ihre Eltern zu informieren. Aber sie meinte, das hätte keinen Sinn, da würde sie eher noch mehr Ärger kriegen, weil sie pfuschen wollte. Sie hat einen strengen Vater. Bei der Arbeit schrieb Niki eine Sechs und Frau Frost notierte unter der Zensur, dass Niki einen Täuschungsversuch unternommen hätte. Trotzdem erzählte sie zu Hause nichts von der Ohrfeige. In Friedel rumorte es. Er wollte nicht mehr so weitermachen wie bisher. Die Frost durfte damit nicht durchkommen. Sie mussten endlich ein Zeichen setzen. Der Irrsinn musste gestoppt werden.

Von diesem Tag an probt er in Latein den passiven Widerstand. Er versucht, normal aufzustehen, normal zu antworten, ruhig zu bleiben, nicht in Hektik und Panik zu verfallen, wenn er aufgerufen wird. Er schaut dieses Spuckebläschen und Verachtung sprühende Monster aus der Distanz an und denkt: *Du wirst mir nichts tun, du Hexe! Du wirst an deiner Galle ersticken!* Er lacht nicht mit, wenn sie wieder einmal ihre völlig unkomischen Witze macht oder versucht, Mitschüler lächerlich zu machen. Sie bemerkt, dass sich in seiner Haltung etwas verändert hat, spürt die Gefahr und hat ihn jetzt auf dem „Kieker". Sie sucht nach einem passenden Moment, ihm einen Schlag zu versetzen, ehe er mit seiner subversiven Haltung die ganze Klasse ansteckt.

Friedel lernt seine Vokabeln immer und hat auch stets seine Hausaufgaben, hier ist nichts zu holen. Dann, eines Tages, kommt ihre Chance. In der Pause haben sich ein paar Jungs im Klassenraum gekabbelt, dabei ist ein Stapel Bücher auf dem Tisch neben der Tafel zu Boden gegangen. Ehe die Schäden beseitigt werden können, rauscht Frau Frost schon pünktlich mit dem Klingeln herein, sieht die Bücher auf dem Boden, erstarrt und blafft los: „Was ist das – ääh – für eine – ääh – Schweinerei hier?" Jeder geht in Deckung, keiner will als Überbringer schlechter Nachrichten geköpft werden. Schweigen, das sich wie eine Ewigkeit hinzieht. Da blitzt ein Gedanke durch ihren Kopf. Sie sieht Friedel an und fragt scheinheilig: „Wer ist hier – ääh – Klassensprecher?" Natürlich weiß sie es genau, sie will nur ihren Trumpf ausspielen. Friedel bemüht sich, ruhig zu antworten: „Ich bin Klassensprecher, das wissen Sie doch, und Tina ist Klassensprecherin!" Es zuckt in ihrem Gesicht. Das war sie nicht gewohnt. „Du, ich meine – ääh – ihr, ihr macht diese – ääh – Schweinerei da weg!"

Friedels Herz klopft bis zum Hals. Er merkt, hier ist noch was möglich, er muss jetzt dranbleiben. Er schaut zu der kleinen Tina herüber, die nickt ihm unmerklich zu. Er nimmt all seinen Mut zusammen und bemüht sich, seine Stimme nicht zittern zu lassen: „Ja, Frau Frost. Tina und ich werden nach der Stunde dafür sorgen, dass alles wieder weggeräumt wird!" Das bringt Frau Frost vollkommen aus dem Konzept. Widerstand ist sie nicht gewohnt, sie fühlt sich plötzlich in dieser Klasse auf unsicherem Terrain. Sie merkt, dass ihre Unsicherheit spürbarer wird mit jeder Sekunde, die verstreicht. Die ganze Klasse hält den Atem an. Wie wird sie reagieren? Sie tritt die Flucht nach vorn an, streckt die Hand aus, um auf ihr erstes Vokabel-Opfer zu zeigen und kehrt zu ihrer gewohnten Routine der Erniedrigung zurück.

In den folgenden Wochen vermeidet Frau Frost Auseinandersetzungen und allzu heftige Demütigungen in der Klasse. Friedel lässt sie weitgehend in Ruhe, nimmt ihn im Unterricht gar nicht mehr dran. Dafür rächt sie sich beim Halbjahreszeugnis mit Noten: Friedel bekommt in Latein zum ersten Mal eine Vier statt einer Drei, obwohl er in allen Tests und Arbeiten Zweien und Dreien geschrieben hat. Auf seine höfliche Nachfrage erklärt sie ihm hämisch, er wäre ja leider mündlich so stark abgesackt, das täte ihr sehr leid. Da sie ihn im Unterricht ignoriert, ist eine mündliche Beteiligung tatsächlich nicht mehr nachweisbar. Da hat sie doch tatsächlich einen kleinen, letzten Triumph. Friedel nimmt die Vier wie eine Auszeichnung entgegen. Ihm kommt es aber vor, als würde sie seitdem in der Klasse etwas vorsichtiger agieren. Zum Ausgleich für Friedels Herunterstufung bekommen andere Mitschüler zum ersten Mal in Latein unverhofft eine Drei, als wolle sie damit zeigen: „Schaut her, wenn ihr schön brav seid, bekommt ihr eine bessere Zensur als Friedel!"

Nachts wacht Friedel schweißgebadet in seinem Bett auf, merkt, er hat gerade etwas Schreckliches geträumt, und erinnert sich: Er war auf einem Friedhof, es war nass und kalt, und plötzlich hörte er diesen hackenden Schritt hinter sich: *tock tock tock!* Er erstarrte, traute sich aber nicht, sich umzudrehen. Stattdessen rannte er, stolperte fast über offene Gräber, sprang und rannte immer weiter und suchte den Ausgang.

Cello

Als Grundschulkind hat Friedel Blockflöte spielen gelernt. Alle Kinder in der Familie sind mit der Blockflöte gestartet, bevor sie zu „ihrem" Instrument wechselten: Bea spielt Klavier, Jan Geige, später Gitarre, Bine ist noch bei der Blockflöte, Nelli und Steffen sind noch zu klein. Friedel liebt es, wenn seine große Schwester Klavier spielt. Als kleiner Junge hat er sich immer hinter das Klavier gehockt, wenn sie den polternden „Knecht Ruprecht" von Schumann spielte und hat die tiefen Töne im ganzen Körper gespürt. Auch wenn sein großer Bruder Gitarre spielt, ist er fasziniert, ein ganz anderer, feiner Klang, der ihm sehr gefällt, besser als der quietschige Klang der Geige. Die Geigentöne sind ihm zu hoch, er liebt mehr die tiefen Frequenzen.

Bei der Blockflöte ist er ziemlich schnell von der Sopran-Blockflöte zur Altflöte gewechselt, die klingt schöner, tiefer. Mit elf Jahren beschließt er dann, dass seine Blockflötenzeit abgelaufen sei. Es ist nun an der Zeit, „sein" Instrument zu finden. Klavier und Gitarre sind schon belegt durch die großen Geschwister, Geige will er nicht wegen des piepsigen Klanges, der Bogen und das Instrument selbst interessieren ihn aber schon. Friedel weiß nicht mehr genau, wer eigentlich auf die Idee mit dem Cello kam, aber plötzlich befinden sich sein Vater und er in der Werkstatt von Geigenbauer Pliverics in der Kantstraße. Es ist eigentlich mehr eine große Wohnung mit hohen Räumen, alles sehr gediegen. Eine wuchtige alte Eichenholztheke, dahinter riesige Glasschränke voller Geigen, Bratschen und Celli.

Schon beim Eintritt an der Wohnungstür hat Friedel den Geruch wahrgenommen, einen schweren, fast betäubenden Geruch von verschiedenen Hölzern, Holzlack und Kolophonium – fremdartig, aber auf geheimnisvolle Weise anziehend. Die ganze Zeit, während sie in der Wohnung waren, muss Friedel immer wieder schnuppern, es ist wie eine Droge, er kann nicht genug davon bekommen. Er gibt einige solcher Gerüche, die ihn magisch anziehen. Seit seiner frühen Kindheit kann er sich am Geruch von frischen Tomaten berauschen, direkt am Stiel, da wo die kleinen grünen Blätter sind. Seit er gehört hat, dass Tomaten Nachtschattengewächse sind, ist dieser Duft für ihn noch geheimnisvoller geworden.

An den Wänden hängen unzählige gerahmte Fotografien, die signiert sind: Berühmte Musiker, die sich mit vielen Schnörkeln und rassigen Unterschriften für perfekte Instrumente oder Reparaturen bedankten. Herr Pliverics ist ein freundlicher, älterer Herr, Friedel fällt sofort auf, dass er ein Bein nachzieht. Er guckt erst Friedel als Ganzes an, dann nimmt er zu Friedels Erstaunen seine rechte Hand und schaut sich die Finger an. Friedel ist es etwas unangenehm, zum Glück hat er die Hand an diesem Tag schon gewaschen, aber er weiß nicht genau, wann er seine Fingernägel zuletzt gereinigt hat. Aber Herr Pliverics ist nicht an den Nägeln interessiert. Er sagt: „Schöne schlanke Finger und kräftige Fingerkuppen hast du – ideal zum Cellospielen!"

Friedel strahlt. Der Geigenbauer holt aus einem seiner Glasschränke ein kleines „Dreiviertelcello" mit den Worten: „Das muss noch ein bisschen wachsen – so wie du!" Er setzt Friedel auf einen Drehhocker und zeigt ihm, wie er das Cello halten muss: „Ganz vorsichtig und zart, wie eine Geliebte!" An der Unterseite muss zunächst ein spitzer Metallstift wie eine Antenne ausgefahren werden. Jetzt bekommt Friedel den Bogen in die rechte Hand, dreht an dem kleinen Knopf am Ende des Bogens, bis die weißen Pferdehaare straff werden: „Nicht zu straff, es ist ein Bogen, aber kein Flitzebogen!" Dann bekommt er ein purpurn schimmerndes Stück Baumharz in die Hand, mit dem er die Bogenhaare einreiben muss. Weißer Staub rieselt herab.

Als er den Bogen auf der dicken C-Saite aufsetzt und das Cello erst ganz leise, dann immer kräftiger anfängt zu klingen, ist für ihn alles klar. Dieses Instrument oder keines! Er wird mutiger und bringt mit dem Bogen auch die drei anderen Seiten zum Singen. Man muss wirklich sanft sein, wenn er den Bogen zu heftig aufsetzt, knatscht und knirscht seine neue Freundin sofort. Er hat sich Hals über Kopf in das Cello verliebt und will es am liebsten gar nicht mehr loslassen. Auch sein Vater und Herr Pliverics strahlen: „Das ist das richtige Instrument für Ihren Sohn, das merkt man sofort, damit werden Sie noch viel Freude haben!" Ein Leihvertrag wird geschlossen: „Wenn er gewachsen ist, bekommt er ein richtig großes Cello!". Friedel zieht stolz mit seinem neuen Instrument von dannen.

Ein paar Tage später meldet ihn sein Vater in der Musikschule in der Emmentaler Straße an, wo auch seine beiden älteren Geschwister Unterricht bekommen. Seine Cellolehrerin ist noch Studentin an der Musikhochschule, Friedel ist einer ihrer ersten Schüler, und er mag sie sofort. Wie beim Cello ist es Liebe auf den ersten Blick. Für Frau Griczek übt er fleißig, er will nicht, dass sie mit ihm unzufrieden ist. Bald sind die Töne schon ganz erträglich, die er auf dem neuen Instrument produziert. Frau Griczek bestärkt ihn in dem, was ihm der Geigenbauer schon gesagt hat: „Du musst sehr zart mit deinem Instrument umgehen und immer gut hören, was es gerne mag und was nicht!"

Er trifft jetzt mit dem Bogen fast immer die richtige Saite. An den Fingerkuppen der linken „Greif"-Hand haben sich kleine Polster aus Hornhaut gebildet und es tut gar nicht mehr so weh, die dicken Metallsaiten auf das schwarz polierte Griffbrett herunterzudrücken. Besonders viel Spaß machen ihm die tiefen Töne, dann brummt nicht nur das ganze Instrument, sondern er hat das Gefühl, dass alles vibriert: sein Körper, die Luft, der ganze Raum. Er freut sich die ganze Woche auf Donnerstag, wenn er mit seinem Cello zu Frau Griczek geht und kommt meistens gut gelaunt wieder zurück. Öfter packt er zu Hause sofort das Cello aus und probiert gleich das neue Stück, das er aufbekommen hat.

Nach einem Jahr kann er schon ein paar kleine Lieder und Stücke spielen. Wie alle Musikschüler mit Orchesterinstrumenten soll er jetzt im ABC-Orchester des Musikschulleiters Menzel mitspielen. Frau Griczek ist entsetzt, sie meinte, es wäre viel zu früh, dort würden seine Ohren und seine Spieltechnik verdorben. Aber sie kann es nicht verhindern, denn an der Musikschule Reinickendorf ist es die Regel: Nach einem Jahr kommt jedes Kind automatisch ins ABC-Orchester, egal, was es kann oder besser nicht kann.

Jan hat Friedel schon vorgewarnt: „Im ABC-Orchester spielt jeder, was er will!" Und tatsächlich, es ist unfassbar: Auf den Pulten gibt es zwar die von Direktor Menzel handgeschriebenen Noten, aber 40 Kinder spielen drauflos, was ihnen gerade einfällt. Es knirscht und sägt, schrillt, fiept, wimmert und kracht, dass es eine wahre Freude ist – für jeden Schwerhörigen zumindest. Ein musikalisches Inferno, ein Desaster, dem man nur entfliehen kann, indem man selbst so laut wie möglich spielt, um die schrecklichen Missklänge der Umgebung zu übertönen. Frau Griczek merkt, wie sich Friedels Cellospiel verändert, es wird grober, er drückt mit dem Bogen auf die Saiten, um Lautstärke zu erzeugen. Sie versucht, ihn aus diesem Orchester herauszuholen, aber es hilft nichts. Direktor Menzel bleibt hart. Keine Ausnahmen für sensible Kinder, keine Streichinstrumenten-Ausbildung ohne ABC-Orchester.

Menzel veranstaltet sogar Konzerte, bei denen es vor allem darauf ankommt, geeignete Kleidung zu tragen. Die akustische Katastrophe soll wenigstens optisch ansprechend und vor allem einheitlich präsentiert werden. Jan hat mal ziemlichen Ärger mit Menzel bekommen, weil er zum Konzert seinen schönen Samtpulli angezogen hatte. Der war bordeauxrot statt schwarz, wie vorgeschrieben. Jan spielte bei Menzel mit seiner Geige meistens sein Lieblingslied „Drunten im Unterland" – egal, welches Stück gerade aufgeführt wurde. Es fiel nie auf.

Frau Griczek hat jetzt die Nase voll von der Musikschule. Sie fragt Friedel, ob er sich vorstellen könne, bei ihr zu Hause Cellounterricht zu haben statt in der Musikschule. Klar, dass Friedel das will, er möchte ja auf jeden Fall bei ihr bleiben und aus diesem blöden Orchester raus. So kündigt sein Vater zum Schuljahresende den Vertrag mit der Musikschule. Als Menzel mitbekommt, dass Frau

Griczek nach ihrer Kündigung Schüler mitnehmen will, macht er ein Riesentheater und droht ihr mit gerichtlichen Schritten. Jan wird das Stipendium gestrichen, das es für kinderreiche Familien gibt und er wird aus dem Orchester geschmissen – für ihn eher Segen als Strafe. Bea will sowieso aufhören mit dem Klavierunterricht und nutzt die günstige Gelegenheit.

Und Friedel? Friedel ist glücklich. Der einzige Nachteil ist die lange Fahrt vom Norden in den Süden, nach Zehlendorf. Jeden Donnerstag anderthalb Stunden hin und genauso lange wieder zurück. Erst mit dem Bus, dann mit der immer vollen U-Bahn, dreimal umsteigen, oft gibt es keinen Sitzplatz. Und so ist es geblieben, nach dem Umzug nach Heiligensee gibt es endlich das heiß ersehnte große Cello und einen Kasten dabei, aber der Weg zum Cellounterricht dauert jetzt noch länger.

Egal. Friedel steht wie ein Fels in der Brandung mit dem Kasten im Gedränge, verteidigt ihn gegen Stöße und Tritte und hört die immer gleichen Fragen: „Wat issen da drinne? 'Ne Bassgeige?" Die ganz witzigen fragen: „Haste deine kleene Freundin da drinne versteckt?" oder auch: „Biste vonne Mafia und hast deine Knarre da drinne?" Auf jeden Fall fällt er auf mit dem Ding. Manchmal ist er so müde, dass er kurz zusammensackt, um dann mit einem plötzlichen Ruck wieder wach zu werden. Aber sein Cello lässt er nicht los. Wenn er mal einen Sitzplatz erwischt, kann er ein kleines Nickerchen machen und seinen Kopf gegen den Cellokasten lehnen. Wenn er Pech hat, wacht er erst an der Endhaltestelle wieder auf und muss zurückfahren.

Aber trotz aller Strapazen: Er hält durch. Das Cello ist tatsächlich so etwas wie Friedels kleine Freundin und er hält ihr eisern die Treue, auch wenn es manchmal hart ist. Sein mageres Taschengeld investiert er in „Storck-Riesen" aus dem Automaten in der U-Bahnstation, manchmal sogar für eine Curry-Bullette als kleine Aufmunterung auf der langen Fahrt. Schon lange spielt er nicht mehr hauptsächlich für Frau Griczek, sondern für sich. Er hat so viel Spaß am Cellospielen, dass er kleine Stücke für Cello selbst komponiert, alles Mögliche auf und mit seinem Instrument ausprobiert und auch mit anderen zusammenspielen kann. Nicht im Orchester, sondern in kleiner Besetzung.

Der Mann der Gemeindehelferin in Heiligensee hat einen Bart wie der Jazzpianist Jacques Loussier und ist Organist an einer Reinickendorfer Kirche. Er holt Friedel samt Cello alle paar Wochen mit seinem VW-Bus aus Heiligensee ab. In Reinickendorf steigen dann noch Regina und Gerhard dazu, beide sind einige Jahre älter als Friedel und spielen Querflöte. Friedel genießt es sehr, als Kleiner bei den Großen mitmachen zu können. Am Samstag wird geübt, am Sonntag im Gottesdienst wird gespielt: Sonaten für zwei Querflöten und Basso Continuo von Bach, Händel, Telemann und anderen Barock-Komponisten. Bei der Probe wird immer hinter der Orgel ein schwarzer Tee mit Rum getrunken. Der schmeckt Friedel zwar nicht wirklich, aber er ist wahnsinnig stolz, dass er mit den Großen mittrinken darf und fachsimpeln und blödeln.

Zu Hause übt er fleißig, damit er seine Cellostimme bei den Kirchenkonzerten auch beherrscht. Barockmusik liegt ihm und macht großen Spaß. Die beiden Querflöten, das Cello und die Orgel klingen gut zusammen. Und das

Beste: Sie bekommen sogar etwas Geld dafür! Friedel hat sich im Keller des Heiligenseer Pfarrhauses einen eigenen Überaum eingerichtet. Hier lagern die Äpfel im Herbst und Winter auf den großen Holzregalen hinter dem Vorhang und die elektrische Plätte steht hier, mit der Oma die Wäsche der Familie bügelt. Es gibt ein winziges Kellerfenster, von dem aus man in den schönen Garten bis zum See guckt, ein Sofa für ein kleines Nickerchen zwischendurch und einen grob gedrechselten, drehbaren Holzhocker, der genau die richtige Größe hat zum Cellospielen.

Im Keller ist er ungestört, wenn er die Doppeltür schließt, hört er vom Rest des Hauses so gut wie nichts und wird auch nicht gehört. Im sanften Zwielicht fühlt sich Friedel sicher und geborgen: Hier kann er nach Herzenslust Cello üben, Experimente machen, komponieren, Musik hören, sich auf dem alten Chaiselong ausbreiten, Pläne machen, träumen, schlafen. Seine besten Ideen hat er hier in seiner Höhle und bekommt neue Energien für die Welt da draußen. Es ist sein kleines Königreich, zwischen Regalen mit eingemachten Kürbissen und süß duftenden Äpfeln. Zwischen Bügelwäschestapeln und Plättmaschine sitzt er auf dem runden, von ihm selbst geschliffenen Holzschemel, spielt Cello und träumt sich die Welt.

Manchmal verbringt er sogar die Nächte in seinem Kellerversteck. Ab und zu setzt die Heizung brummend ein und erinnert ihn daran, dass da noch eine Welt hinter den Türen existiert. Wenn er das kleine Fenster öffnet, hört er die Geräusche des Gartens, das Rascheln der Mäuse, am Tag das Trippeln und den Gesang der Vögel im Kirschbaum. Wenn jemand kommt, hört man zuerst, wie die erste Tür geöffnet wird, dann die zweite. Öfter ist es Nelli, die den Kopf hereinsteckt und sagt: „Du hast den Gong nicht gehört, ich soll dich zum Essen holen!" Der kleine Steffen dagegen rennt in den Garten, klopft von außen an die Kellerfenster-Scheibe und ruft: „Friedel, Essen kommen!"

Friedrichstraße

Friedel trauert immer noch nach seinem Misserfolg bei Niki, macht aber weiterhin keine neuen Versuche, obwohl er nach wie vor unsterblich in sie verliebt ist. Seine beiden Kumpel im Club der Langhaarigen, Jack und Wölfi, können das weder begreifen noch länger ertragen und tun einiges dafür, ihn auf andere Gedanken zu bringen. Ihr Rezept ist einfach: Der Junge muss raus und was erleben, was ihn ablenkt. Mädels gibt's doch wie Sand am Meer, da wird doch wohl irgendwo auch etwas für Friedel dabei sein! So versuchen sie ihn auf die „Piste" zu locken. Schließlich mit Erfolg, denn Friedel geht sein Liebes- und Selbstmitleid selber auch schon gehörig auf die Nerven.

„Hey Friedel, der Jackie hat in der Ami-Disco in Zehlendorf 'ne ganz heiße Braut kennengelernt, die hat auch noch 'ne Schwester!" eröffnet Wölfi das Gespräch in der Pause, als sie in der Raucherecke zusammenstehen. „Willste die mal kennenlernen?" Klar will Friedel diese Schwester kennenlernen. Er ist sich zwar nicht ganz sicher, ob Jack und er einen ähnlichen Geschmack haben – bei Musik ja (abgesehen von Barockmusik natürlich), aber bei Mädchen? Außerdem ist Jack ein Jahr älter als er.

Viel forscher und direkter, der überlegt nicht so lange hin und her, der macht einfach, egal, was dabei herauskommt. Friedel ist eher zögerlich, besonders, wenn es um ihn selbst geht. Für andere kann er schon mal die Klappe aufreißen, aber Selbstdarstellung ist überhaupt nicht sein Ding. „Mensch, nu mach dir ma nich in't Hemde und komm einfach mit. Hinterher weeßte mehr!"

Also fahren sie am späten Nachmittag los. Seinen Eltern erzählt Friedel nichts, wie meistens. Sie fahren mit der U-Bahn, aber nicht die direkte Route, sondern „durch den Osten". Friedel kennt diese Strecke, wenn er zur Amerika-Gedenk-Bibliothek in Kreuzberg fährt, um sich neue Bücher auszuleihen, muss er durch den Osten. Die Tegeler U-Bahnlinie fährt unter Ostberlin her, durch abgedunkelte, zugemauerte Bahnhöfe, die von bewaffneten DDR-Grenzern bewacht werden. Der Zug verlangsamt immer und fährt dann an diesen Geisterbahnhöfen, die nur ganz fahl beleuchtet sind, vorbei: „Reinickendorfer Straße", „Walter-Ulbricht-Stadion", „Nordbahnhof", „Oranienburger Tor". Ein ganz seltsames Gefühl, jedes Mal wieder. Man weiß, da oben leben auch Menschen, aber die dürfen hier nicht mehr runter, da oben ist alles vergittert und bewacht. Es hat etwas vollkommen Unwirkliches und Absurdes. Friedel hat jedes Mal Beklemmungen, wenn er mit der U-Bahn „unterm Osten" durchfährt. Was wäre eigentlich, wenn die U-Bahn dort stecken bleiben würde? Besser nicht darüber nachdenken.

Aber dann kommt endlich ein Bahnhof mit Licht: Friedrichstraße! Das ist zwar immer noch „Osten", aber immerhin beleuchteter und belebter Osten: der Ostberliner Transitbahnhof. Hier dürfen West-Berliner umsteigen, aber den Bahnhof nicht verlassen – es sein denn, sie haben einen „Passierschein". Dann werden sie durch ein undurchdringliches, hässlich gekacheltes und von nackten Neonröhren bleich ausgeleuchtetes Labyrinth von Kellergängen geführt und landen in den Warteschlangen der Grenzkontrolle, um nach Ostberlin einzureisen – für einen Tag. Wenn alles gut geht, ist man nach einer Stunde Wartezeit durch – vorausgesetzt, man macht keinen nervösen oder verdächtigen Eindruck und die Papiere und mitgeführten Dinge sind in Ordnung.

Hat man Pech und beispielsweise lange Haare, kann man mit einer gründlichen Untersuchung rechnen. Die Grenzer kippen dann nicht nur mitgebrachte Taschen und Rucksäcke aus, sondern untersuchen und hinterfragen jede Büroklammer. Sie lassen einen stundenlang in einer der vielen Katakomben sitzen, die Neonröhren flackern im Rhythmus des erhöhten Herzschlages und tauchen die kahlen Wände in ein kaltes, gespenstisches Licht, während wortkarge Beamte Socken, Unterhosen und Parkataschen nach subversivem Material durchwühlen. Friedel hat es einmal erlebt, als er seinen Cousin Micha in Eberswalde besuchen wollte. Es war wie in dieser Geschichte von Kafka, die er einmal gelesen hatte. Man wird nicht wie ein Mensch, sondern wie kleines, hässliches Ungeziefer behandelt und fühlt sich entsprechend hilflos. Es ist offensichtlich, dass die DDR-Beamten vor allem die langhaarige Jugend auf dem „Kieker" hat. Olivgrüner Ami-Parka, Jeans, Lederfransen-Stiefel, lange Haare oder Afrolook, Palästinensertuch – eine Garantie für stundenlange Grenzschikanen. Die Angepassten mit dem Bürstenschnitt dagegen werden zusammen mit Rentnern, Muttis, Geschäftsleuten durchgewinkt.

Friedel findet das gemein. In West-Berlin muss er sich anhören: „Jeht doch nach drüben, ihr langhaarigen Affen!" Kritik an der USA, am Krieg in Vietnam? Schon kommt der Spruch: „Ohne die Amis gäb es West-Berlin doch gar nicht mehr!" Träume von einer besseren, gerechteren Gesellschaft? Sofort kommt das Gegenbeispiel direkt vor der Haustür, die DDR: „Da könnt ihr sehen, was Sozialismus anrichtet!" Und die Grenzbeamten der DDR? Sie winken den strammen Antikommunisten in seinem dicken Mercedes durch und filzen liebevoll die jungen Leute, die dem Sozialismus als Idee eigentlich freundlich gesonnen sind.

Wenn Friedel zur Bibliothek in Kreuzberg fährt, um sich neue Bücher und Schallplatten zu holen, die die kleine Reinickendorfer Bücherei nicht hat, fährt er immer nur am Bahnhof Friedrichstraße vorbei. Jetzt steigen Jack, Wölfi und er hier aus. Ihm klopft das Herz. Sie wollen am kleinen „Intershop"-Kiosk einkaufen. Dort kann man billig Zigaretten, Alkohol, Kaffee, Parfum kaufen – natürlich für Westgeld. Hier kaufen die Besucher mit Passierschein noch mal eben Jacobs Krönung und Marlboro für die Verwandten aus dem Osten ein. Für die West-Berliner Jungs ist der Intershop die Chance, billig und ohne lästige Nachfragen nach dem Alter an Zigaretten und Alkohol zu kommen. Jack hat reiche Eltern, also immer Geld, und holt eine Stange Camel Filter und eine Flasche Persiko. Persiko ist ein klebriges, unglaublich süßes rotes Zeug, das gar nicht nach Alkohol, sondern nach Mandel, Marzipan und Kirsche schmeckt. Sie probieren den ersten Schluck gleich auf dem Bahnhof, während sie auf den nächsten Zug warten. Schließlich müssen sie sich ein bisschen Mut antrinken für die Disco. Jack steckt sich auch gleich eine an und drückt die halbe Kippe fachmännisch am Stiefel aus, als die U-Bahn einfährt, um sie später zu Ende zu rauchen. Wölfi hebt sich seine lieber für später auf. Er ist chronisch klamm, raucht normalerweise Selbstgedrehte und freut sich immer, wenn er mal eine „richtige" Zigarette abkriegt.

Friedel hat vor einigen Wochen beschlossen, mit dem Rauchen aufzuhören. Das ist ihm nicht so sehr schwer gefallen, weil er sich von seinem spärlichen Taschengeld eh keine Kippen leisten kann und immer nur in der Schulhofecke geschnorrt und mitgepafft hat. Das war ihm auf Dauer unangenehm, im Gegensatz zu Wölfi, dem Schnorren nichts auszumachen scheint. Außerdem schmecken ihm Zigaretten nicht wirklich gut, oft wird ihm schlecht davon. Da auch seine Versuche, so schöne Rauchkringel zu produzieren wie Jack, nicht von Erfolg gekrönt sind, spricht eigentlich nichts mehr fürs Rauchen. Die Kumpel in der Raucherecke gucken zwar erst ein bisschen verwundert, als er verkündet, dass er aufhören wird. Sie testen ihn noch eine Weile und bieten ihm immer mal wieder eine an, aber als sie merken, dass er es ernst meint, wird das akzeptiert. Für Friedel ist es in der ersten Zeit etwas ungewohnt, dabei zu stehen ohne die Kippe in der Hand, aber auch daran gewöhnt er sich schnell. Er ist sogar ziemlich stolz auf sich und fühlt sich unabhängig - ein Mensch mit eigenem Willen!

Die drei steigen in die U-Bahn ein, Jack hat in seiner ausgebeulten Parkatasche die Persikoflasche. Das ist das Schöne am Parka: Man bekommt fast alles unter und braucht keine Extrataschen oder Rucksäcke mehr. Dann geht es noch einmal im Schritttempo an zwei Geisterbahnhöfen vorbei: „Französische Straße" und „Stadtmitte". Komische Vorstellung: Stadtmitte? Hier? Das kann doch gar nicht sein. Die City, das ist doch Bahnhof Zoo und Umgebung, aber doch nicht hier, an diesem Potemkinschen Bahnhof! Und dann kommt endlich wieder West-Berlin, Kreuzberg: „Kochstraße". Als die Bahn in den beleuchteten Bahnhof einfährt, gibt es ein kleines, fast unmerkliches kollektives Aufatmen im Waggon. Die Anspannung weicht aus den Gesichtern, die Finger und Zehen entkrampfen sich: Willkommen zurück im Westen!

Zur Feier des glücklichen Augenblicks holt Jack gleich nochmal die Flasche aus den Tiefen seines Parkas hervor. Erst kommt der Schluck der Erleichterung, dass alles gut gegangen ist und keine West-Berliner Zollbeamten eingestiegen sind, die nach unverzollten Zigaretten aus dem Intershop fahnden. Dann kommen die Schlucke der Vorfreude. Mit jedem Schluck wächst der Mut und die Zuversicht, dass sie es als Minderjährige schaffen, in die Disco reinzukommen. Die Ami-Disco ist bekannt dafür, dass die Kontrollen lasch ausfallen. Hier haben die West-Berliner Polizei und die Behörden nicht viel zu melden, weil die Disco unter der Aufsicht der „amerikanischen Freunde" steht, und die gehen alles etwas lässiger an.

Als die drei sich dem Eingang nähern, steht da so ein richtiger Schwarzer mit einem Afrolook wie aus dem Bilderbuch. Er schiebt seinen rosaroten Bubblegum von der linken in die rechte Mundhälfte, macht eine wunderschöne Blase, lässt sie platzen, mustert die drei Jungen belustigt von oben bis unten, als wollte er sagen: „Wie, heute schon wieder Kindergeburtstag?", zwinkert ihnen mit einem Auge zu und nuschelt dabei irgendetwas Amerikanisches, das sich wie ein Fluch anhört. Die drei schauen sich ratlos an. Jetzt lacht er, zeigt dabei seine strahlend weißen Zähne und sagt: „Come on, guys!" Das verstehen sie, und schwupps sind sie drin. Nicht einmal die Persikoflasche, die allerdings inzwischen so gut wie leer ist, hat er Jack abgenommen.

Trotzdem bestellt Jack erst einmal drei Rum Cola. Geld ist nie ein Thema für ihn, er hat einfach genug davon, es macht ihm nichts aus, andere einzuladen. Friedel ist öfters bei ihm zu Hause, in dem schicken Bungalow am Waldrand. Alles wirkt edel und gepflegt, aber irgendwie unbewohnt, die Eltern sind selten da, den Vater hat er noch nie gesehen. Das lebendigste im Haus ist der kleine Rauhaardackel, der Jack immer schwanzwedelnd begrüßt und hofft, dass er mit ihm eine kleine Runde im Wald macht. Friedel kennt das von zu Hause, Mutter Anna hat jetzt auch einen Hund, eine schwarze Bestie namens Blacky, ein Sozialfall, der nur sie akzeptiert und den Rest der Welt aggressiv anknurrt und verbellt. Dagegen ist Jacks kleiner Dackel sehr pflegeleicht, Friedel geht gerne mit ihm spazieren und das Beste ist: Er kommt sogar, wenn man ihn ruft! Genauer gesagt, wenn Jack ihn ruft.

Im Haus darf Jack anscheinend alles machen, was er will. Neulich hat er für Friedel und sich Eier-Pfannkuchen gebraten, nicht mit Margarine, wie bei Friedel zu Hause, sondern mit Sonnenblumenöl! Sehr lecker. Statt elterlicher Zuwendung bekommt Jack zu Hause Geld im Überfluss, und so hat er schon eine beeindruckende Plattensammlung. Seine neuesten Errungenschaften sind eine Platte der deutschen Psychadelic-Band „Tangerine Dream" aus Berlin, auf deren Konzert sie vor einigen Wochen waren, „Amon Düül" aus München und eine Platte der Gruppe „Can" mit dem Garagensound aus

Köln. Alle experimentieren wie Pink Floyd mit elektronischen Klängen und Synthesizern und produzieren dabei diese extatische Musik, die sich direkt ins Hirn bohrt und einen geheimnisvollen Sog ausübt, dem man sich nicht entziehen kann.

Genau dieser Sog zieht die drei Jungen jetzt auf die Tanzfläche. Der farbige DJ hat „Careful with that axe, Eugene" von Pink Floyd aufgelegt. Ein sanft-meditativ beginnender musikalischer Acht-Minuten-Beischlaf in einem konstanten Weltraum-Puls, der sich bis zum geflüsterten „Careful with that axe, Eugene!" immer weiter steigert, um sich schließlich in einem langanhaltenden, tierischen Schrei zu entladen, der als Starkstromstoß durch den Körper schießt. Arme, Beine, Kopf bewegen sich wie in Trance zu einer geheimnisvollen Choreographie im bunten Flackerlicht. Die Musik übernimmt erst Kontrolle über den Körper, dann über Geist und Willen. Spätestens beim orgiastischen Schrei lösen sich Körper, Geist, Raum und Zeit vollkommen auf. Man wird von der Wucht der großen Welle direkt ins Nirvana getragen und bleibt dort eine kleine Ewigkeit – zumindest dann, wenn man einige Tropfen Persiko im Blut hat.

Die Musik an diesem Abend macht Friedel und seine Kumpel „high". Als sie um halb elf aus der Disco stolpern, sind sie vollkommen zufrieden und im Reinen mit sich und der Welt. Sie sind angefüllt mit Musik und Glück. Auf der Fahrt nach Hause unterhalten sie den ganzen U-Bahn-Waggon mit Tanz, Spaß und Gesang. Sie sind in solch einem transzendentalen Zustand der Entrücktheit, dass sie die ganze Welt an ihrem Glück teilhaben lassen wollen, nein: müssen. Jack erzählt Friedel am nächsten Tag, er hätte seinen Parka ausgezogen, wäre durch die Reihen gegangen und hätte mit der Ami-Kutte wie mit einem Mädchen getanzt und dabei gesungen.

Davon weiß Friedel nichts mehr. Er erinnert sich nur noch an den Moment der Ernüchterung, als sie in Tegel aus der U-Bahn steigen. Die Ernüchterung kommt mit der kalten Luft, die vom Ausgang oben in den U-Bahn-schacht herunterweht. In diesem Moment fragt Wölfi Jack: „Sag mal, wo war denn eigentlich deine Braut?" Friedel wird schlagartig bewusst, dass er ja mitgefahren ist, um die Schwester von Jacks „scharfer Braut" kennen zu lernen. Jack zuckt mit den Achseln, spuckt verächtlich aus und sagt: „War doch schön so! Oder habt ihr was vermisst?"

Nein, sie haben nichts vermisst. Sie hatten einen tollen Abend und waren bestens gelaunt. Dieser Love-Peace-and-Happiness-Stimmung kann auch der kalte Wind beim langen Warten an der Bushaltestelle nichts anhaben. Als Friedel sich kurz nach zwölf leise durch die Haustür in Heiligensee schleichen will, kommt ihm Mutter Anna im Morgenmantel entgegen. Sie guckt ihn an und fragt: „Kannst du nicht Bescheid sagen, wenn du weggehst? Dann müssen wir uns keine Sorgen machen!" Friedel murmelt zustimmend und nickt schuldbewusst. *Sie will gar nicht wissen, wo ich gewesen war!* schießt es ihm durch den Kopf. *Aber sie hat sich Sorgen gemacht! Es ist nicht egal, ob ich da bin oder nicht! Es ist aufgefallen!* Das rührt ihn, überwältigt ihn fast, ja, es macht ihn glücklich. Er gibt ihr einen Gutenachtkuss und klettert im Bett schnell unter die Decke, wo der Weltraum-Puls von Pink Floyd sofort die Regie über seine Träume übernimmt und ein seliges Lächeln auf sein Gesicht zaubert.

Fichtelgebirge

Die ganze Klasse 8 wartet nur noch auf den März und auf den Schnee: Im März soll es ins Fichtelgebirge zum Skifahren gehen, für Friedel die erste Klassenfahrt seines Lebens. Auf dem Dachboden des Heiligenseer Hauses hat er alte Ski gefunden, die einmal seinem Großvater gehört haben. Seine Eltern können nicht Ski fahren, seine Geschwister auch nicht. Er wird der erste in der Familie sein, der es lernt – wenn nur endlich Schnee fällt! In den Sportstunden wird jetzt immer Skigymnastik gemacht, der junge Sportlehrer ist schon wieder weg, sie haben bei Herrn Langrock Sport, der hat auch die Klassenfahrt organisiert. Als er Friedels Ski sieht, schüttelt er den Kopf und sagt: „Dass es so etwas noch gibt! Die sind was fürs Museum!" Aber es passt in sein Bild. Friedel, der schlaksige Anti-Sportler mit der langen Mähne, kommt mit Museums-Skiern an. Was er da noch nicht weiß: Einen Ski-Anzug oder Ski-Stiefel hat Friedel auch nicht.

Ein paar Tage vor der Abfahrt schneit es tatsächlich, und aus dem Fichtelgebirge werden passable Schneehöhen gemeldet. Mit dem Bus fahren sie aus Berlin in die verschneite fränkische Winterlandschaft. Das Quartier in Oberwarmensteinach ist karg und hat den spröden Charme der ersten Nachkriegsjahre. Aber die Landschaft ist großartig und tief verschneit. Auch die Dörfer der Umgebung wirken verschlafen und wie aus der Zeit gefallen.

Zuerst werden die Gruppen eingeteilt. Keiner aus der Klasse hat jemals auf Skiern gestanden. Alle stellen sich im leichten Schneegestöber hinter dem Haus auf und sollen einen kleinen Hügel hinunterfahren. Unten warten schon die zwei bayrischen Skilehrer und Herr Langrock. Friedel stellt sich, bescheiden wie er ist, ganz hinten an und versucht, die antike Skibindung an seinen geliebten Wildleder-Fransenstiefeln zu befestigen, die leider nach den ersten Schritten im Schnee schon durchgeweicht sind. Auch sein olivgrüner Parka ist bereits ziemlich klamm und saugt die Feuchtigkeit auf wie ein Schwamm, das gleiche gilt für seine Jeans. Zum Glück hat er lange Unterhosen drunter. Egal, Hauptsache, die blöden Skier bleiben dran!

Schon nach drei, vier Metern kann man ahnen, wer in welche Gruppe kommen wird. Niki fährt vollkommen ruhig und sicher den Hügel hinab, als hätte sie nie etwas anderes in ihrem Leben getan, als Ski zu fahren. Sie bekommt Szenenapplaus und wird vom bayrischen Skilehrer, einem knackigen, wettergegerbten Luis-Trenker-Verschnitt, dem man seine gefühlten 70 Jährchen nicht sofort ansieht, gleich in seine Gruppe gelotst, die Gruppe der Naturtalente. Dort landen auch Uli und die anderen üblichen Verdächtigen – die Sport-Asse der Klasse. Noch ehe alle Probe gefahren sind, erklärt Luis Trenker, dass seine Gruppe nun voll ist und zieht mit der Elite schon einmal zu höheren Aufgaben und steileren Abfahrten davon.

Wer mehr recht als schlecht unten landet, kommt zum Hilfs-Skilehrer Barnie, der viel netter wirkt als sein Kollege. Da will Friedel hin. Jack ist auch dort gelandet, er fährt wirklich prima, kommt aber trotzdem nicht zu Luis Trenker, der will anscheinend lieber hübsche Mädchen und Jungs mit Bürstenhaarschnitt. Er schickt Jack also zu Barnies „Mitteltruppe" und Jack ist nicht böse darüber. Barnie sieht einfach gemütlich aus, mit dem kann man Spaß haben, das sieht man auf den ersten Blick. Auch Christel und Tina landen bei Barnie, sogar Wölfi schafft es unfallfrei in die Mittelgruppe, obwohl ihm sein Schal und seine roten Haare fast die Sicht nehmen. Nur die spektakulären Stürze und Geisterfahrer kommen zu Herrn Langrock, der selbstlos die Ärmsten der Armen betreut. In dieser Auffanggruppe geht es nicht so sehr um Skifahren, als um psychologische Aufbauarbeit und kleinste Fortschritte. Auch wer aus Angst gar nicht erst losfährt, kommt dorthin. Hier geht es vor allem darum, diejenigen halbwegs sinnvoll zu beschäftigen und von der Piste fernzuhalten, die die anderen sonst nur stören würden.

Friedel fährt als letzter los, die Mittelgruppe von Barnie fest im Blick, die Richtung stimmt, der kalte Wind weht ihm ins Gesicht. Lässig will er seinen Skistock zum Gruß heben, verliert dabei leider die Balance, gerät mit dem blöden Stock zwischen seine Museums-Ski, die Bindung springt auf und er legt einen fulminanten Sturz hin. Als er seine Skier im tiefen Schnee wiedergefunden hat, die Brille trocken gewischt und wieder aufgesetzt hat, sieht er, dass seine Gruppe schon auf ihn wartet: die Dicken, Grobmotoriker und Überängstlichen der Klasse, Mädchen, die noch keinen Meter gefahren sind. Na dann Prost! Friedel ist zwar Anti-Sportler, aber das hat er nicht verdient, findet er. Zwei endlos lange Tage übt er stundenlang „Schneepflug" und Stöcke hochhalten. Zwei Tage lang holt er sich mit eiskalten und nassen Klamotten Eisfüße beim endlosen Warten auf die Kollegen, denen immer wieder bei der Suche nach ihrer Skiausrüstung und beim Geradebiegen der Stöcke geholfen werden muss. Dann endlich hat Herr Langrock ein Einsehen und schickt ihn in Barnies

Mittelgruppe. Dort lernt er tatsächlich die Grundlagen des Skifahrens, auch wenn ihm seine Steinzeit-Bindung und die sehr langen und stumpfen Ski immer wieder erhebliche Probleme bereiten.

Jetzt macht es richtig Spaß, abends ist er völlig kaputt, aber glücklich kaputt. Schlechtes Essen, Ersatzkaffee, dünner Tee (ein Beutel pro Kanne) und immer die gleiche Aprikosenmarmelade zum Frühstück – all das ist nicht wirklich wichtig. Auch die elend quietschenden Doppelstockbetten, die schlecht gelüfteten, nach Schweiß und Furz riechenden Schlafquartiere sind nebensächlich. Friedel ist mit Thomas, Jack, Wölfi und Eberhard auf einem Zimmer. Ausgerechnet Eberhard! Der ist richtig hart drauf und immer voll neben der Spur! Nachts pupst er das Zimmer voll und abends macht er Stress. Ihm gefällt Jackies Musik nicht, er singt dazwischen, zieht den Stecker raus, beschwert sich andauernd. Einmal steigt er auf den Stuhl, dreht die Glühbirne raus, lässt sie auf den Boden fallen, so dass überall kleine Scherben herumfliegen und sagt hämisch grinsend: „So! Da guckt ihr blöd, was? Und ich hab noch ganz andere Tricks drauf!" Als die anderen ihn auslachen, wird er wütend und kündigt an, sie alle nachts in ihren Betten zu zerquetschen wie Läuse.

Jack, Wölfi und Friedel verstecken hinter den Dachfenstern in der Dachrinne den heimlich gekauften „Alkohol" und probieren ausgiebig und genüsslich das seltsam nach Kräutern schmeckende Gesöff, natürlich nur, wenn Eberhard nicht in der Nähe ist. Sie haben es in kleinen Flaschen im Tante Emma-Laden im Ort erstanden, Jack hat es bezahlt, natürlich. Da er schon wie 16 aussieht mit seinem dunklen Oberlippenflaum, gibt es auch keine Probleme an der Kasse, als er dieses Kräuterzeug und Zigaretten kauft. Erst am letzten Abend in Oberwarmensteinach merken sie, dass im „Almdudler" überhaupt kein Tropfen Alkohol ist. Sie hätten die Flaschen auch ganz legal im Zimmer haben können! Komisch, sie hätten schwören können, dass sie von dem Zeug richtig bedudelt waren. Egal! Da draußen in der Dachrinne war der Almdudler immer eisgekühlt und hat kalt und heimlich getrunken viel besser geschmeckt als lauwarm und erlaubt.

Jack und Wölfi haben schon ihre ersten Erfahrungen mit Haschisch hinter sich, Friedel dagegen verspürt kein Verlangen nach diesem süßlich riechenden Zeug, ihm wird ja schon vom normalen Rauchen schlecht. Die anderen akzeptieren zwar, dass er nicht mehr raucht, aber Hasch ist doch etwas anderes. Das muss man wenigstens einmal probiert haben, damit man mitreden kann! Gut, einmal kann ja nichts schaden, das ist wie in der Familie beim Essen: Einmal probieren muss man anstandshalber, auch wenn man schon vorher weiß, dass man Schweinshaxe, Klopse mit Kapern und Senfsoße, Spinat, Lungenhachée oder saure Nierchen nicht runterkriegt. Friedel inhaliert also das komische Kraut aus der dicken, selbstgerollten Tüte, verschluckt sich dabei, bekommt einen roten Kopf, hustet, spuckt aus, die anderen lachen. Damit ist er legitimiert als Anti-Raucher und wird in Zukunft in Ruhe gelassen. Die Sprüche findet er trotzdem lustig: „Hassu Haschisch inner Tasche, hassu imma was zu nasche!". Wenn man sich gegenseitig mit „Peace!" begrüßt, ist nie ganz klar, ob damit „Frieden" oder ein „Piece", ein Stück Haschisch in gepresster Form, gemeint ist.

Wenn Jack, Wölfi und Friedel abends in den Jugendclub „Prisma" am Kurt-Schumacher-Platz gehen, schlägt ihnen immer schon eine süßliche Dunstwolke von den hinteren, dunklen Sitzreihen entgegen. Rauchen und Trinken ist hier völlig selbstverständlich und wird nicht kontrolliert. Sie können mit ihren 14 Jahren an der Theke nicht nur leckere Stullen mit Griebenschmalz kaufen, sondern auch Lambrusco aus der großen Bauchflasche oder Whisky-Cola bekommen. Und was man in den hinteren Ecken da so raucht, interessiert anscheinend keinen Menschen. Friedel sitzt gerne mit dabei, spielt Schach mit Wölfi oder „quatscht" einfach mit den anderen und genießt die Musik. Oft werden hier ganze Langspielplatten gespielt, zum Beispiel die „Monster Movie" Filmmusik von „Can". Bei Wölfi ist manchmal zu merken, dass er nach zu häufigem Kiffen mental stark abbaut. Schachspielen ist dann nicht mehr drin. Jack dagegen hat sich und seinen Haschischkonsum gut im Griff, er wirkt nie so, als wäre er geistig weggetreten.

Kommen sie dann nachts aus dem Prisma wieder nach draußen an die frische Luft, hat Friedel zwar kein bisschen selbst geraucht, fühlt sich aber trotzdem wie auf Wolken. Einmal war dieses Gefühl so stark, dass er anfing zu phantasieren. Er stellte sich auf das Gitter eines großen Entlüftungsschachts, der in den Bürgersteig eingelassen war, und suchte die Treppe nach unten, weil er meinte, er wäre am U-Bahneingang. Er hörte sogar die U-Bahn weit unter sich, spürte die warme Luft, die von unten kam und konnte gar nicht verstehen, wieso er nicht hinunter konnte zur U-Bahn. Jack und Wölfi standen dabei und machten sich vor Lachen fast in die Hose, während Friedel immer wieder verzweifelt rief:

„Jetzt ham die Schweine schon die U-Bahn vergittert! Wie sollen wir denn jetzt nach Hause kommen?"

Wenn er dann heil zu Hause ankommt, muss sein Parka eigentlich süßlich riechen und nach Rauch stinken. Mutter Anna spricht ihn aber nie darauf an, sie raucht selbst und hat vielleicht auch deshalb ein schlechtes Gewissen und keine guten Argumente. Auch Friedels Vater raucht, allerdings keine Zigaretten, sondern Zigarren und Pfeife, dänischer Tabak, den Friedel gerne riecht. Auch etwas süßlich, aber besser als Haschisch. Friedel hat als kleiner Junge Mutter Anna oft in Diskussionen verwickelt, ob sie nicht mit dem Rauchen aufhören wolle, das würde Geld sparen und sie würde nicht so früh sterben. Das war seine eigentliche Befürchtung. Er hatte schon eine Mutter verloren, diese hier sollte nicht auch noch sterben, das hätte er nicht verkraftet. Sie versuchte ihn immer zu beruhigen und sagte, diesen kleinen Spaß müsse er ihr schon lassen. Sie würde ja auch nur „paffen" und nicht auf Lunge rauchen, das wäre ungefährlich. Wenn er jetzt mit dem verqualmten Parka nach Hause kommt, wird sie sich ihren Teil denken. Aber sie sagt nichts.

Auch die ganzen kleinen Mutproben, die Friedel mit nach Hause bringt, werden nie zum Thema gemacht: Aus den Doppeldeckerbussen schrauben sie die kleinen Birnen heraus und lassen sie in den Tiefen des Parkas verschwinden. Natürlich geht das nur oben, wo der Fahrer sie nicht sehen kann. Man kann eigentlich nichts mit diesen Birnen anfangen, es ist einfach so eine Art Sammelleidenschaft. Schwieriger ist es, das große Bus-Nummernschild vorne mitzunehmen. Man muss die Schrauben an der Klappe öffnen und das ganze Schild vorne herausziehen. Jack schafft es zweimal. Danach muss man allerdings sofort aussteigen, denn natürlich fällt es auf, wenn der Bus ohne Nummer durch die Gegend fährt. Diese beiden großen Nummernschilder werden wie Reliquien behandelt. Jeder darf mal eins für ein paar Wochen zu Hause haben. Nachdem Wölfi und Jack zu Hause Ärger deshalb bekommen haben, bewahrt Friedel sie in seinem Kellerzimmer auf und erzählt seinen Eltern, er hätte sie nicht etwa geklaut, sondern geschenkt bekommen, was ja auch irgendwie stimmt.

Aber die drei sind ja nicht immer mit dem Bus unterwegs. Wenn sie abends durch die Straßen ziehen, ist ein beliebter Sport: Gaslaternen ausmachen. Viele Berliner Straßen haben nicht nur Kopfsteinpflaster, sondern auch Gaslaternen, die durch einen Impuls an- oder ausgehen. Wenn man einmal kurz und kräftig dagegen tritt, kann man die Laterne „löschen". Noch schöner sind Baustellen. Hier hängen die großen, gelben Petroleumlampen, die sich zu einem besonders begehrten Sammelobjekt entwickeln. Natürlich achten die drei darauf, dass immer noch eine Laterne übrig blieb, um die Baustelle zu sichern. Aber zwei Lampen an einer klitzekleinen Baustelle finden sie einfach übertrieben. Nachdem bei Friedel inzwischen drei solcher gelben Baustellenlampen im Zimmer standen, reagierten seine Eltern sehr diskret. Er bekam zum Geburtstag eine nagelneue, silberne Petroleumlampe geschenkt, samt Petroleum. Die war natürlich nicht so kultig wie die gelben Sammelobjekte, aber Friedel begriff die Botschaft, ohne dass seine Eltern ein Wort verlieren mussten: Klau doch bitte keine Lampen mehr!

Friedel wäre sehr erschrocken gewesen, wenn ihm jemand auf den Kopf zugesagt hätte, er würde klauen. Für ihn war das nicht Klauen, sondern Sammeln, Spielerei,

Mutprobe. Erst durch dieses Geburtstagsgeschenk kam bei ihm das schlechte Gewissen dazu und der Wunsch, damit aufzuhören. Er hatte Grenzen überschritten und es war aufgefallen. Eine Strafe war nicht nötig. Er hatte verstanden und hörte auf. Und weil Friedel aufhörte, war es auch für Wölfi und Jack leichter, das „Sammeln" zu stoppen.

Auf der Klassenfahrt im Fichtelgebirge muss das Rauchen natürlich heimlich auf dem Außengelände des Landschulheims erfolgen. Besonders Wölfis Parka riecht nicht nur nach Zigarettenrauch, sondern auch süßlich nach „Stoff". Er ist im Gegensatz zu Jack eher der etwas labile Suchttyp. Er ist unzufrieden mit sich und seinem Zuhause und gönnt sich immer öfter eine kleine „Traumreise". Uli hat ihre soziale Ader entdeckt. Sie hat mitbekommen, dass Wölfi Probleme hat und weicht ihm nicht mehr von der Seite, um ihn von den Drogen abzubringen. Wölfi genießt diese Aufmerksamkeit und Ulis Anwesenheit und diskutiert stundenlang mit ihr. Manchmal hat Friedel den Eindruck, er hört schon deshalb nicht auf, sich seine „Tüten" zu drehen, um Ulis Zuwendung nicht wieder zu verlieren. Es ist keine „richtige" Beziehung zwischen den beiden, es ist eher so eine Art Patient – Ärztin – Verhältnis, das nur so lange andauern wird, wie der Therapieerfolg auf sich warten lässt. Uli als Arzttochter fühlt sich gebraucht und gefordert, sie ist Tag und Nacht „im Einsatz". Und Wölfi genießt die intensiven Therapiegespräche.

Friedel merkt, dass er manchmal fast ein bisschen eifersüchtig auf Wölfi wird. Er ist ja nicht verliebt in Uli, aber trotzdem, er mag sie gerne und sie haben doch eine gemeinsame Geschichte. Dass Wölfi so viel Aufmerksamkeit von ihr bekommt, wurmt Friedel ein wenig. Er betet weiterhin Niki an, aber heimlich, unter Ausschluss der Öffentlichkeit, sie soll um Gottes Willen nichts davon mitbekommen. Er genießt es, wenn sie in seiner Nähe ist. Wenn sie ihn anspricht, wird er verlegen. Einige Male, wenn gerade skifrei ist, zieht er mit Jack, Niki und Gefolge durch die Gegend. Im kleinen Ort gibt es nicht viel zu sehen, aber es macht trotzdem Spaß, einfach so herumzulaufen. Im Grunde ist es fast so etwas wie das verhasste sonntägliche „Spazierengehen" mit der Familie – nur dass diesmal die „richtigen" Leute dabei sind: Nikis Freundin Uschi und Katrin. Wölfi und Uli hängen immer ein bisschen hinterher, weil sie ja ständig diese tiefgreifenden therapeutischen Gespräche führen.

Durch die Anwesenheit der Mädchen werden die Jungs in ihrem Verhalten etwas vernünftiger. Kein Sammeln, kein Laterne-Austreten, kein Halbstarken-Benehmen, das kommt nicht so gut an. Friedel merkt, dass er sich mit Mädchen einfach besser unterhalten kann als mit Jungen. Er ist ein anderer Mensch, als wenn er mit Jack und Wölfi alleine abhängt. Es gibt ein schönes Schwarzweißfoto von einem dieser Ausflüge: Katrin, Uschi, Friedel, Niki und Jack stehen Arm in Arm nebeneinander und lächeln in die Kamera. Alle stehen locker entspannt dicht nebeneinander. Nur Friedel als Mittelpunkt der Gruppe hat die langen Beine gekreuzt wie Ian Anderson, der Flötist von „Jethro Tull". Auch den rechten Arm hat er nicht um Uschi gelegt, die neben ihm steht, sondern seine rechte Hand vor dem Gesicht, als würde er die Nase rümpfen. Sein Zeigefinger zeigt aber auf Niki, die er links im Arm hält, wie ein unbewusstes, verstecktes Zeichen auf den Bildern der alten Meister: *Seht dort, diese da, die meine ich!*

Am Abschlussabend in Oberwarmensteinach werden Spiele gemacht, bei einem wird Niki als „Mumie" mit Toilettenpapier umwickelt. Den Tag davor hat sie krank im Bett verbracht, Friedel hat sich Sorgen gemacht und ist erleichtert, dass es ihr wieder besser geht. Nach den Spielen trägt er der versammelten Mannschaft seine selbstverfassten Verse über die Skiwoche vor, in der alle Mitschüler erwähnt werden. Bei der sich anschließenden Abschiedsparty tanzt er wild und ausgelassen. Die Stimmung am nächsten Morgen im Reisebus ist wehmütig. Keiner will zurück in die Schule.

Cousine

Ein Jahr nachdem Friedel konfirmiert worden ist, fragt ihn sein Patenonkel, der in Bremen Pastor ist, ob er Lust hätte, als Helfer mit auf eine Konfirmandenfreizeit ins Weserbergland zu fahren. Friedel fühlt sich geehrt: Kaum konfirmiert, schon als Helfer gebraucht! Das Erwachsenenleben scheint jetzt tatsächlich näher zu rücken! Er merkt das auch zu Hause. Er bekommt nicht mehr bei jedem Handgriff, speziell beim Essen, Ermahnungen, macht dadurch auch nicht mehr so viel falsch, als wenn er sich ständig kritisch beobachtet fühlt. Ja er darf seit neuestem bei Autofahrten sogar vorne als Beifahrer mitfahren! Sein Vater hat gemerkt, dass er gut Karten lesen kann, seitdem ist er für seinen Vater zu einem unentbehrlichen Helfer geworden und in seinem Ansehen ein ordentliches Stück nach vorn gerückt.

Leider hat seine jüngere Schwester Bine nun die „rote Laterne" übernommen und gerät zum schwarzen Schaf der Familie. Jetzt wird sie getadelt, weil sie zappelig ist, zu hastig redet, unrealistische Wünsche hat und den Kopf voller Ideen, für die sich die Großen nicht ernsthaft interessieren. Friedel spürt eine zwiespältige Mischung aus Erleichterung und Mitleid. Er weiß ja selbst noch zu gut, wie sich das anfühlt. Er macht nicht mit beim Gemecker und den ironischen und bissigen Bemerkungen, die vor allem von seinem Vater und von seiner älteren Schwester Bea kommen, aber er kann es auch nicht verhindern.

In den Pfingstferien geht es los, mit dem Reisebus von Berlin nach Bremen. Dort ist er schon zwei Mal gewesen und hat die nette Familie seines Patenonkels besucht: Seine junge, temperamentvolle und hübsche Frau Ute und die beiden kleinen, lockenköpfigen Kinder Jule und Fritz. Sein Patenonkel ist immer etwas distanziert, seine Frau dagegen die Herzlichkeit in Person. Sie kann unglaublich gut zeichnen, aus dem Handgelenk zeichnet sie locker mit ein paar Strichen Gesichter, Menschen, kleine Szenen. Das imponiert Friedel sehr, so etwas möchte er auch können. Ute behandelt ihn fast wie einen Erwachsenen. In Bremen ist alles anders als zu Hause, hier ist er der große Junge aus Berlin, hier nimmt man ihn ernst.

Kleine Kinder kennt Friedel ja auch von zu Hause, seine Geschwister Nelli und Steffen sind oft niedlich oder machen lustige Sachen, aber manchmal nerven sie ihn auch. Jule und Fritz sind einfach nur süß und hören mit großen Knopfaugen zu, was der große Friedel ihnen erzählt oder vorliest. Sie lassen sich sogar von ihm baden und zu Bett bringen. Vorher müssen sie auf den Topf und „eine kleine Weser machen", wie Ute das immer nennt. Friedel ist richtig vernarrt in Jule und Fritz, Ute zeichnet ihm zum Abschied eine Postkarte mit den beiden, damit er eine Erinnerung hat für zu Hause.

Friedel fühlt sich wohl in Bremen. Die Altstadt ist schön und übersichtlich, man kommt zu Fuß schnell überall hin. Friedel streift gerne durch die Gassen hinter dem Wall und über den großen Marktplatz mit dem Standbild des Roland. Nur einmal gibt es Probleme. Sie haben ihn zum Einkaufen geschickt. Er hat sorgfältig die Einkaufsliste abgearbeitet, kommt stolz mit vollgepackten Taschen zurück und soll gleich wieder los. Er hat das falsche Klopapier mitgebracht, das günstigste natürlich, graues Krepp, wie zu Hause in Berlin. Sein Onkel sagt: „Was haben sie dir denn da verkauft, da reißt man sich ja den Popo mit auf!" Friedel traut sich nicht zu sagen, dass er es doch absichtlich ausgesucht hat, weil es am günstigsten war. Er hat doch extra die Preise verglichen. Außerdem benutzen sie es in Berlin ja auch, und dort hat sich bisher noch niemand den Popo aufgerissen! Ute lenkt ganz schnell ein, als sie merkt, dass ihr Mann Friedel in Bedrängnis bringt. Sie bedankt sich für den Einkauf, erwähnt, dass sie das nachher erledigen kann, wenn sie noch einmal losfährt und fragt Friedel, was er gerne essen möchte.

Als sie später alleine in der Küche sind, tröstet sie ihn: „Er kann sich schlecht in andere Leute hineinversetzen, mach dir nichts draus, Friedel. Er war immer der Beste überall, schon in der Schule. Er bekam selten Widerspruch und kann sich nicht so richtig vorstellen, dass andere Menschen anders sind und anders denken als er." Friedel ist wieder versöhnt. Abends, als er Jule und Fritz ins Bett gebracht hat, geht er ins Wohnzimmer, wo sein Patenonkel gerade wunderschön Klavier spielt. Er sieht dabei sehr entspannt aus, spielt ohne Noten und scheint die Augen fast geschlossen zu haben und Friedel nicht zu bemerken. Friedel kennt das Stück, die Mondscheinsonate von Beethoven. Danach kommt Ute herein und bringt Getränke, Knabberzeugs und Schokolade. Sie spielen zu dritt Halma. Die leckere Schokolade wird erst nach dem Spiel gerecht an Gewinner und Verlierer verteilt.

Am nächsten Tag soll Friedel mit seiner Schwippcousine Friederike ausgehen. Die Erwachsenen finden das eine originelle Idee: Friedel und Friederike – süß! Beide sind gleich alt, sie ist die Nichte seines Patenonkels und Friedel hat sie noch nie gesehen. Der Onkel spendiert den beiden Kinokarten und schickt sie los. Friedel ist schüchtern und aufgeregt, gleichzeitig verspürt er eine natürliche Abneigung dagegen, von Erwachsenen einfach so verkuppelt zu werden. Als er wieder zurück ist, kann er auf Utes neugierige Fragen, wie es denn so war, kaum etwas antworten. Er hat von dem Film so gut wie nichts mitbekommen, weil er so aufgeregt war. Friederike gefiel ihm ganz gut, aber sie war vermutlich genauso schüchtern und aufgeregt wie er in so einer komischen Situation. Gut, dass man beim Kino nicht viel reden muss. Danach brachte er sie schnell zur Bushaltestelle und lief dann die wenigen Schritte bis zur Wohnung seines Patenonkels.

Am nächsten Tag geht es dann mit dem Reisebus und der Konfirmandengruppe nach Hessisch Oldendorf im Weserbergland. Friedel lernt erst einmal die nette Gemeindehelferin und den Vikar kennen und wird von ihnen fast wie ein Erwachsener begrüßt. Als sie im Landschulheim angekommen sind, stellt der Onkel Friedel der versammelten Mannschaft vor: „Dieser nette junge Mann hier ..." Friedel wächst bei diesen Worten um mindestens fünf Zentimeter - „... das ist mein Neffe Friedemann aus Berlin, er wird uns ein bisschen helfen." Von da an hat er seinen Spitznamen weg und wird von den Jugendlichen nur noch „der Neffe" genannt. Ihm ist noch nicht so richtig klar, worin denn seine Aufgaben als Helfer bestehen. Oder ist das bloß so eine Art Urlaub, vom Patenonkel gesponsert?

Beim gemeinsamen Spaziergang zur Erkundung der Umgebung hält er sich zunächst einmal an den Vikar, der kann ihm zu diesem Thema aber auch nicht so viel erzählen. Als der Vikar zurückbleibt, um die Nachhut auf Trab zu bringen, läuft Friedel erst einmal alleine weiter. Er merkt, dass da jemand hinter ihm ist, ab und zu wird ein kleines Steinchen wie zufällig von hinten zu ihm gekickt, das er dann weiterkickt. Das geht eine ganze Weile so. Inzwischen hat er einen Seitenblick riskiert und gesehen, dass da ein hübsches Mädchen mit dunklen Locken, sanften Augen und einem freundlichen und offenen Gesicht hinter ihm geht und Steinchen kickt. Friedel klopft das Herz bis zum Hals. Er ist sicher, dass jeder im weiteren Umkreis sein Herz pochen hören kann wie einen Dampfhammer. Während er noch angestrengt überlegt, wie man in so einer Situation ein halbwegs lockeres und intelligentes Gespräch anfängt und gleichzeitig befürchtet, er würde statt Worten wahrscheinlich nur ein Stottern und Stammeln hervorbringen, hört er ihre Stimme hinter sich: „So so, aus Berlin kommen Sie also!"

Die Stimme klingt angenehm und Friedel ist kolossal erleichtert, dass er jetzt bloß noch antworten muss. Sie gehen inzwischen nebeneinander. Er erklärt ihr, dass er erst vierzehn und daher noch lange kein „Sie" ist. Sie heißt Corinna, ist dreizehn und hat ihn wesentlich älter eingeschätzt, vielleicht, weil er als Helfer eingeführt worden ist. Es ist leicht, mit ihr ins Gespräch zu kommen, sie hat Verwandtschaft in Berlin und ist an vielen Themen interessiert, die ihn auch interessieren. Sie merken schnell, dass sie auf der gleichen Wellenlänge funken und sogar einen ähnlichen, nämlich trockenen Humor haben. Der Weg ist jetzt kurzweilig, sie merken gar nicht mehr, was um sie herum passiert und wo sie herlaufen. Überrascht stellen sie plötzlich fest, dass sie wieder zurück am Landschulheim angekommen sind.

Friedel ist noch ganz aufgewühlt, als sich ihre Wege im Haus trennen. Er wohnt am Ende des Mädchentraktes neben dem Zimmer der Gemeindehelferin, das erscheint ihm jetzt als göttliche Fügung und großer Vorteil, so begegnet er Corinna bestimmt öfter im Vorbeilaufen. Beim Abendbrot und Frühstück am nächsten Morgen sitzt Friedel noch neben den Erwachsenen, Corinna zwinkert ihm lustig von weitem zu. Aber schon beim Mittagessen setzt er sich zu ihr und ihrer Clique und von da an sind die beiden unzertrennlich. In ihrer Clique wird er sofort unkompliziert und wie selbstverständlich aufgenommen. Alles nette Leute mit dem Hang zu flapsigen Sprüchen und Redewendungen, die bei jeder passenden und unpassenden Gelegenheit wiederholt werden: „Peinliche Sache, das!" zum Beispiel, oder: „Klare Sache und damit hopp!" Er fühlt sich als Gleicher unter Gleichen viel wohler und ist froh, dass er den Status des erwachsenen Helfers los ist. Manche in der Gruppe sind so alt wie er. Es macht einfach Spaß, mit ihnen zusammen zu hocken und herum zu blödeln.

Friedel ist bis über beide Ohren in Corinna verliebt und lädt sie in der Pause zu sich ins Gruppenleiterzimmer ein. Dort hocken sie dicht nebeneinander auf der Couch und erzählen sich ihr Leben. Ihr Vater ist Arzt. *Natürlich*, denkt er sich, *ich verliebe mich anscheinend immer in Arzttöchter.* Sie hat noch zwei ältere Brüder, ist also, wie Friedel, das dritte Kind. Alles passt perfekt zusammen. Friedel und Corinna erleben die Tage im Weserbergland wie im Rausch. Die Gruppenaktivitäten hindern sie daran, völlig abzuheben. Das ist gut so, sie wollen nichts überstürzen. Gleichzeitig sitzt ihnen die baldige Trennung im Nacken. Friedel hasst Trennungen, er wird völlig panisch, wenn er daran denkt. Seit seine Mutter ihn mit fünf Jahren für immer verlassen hat, sind Trennungen für ihn ein Tabu. Er darf nicht daran denken. Er will den Augenblick genießen.

Corinna und Friedel genießen jede Minute, die sie zusammen verbringen, egal, ob in der Gruppe oder alleine. Das Herumblödeln in der Clique hilft, nicht zu viel zu grübeln, wie es weitergehen soll. Schnitzeljagd, Baden im Löschteich, selbstgemachte Krimi-Aufführungen, bei denen einer der Darsteller in voller Montur in den Teich fällt, Singen mit dem Vikar, der toll Gitarre spielen kann, sein Patenonkel liest Pater Brown-Geschichten abends im Kaminzimmer – all das hilft. Das Leben ist einfach und schwerelos, alles schwebt, alles gelingt, die Welt liegt ihnen zu Füßen.

Aus dem Dicht-Nebeneinanderhocken entwickelt sich das Berühren, Streicheln und Schmusen fast automatisch, ganz zart und vorsichtig. Friedel ist völlig erstaunt, wie leicht das ist, wie schön es kribbelt und wie selbstverständlich sie sich auf neuem und unbekanntem Terrain bewegen. Corinna ist wunderbar warm und weich, Friedel fühlt sich vollkommen geborgen und verstanden. Er genießt das Kribbeln und Schmusen, das ihn glücklich macht und im Moment völlig ausreicht. Er hat das Gefühl, noch nie war ihm ein Mensch so nahe.

Dann kommt der letzte Abend, Disco im Gemeinschaftsraum. Friedel und Corinna tanzen sich die Seele aus dem Leib bei „Jingo" und „Oyo como va" von Santana, bei „Samba Pa Ti" und „Child in Time" klammern sie sich so aneinander, dass sie kaum von der Stelle kommen. Dann hocken sie sich in eine dunkle Ecke und schmusen. Um halb elf ist Schluss, alle gehen brav auf ihr Zimmer. Am nächsten Tag sitzen zwei verheulte Gestalten eng umschlungen nebeneinander im Bus und versuchen, die Zeit anzuhalten. Passenderweise regnet es draußen in Strömen. Beim Aussteigen in Bremen eine letzte Umarmung, ein tapferes Lächeln, das Versprechen, sich zu schreiben, dann fährt Corinna mit ihrem Arzt-Papa nach Schwachhausen und Friedel fährt erst zu seinem Onkel und am nächsten Morgen zurück nach Berlin.

Die nächsten Tage ist Friedel wie benommen. Er ruft sich jede einzelne Stunde ins Gedächtnis. Warum muss denn ausgerechnet sie in Bremen wohnen, am anderen Ende der Welt? Das Einzige, was jetzt hilft, sind Briefe. Im Briefeschreiben ist er gut. Er schreibt einen seitenlangen Brief an Corinna, die er jetzt „Cousine" nennt, weil er selbst ja der „Neffe" ist. Er hat lange überlegt, ob er sie lieber „Nichte" nennen soll, aber er findet, das klingt doof, nach nichts, Cousine ist besser, dichter an Corinna. Er schickt Fotos und eine Zeichnung mit und freut sich riesig, als ein paar Tage später ein dicker Antwortbrief kommt. Sie ist genauso traurig wie er, schickt ihm passenderweise einen Charlie-Brown-Kalender mit. Nach seinem zweiten, langen Brief muss er schon länger warten, bis er Antwort erhält. Cousine berichtet von ihrem Alltag in Bremen, er erzählt von Berlin.

Dann kommt keine Antwort mehr aus Bremen. Er wird fast verrückt und malt sich die wildesten Verschwörungstheorien aus. Hat der Briefträger den Brief zurückgehalten? Hat sie ihn falsch adressiert? Erlaubt sich da jemand einen Scherz? Wie kann es sein, dass ihre Briefe nicht ankommen? Er schreibt noch einen Brief, noch länger. Er wartet weiter. Er ruft bei seinem Onkel an, ob der mal nachhören könnte, was da los ist in Schwachhausen. Und bald werden sie in den Urlaub fahren, nach Norwegen, wie soll denn die Post dorthin kommen? Er schreibt ihr noch einmal, teilt ihr seine Postadresse in Arendal mit. Er hat sich so auf Norwegen gefreut, er hat sogar das Reiseziel selbst mit ausgesucht, ein kleines Häuschen auf einer Insel im Süden Norwegens, die man nur mit einer Fähre erreichen kann. Aber jetzt? Wie soll er sich jetzt freuen, mit dieser Unsicherheit?

Norwegen

Ein schöner Sommerabend, draußen ist es fast dunkel. Friedel sitzt auf dem kleinen, gemütlichen Sessel neben dem hell furnierten Klavier im Wintergarten und trinkt aus einem schlanken Glas mit Stiel Sekt. Morgen fahren sie nach Norwegen, inzwischen ist alles gepackt, Oma macht zusammen mit Mutter Anna in der Küche noch Brote fertig, die beiden Kleinen sind schon im Bett, Vater hat eben noch mit ihm angestoßen, jetzt holt er gerade die Karte, um mit Kopilot Friedel die Route für morgen zu besprechen.

Ein merkwürdiger Geburtstag. Morgens war alles wie immer am Geburtstag. Er bleibt so lange im Bett und stellt sich schlafend, bis endlich die Familie vor seiner Zimmertür zu hören ist. Es wird geflüstert, geraschelt, dann geht die Tür einen kleinen Spalt auf. Vater beginnt zu singen, „Wir kommen all und gratulieren", die anderen setzen nach und nach ein, die Stimmen sind noch etwas brüchig und rau am frühen Morgen. Während sie zunehmend sicherer den Kanon singen, kommen sie auf leisen Sohlen in sein Zimmer. Vorneweg Nelli, barfuß, strahlend vor Stolz mit der brennenden Geburtstagskerze, daneben hin und her hüpfend der kleine Steffen, dahinter noch ganz verschlafen Bine an der Hand von Oma, die schon ihre karierte Arbeitsschürze anhat. Mutter Anna und Paps, der mit seiner tiefen Stimme versucht, Ordnung in den vielstimmigen Chor zu bringen, bilden das Ende des Gratulationszuges. Jan ist schon ein paar Wochen unterwegs in Norwegen, Bea wohnt nicht mehr zu Hause.

Alle kommen zu Friedel ans Bett und gratulieren ihm zum fünfzehnten Geburtstag. Nelli drückt ihm stolz die rote Kerze in die Hand und flüstert ihm zu, dass unten tolle Geschenke auf ihn warten. Steffen tobt ein bisschen auf seinem Bett herum und freut sich, als ob er selbst Geburtstag hätte. Dann schlüpft er flink unter Friedels Bettdecke und nimmt die folgenden Glückwünsche gleich mit in Empfang. Bine gibt ihm einen flüchtigen Kuss auf die Wange, wünscht ihm alles Gute, gähnt ausgiebig und entschuldigt sich, sie wäre noch „sooo müde". Oma überreicht ihm eine Piccoloflasche Sekt und sagt, er wäre ja jetzt ein Großer, damit könne er abends mit Vater anstoßen. Friedel ist überrascht und überwältigt. Alkohol hat er bisher noch nicht geschenkt bekommen. Mutter Anna sagt ihm, er solle sich in Ruhe frisch machen und anziehen. Sie würden in der Zeit unten im Esszimmer alles schön herrichten für sein Geburtstagsfrühstück. Vater kratzt angenehmerweise nicht beim Küssen und riecht frisch rasiert.

Auch das Geburtstagsfrühstück ist schön wie immer. Normalerweise gibt es Frühstück am großen runden Küchentisch. Beim Geburtstagsfrühstück allerdings wird der lange Tisch im Esszimmer festlich gedeckt, mit Tischdecke, Kerzen und richtigen Servietten. Es gibt heißen Kakao und frische Brötchen, Mutter Anna hat Friedel zur Feier des Tages ein Eckchen Milkana Schmelzkäse und seine Lieblingsteewurst hingestellt. Sein Teller ist mit Fähnchen und Gummibärchen dekoriert, großzügig verteilt er sie an Steffen, der ganz dicht an ihn herangerückt ist, Nelli, die immer wieder betont, dass sie die Bärchen so schön dahin gelegt hat, und Bine, die noch zu müde ist für Brötchen und Kakao, Gummibärchen aber schon herunter bekommt. Sie isst eigentlich keine Tiere mehr, aber bei Gummibärchen macht sie eine Ausnahme.

Nach dem Frühstück wird Friedel an den Gabentisch geführt. Ein paar Geschenke kennt er schon. Vor ein paar Tagen ist er losgezogen und hat im „ZIP", dem neuen Plattenladen im Forum Steglitz, in dem man in superbequemen Sesseln alle Platten mit Kopfhörern anhören kann, die von den Eltern bezahlten Geburtstagsplatten erstanden: Nach stundenlanger, gründlicher Auswahl hat er sich für „Anyway" von Family und „Renaissance" von Vanilla Fudge entschieden. Die stehen jetzt da und lachen ihn an. Auch den knatschgrünen, enganliegenden Rollkragenpulli kennt er schon, er hat ihn mit Mutter Anna zusammen ausgesucht, sie wirkte nicht begeistert, hat aber schließlich zugestimmt, nachdem die Verkäuferin gesagt hatte, genau so würden die jungen Leute das jetzt gerne tragen. Auch die neuen Lederfransenstiefel hat er zusammen mit ihr beim Schuhhaus Leiser ausgesucht, es ist zwar Hochsommer, doch für Friedel gibt es zu Sandalen nur eine Alternative: Lederfransenstiefel. Die alten sind ihm zu klein geworden, er hat inzwischen seinen Vater bei der Schuhgröße überholt.

Von Vater hat er eine Ölfarbenpalette mit Pinseln und Leinwand bekommen. Er freut sich schon darauf, auszuprobieren, wie „richtig malen" funktioniert. Er ist ja sonst eher der Zeichner. Vor einigen Monaten, als sein Kunstlehrer eine Weile beobachtete, wie er sich mit Wasserfarben verzweifelt abmühte, hat er ihm geraten, sich doch zum Geburtstag mal Ölfarben schenken zu lassen und es damit zu probieren. Er kann sich gar nicht daran erinnern, dass er das zu Hause erzählt hat, aber irgendwie scheint die Information an das Ohr seines Vaters gelangt zu sein. Wie schön, eine echte Überraschung und Herausforderung!

Von Oma hat er zwanzig Mark bekommen, an der Sektflasche baumelt ein kleiner Umschlag mit dem Scheinchen. Auch sein Patenonkel Martin hat ihm im Geburtstagsbrief ein Scheinchen mitgeschickt. Seine Patentante Christel schickt ihm grünes Briefpapier, das kann er gut gebrauchen. Auch von Cousine hat er in ihrem letzten Brief Snoopy-Briefpapier und die Weisheiten des Charlie Brown bekommen. Vom Patenonkel aus Bremen ist noch nichts da, er ist immer erst etwas später dran mit der Geburtstagspost, aber die Tante aus Hamburg hat ihm eine Platte geschickt: „Jazz goes Baroque".

Später am Tag, als alle in ihren Zimmern verschwinden und Reisevorbereitungen treffen, hört er seine neuen Platten auf dem Dual-Kofferplattenspieler. Family und Vanilla Fudge gefallen ihm immer noch, man muss nur den Lautstärkeregler etwas weiter aufdrehen. Aber was ihn wirklich begeistert, obwohl er erst sehr skeptisch war, ist die Baroque-Jazz-Platte. Je länger er reinhört, desto mehr entwickeln sich die verjazzten Barocktitel zu richtigen Ohrwürmern, die er gar nicht oft genug hintereinander hören kann. Schön, wenn man etwas Neues kennenlernt!

Mittagessen gibt es im feinen „Haus Dannenberg am See", auf der Dorfaue gegenüber, mit Blick auf die Havel. Leider kommt keine richtige Geburtstagsstimmung auf, da die Erwachsenen innerlich sehr mit den Reisevorbereitungen beschäftigt sind. Die beiden Kleinen sind müde und zappelig, sie haben keine Lust, so lange aufs Essen zu warten. Auch der Kellner ist nervös, es dauert endlos, bis er die Bestellungen endlich aufgenommen hat, auch weil sich die Wünsche der großen Familie immer wieder ändern. Vater hat schon hektische Flecken im Gesicht, ihm ist das Ganze unangenehm.

Als endlich die Getränke kommen, fliegt erst einmal eine Flasche Fanta um. Nelli schreit, denn es ist ihre Fanta. Steffen schreit, weil ihre Fanta ihm über die Hose gelaufen ist. Vater dreht fast durch, entschuldigt sich tausendmal beim Kellner, steht lamentierend immer wieder auf und setzt sich dann wieder, während Mutter Anna den Tisch mit einer großen Serviette abwischt und Nelli und Steffen beruhigt. Als das Essen dann endlich kommt, sind alle mit den Nerven am Ende und können es nicht so richtig genießen. Das liegt allerdings auch am Essen. Die Salzkartoffeln sind lauwarm, das Schnitzel schmeckt nur nach Panade, da hilft auch die beigelegte Zitronenscheibe nichts. Der Blumenkohl allerdings ist lecker, findet Friedel, nicht so gut wie bei seiner Großmutter, aber immerhin. Nelli mag das Essen nicht, Steffen isst nur das Fleisch, dafür isst Bine gar kein Fleisch. Vater bemüht sich, alle Reste der Kinderteller aufzuessen, weil es ihm peinlich ist, halbvolle Teller abräumen zu lassen.

Was total untergeht, ist, dass Friedel doch eigentlich heute die Hauptperson ist. Als die Familie wieder zu Hause ist, wird weiter gepackt und vorbereitet, alle sind beschäftigt. So packt auch Friedel den neuen Koffer, den er zu Weihnachten geschenkt bekommen hat. Ein bisschen enttäuscht ist er schon vom Verlauf dieses Geburtstages. Schade, dass er seine neuen Platten nicht mitnehmen kann. Aber er kann sie noch einmal hören. Natürlich in voller Lautstärke, bis Oma hereinkommt und fragt, ob alles in Ordnung wäre bei ihm. Er brubbelt etwas vor sich hin, Oma schaut ihm ins Gesicht, sieht, dass etwas nicht in Ordnung ist und setzt sich zu ihm aufs Bett: „Na komm mal her, mein Kleiner!"

Friedel protestiert mit etwas zitteriger Stimme, er sei kein Kleiner mehr, setzt sich dann aber doch neben sie. Sie fasst ihn um und sagt: „Ich weiß doch, was du hast. Packtag und Geburtstag, das passt nicht zusammen. Wenn wir in Norwegen sind, holen wir das Feiern nach, ja? Ein Tag, an dem du bestimmen kannst, was gemacht wird, mit Kuchen und allem Drum und Dran!" Friedel sagt nichts, er nickt aber. Oma wuschelt ihm durch die langen Haare und sagt: „Und heute Abend setzt du dich schön gemütlich in den Wintergarten und stößt mit Papa auf deinen Geburtstag an!" Friedel seufzt tief, nickt wieder, schließt die Augen und lehnt seinen Kopf an Omas Schulter.

Am nächsten Morgen geht es früh raus. Beim Frühstücken hat noch keiner Appetit, die Eltern trinken starken Kaffee, um wach zu werden. Dann wird es hektisch. Bine und Friedel laufen die Treppen rauf und runter auf der Suche nach wichtigen Dingen, die sie noch unbedingt in ihren Koffer packen müssen. Diese wichtigen Dinge sind unerklärlicherweise verschwunden. Nelli und Steffen sitzen schon einträchtig im Auto, vorne natürlich, Nelli auf dem Fahrersitz, und spielen Verreisen. Mutter Anna findet das prima, sie packt mit Oma zusammen die Vorräte aus dem Kühlschrank zusammen, sie haben die Küchentür zugemacht, damit nicht alle zwei Minuten jemand hereinkommt und fragt: „Wo ist denn mein brauner Gürtel, den ich gestern extra auf die kleine Kommode gelegt habe?" Vater läuft indes zwischen Auto und Hausflur hin und her und fragt immer wieder lautstark nach den Koffern und großen Kisten: „Wenn ich die nicht habe, kann ich nicht packen. Ich kann doch nicht mit dem Kleinkram anfangen!"

Schließlich ist es so weit. Die siebenköpfige Reisegesellschaft sitzt im VW-Bus. Vater, der von der Aufregung schon einen knallroten Kopf hat, lässt den Motor an. Da meldet sich Nelli mit zarter Stimme von hinten: „Ich muss mal aufs Klo!" Vater stellt den Motor wieder ab, Mutter Anna befreit sich von den Decken und Taschen, die sie auf und um sich gelegt hat, weil sie nirgendwo anders mehr Platz hatten und lässt Nelli heraus. Steffen stellt bei der Gelegenheit fest, dass er auch mal muss und springt mit hinaus. Bine ist sich nicht so sicher, ob sie den Kaninchenstall richtig zugemacht hat, und geht schnell noch einmal nachgucken. Friedel fällt siedend heiß ein, dass er sein Adressbuch gar nicht mit hat, er will doch Urlaubsbriefe und -karten schreiben. Aber wo ist es bloß? Oma fragt sich, wo sie ihren Reisepass hingesteckt hat, Mutter Anna beruhigt Vater, damit der nicht durchdreht. Er muss ja schließlich noch fahren.

Eine Viertelstunde später geht es dann wirklich los. Die Grenzer sind gnädig und beschränken sich auf eine Stichprobenkontrolle. Früher hatte Mutter Anna immer hinten in der Klappe das Töpfchen und die Kinderwindeln zuoberst gelegt, das hatte meistens zur Folge, dass die Klappe rasch wieder geschlossen werden konnte. Auch Oma ist heute friedlich und nicht in Kampfesstimmung, als der Grenzbeamte hereinschaut. Bei der Frage „Waffen, Devisen, Druckerzeugnisse, Funkanlagen?" hält sie sich komplett heraus und das ist gut so. Vielleicht liegt es daran, dass der Grenzer diesmal nicht sächselt. Als er ihr Passfoto anguckt, fragt sie kokett: „Soll ich mein Ohr freimachen, junger Mann?"

Kurz vor Helmstedt kommt die zweite Grenzkontrolle, sie fahren wieder aus der DDR heraus. Diesmal geht es nicht so glimpflich ab. Der missmutige Grenzer hat Friedel entdeckt mit seinen langen Haaren. Er moniert, dass das Passbild ja nicht mehr stimmt. Vater will schon anfangen zu jammern, das hätte er ihm doch auch schon gesagt, doch Mutter Anna bringt ihn schnell zum Schweigen und bittet den Grenzbeamten, doch einmal genau hinzuschauen, da könnte er schon sehen, dass Friedel tatsächlich Friedel ist. Es hilft nichts. Vater muss den VW-Bus auf dem Parkplatz abstellen, Friedel seinen Koffer herausnehmen und mitkommen. Dort wird er erst einmal eine halbe Stunde in einen muffigen Abstellraum gesetzt, der von einer trüben Neonröhre ausgeleuchtet wird. Dann kommt eine Grenzbeamtin, klein, mit verkniffenen Gesichtszügen. Sie hält seinen Westberliner Ausweis in der Hand und fragt seine Daten ab. Dann wird sein Koffer inspiziert. Das Snoopy-Briefpapier von Cousine scheint von größtem Interesse zu sein. Was das denn wäre? „Briefpapier!" Die Frage, wozu das denn gut ist, liegt ihr auf der Zunge, Friedel spürt das, aber sie verkneift sich die Frage.

Da sie sonst nichts entdeckt, was verdächtig wäre, kann er den Koffer wieder schließen. Sie wendet sich jetzt wieder ihm zu: „Leer mal deine Taschen aus!" Ein benutztes Tempotuch und ein abgebrochener Taschenkamm kommen zum Vorschein. „Die Jackentaschen auch!" Er legt seinen Schlüsselbund, eine abgerissene

Eintrittskarte vom Konzert mit Jethro Tull und Yes in der Deutschlandhalle, einen schon kurzfristig benutzten, dann wieder eingepackten Karamellbonbon auf den Tisch – und das rote kleine Adressbuch, das er vorhin doch noch in der Wohnung gefunden hat. Die Grenzerin schnappt sich sofort das Büchlein, blättert mit spitzen Fingern darin herum und fragt blöde: „Was ist das denn?"

„Mein Adressbuch!"
„Wozu brauchst du das?"
„Um Briefe und Urlaubskarten zu schreiben!"

Sie verschwindet mit dem Adressbuch. Eine Viertelstunde später taucht sie wieder auf, mit triumphierendem Lächeln im Gesicht: „Da sind ja Adressen aus der Deutschen Demokratischen Republik drin!"

„Ja, eine, von meiner Tante in Trampe bei Eberswalde!" „Wie heißt deine Tante?"
Friedel sagt ihr, wie die Tante heißt. Wieder grinst sie aufrumpfend: „Hier steht aber Michael!"

„Das ist mein Cousin, der Sohn meiner Tante!"
„Und der wohnt da auch?"
„Ja, der wohnt da auch, zusammen mit meinem anderen Cousin und meiner Cousine!"
„Aha!"

Für den Moment scheint ihr nichts mehr einzufallen. Sie verschwindet wieder und lässt Friedel allein. Wie lange er hier jetzt schon sitzt! Die anderen machen sich bestimmt Sorgen! Dann endlich kommt ein anderer Grenzer herein, gibt ihm sein Adressbuch und seinen Ausweis wieder und bellt, er könne jetzt verschwinden. Friedel packt schnell seinen Koffer und verlässt mit zittrigen Knien das Kontrollhäuschen. Als er zum Auto kommt, schließt ihn Oma in die Arme und sagt: „Wir dachten schon, die wollen dich da behalten!"

Endlich kann es weitergehen, diesmal um Hamburg herum. Vater ist enorm erleichtert, er hasst es, durch Hamburg zu fahren. Bei Pinneberg wird übernachtet, dort wohnt die Cousine von Mutter Anna mit ihrer Familie. Im Moment sind sie selbst im Urlaub in Bayern, so dass Friedels Familie das ganze Haus belegen kann. Es dauert allerdings, bis sie die richtige Straße gefunden haben. Friedel hat seinen Vater als Kopilot zwar sicher bis Pinneberg gelotst, aber Straßen stehen auf den Karten, die Friedel hat, leider nicht drauf. Eigentlich ein Fall für Mutter Anna, die zwar keine Karten lesen kann, aber gefühlsmäßig oft richtig liegt. Diesmal leider nicht. Es ist schon fast Abend, als sie endlich am Reihenhaus in Halstenbek ankommen. Mutter Anna hat eine Extratasche für die Übernachtungen gepackt, die wird mitgenommen, alles andere kann im VW-Bus bleiben.

Oma und Anna kochen einen großen Topf Nudeln mit Tomatensoße, damit alle satt werden, die Kinder inspizieren die fremde Wohnung. Nach dem Essen müssen die Eltern noch einmal mit dem Auto los, Vater hat fürchterliche Zahnschmerzen bekommen und bekommt in der Zahnklinik eine Spritze. Oma spielt derweil mit Bine Rommé, Friedel bringt als momentan „Dienstältester" die Kleinen ins Bett. Eigentlich ganz schön, mal nur großer Bruder zu sein! Er liest Nelli und Steffen eine Geschichte vor und erzählt dann noch als Zugabe eine selbst ausgedachte, weil sie so darum betteln. Alle drei sitzen dabei auf dem Bett, die beiden Kleinen kuscheln sich an ihren großen Bruder und liefern die Stichwörter, wer und was in der Geschichte vorkommen soll. Die Geschichte wird ziemlich lang und spannend. Dann bekommt jeder einen Gutenachtkuss und wird mit dem Kopfkissen in den Schlaf gewogen.

Am nächsten Tag geht es über Heide und Husum zur dänischen Grenze, hier wird zwar auch kontrolliert, aber kurz und nicht so wie an der DDR-Grenze. Oma erinnert Friedel an einen Vorfall vor einigen Jahren: „War das nicht hier, wo sie Jan und dich geschnappt haben, als ihr beim Spielen über die Grenze gelaufen seid?"

„Nein, das war bei Flensburg, da haben wir doch in so einem Hotel übernachtet!"

„Stimmt. Wir waren in diesem Hotel und ihr kamt und kamt nicht zurück. Und dann plötzlich der Anruf, Vater sollte euch beim Zollamt abholen! Mach so was nie wieder!"

„Oma! Ich bin doch inzwischen groß!"

„Ja ja. Gestern haben sie dich auch wieder dabehalten, an der DDR-Grenze!"

„Aber dafür kann ich doch nichts! Die mögen einfach keine Langhaarigen!"

Hier mischt sich Vater ein: „Vielleicht solltest du dir vor Reisen deine Haare etwas stutzen!"

Friedel verdreht die Augen und sagt: „Das möchtest du wohl gerne, Paps! Aber das kannst du vergessen!"

Vater brummelt etwas vor sich hin von Haarpflege, was Friedel lieber nicht so genau verstehen will. Er weiß, dass Vater es eigentlich nicht richtig findet, wenn Jungs lange Haare haben. Er würde ihn liebend gerne alle zwei Monate zum Frisör schicken, so wie früher. Da hat er aber mit Friedel Pech, seit der das Musical „Hair" gesehen hat, lässt er keinen mehr an seinen Kopf heran. Und Jan erst recht nicht, der hat eine richtig lockige „Matte" und ist ganz zugewachsen. Auch Steffen fängt schon an und will die Haare lang haben. Die Frauen finden das „süß". Die Einzige, die beim Thema Kopfschmuck zu ihrem Vater hält, ist Nelli. Vor ein paar Monaten war sie mit ihrer Mutter beim Dorffrisör in Heiligensee. Als sie stolz auf dem Frisierstuhl saß, schön hoch, mit Umhang und allem, was dazu gehört, wurde sie gefragt: „Na, junge Dame, wie möchtest du denn die Haare?"

„So wie Papa!"

„Wie hat denn dein Vater die Haare?"

„Na, an den Seiten so ein bisschen und in der Mitte gar nichts!"

Seit sie in Dänemark sind, hat Vater gute Laune. Er fängt an zu singen: „Sing man tau, sing man tau, von Herrn Pastor sin Kau jau jau", liest jedes neue dänische Ortsschild vor, als wäre es das Evangelium, pfeift, freut sich über das schöne Wetter („Ein Wetterchen zum Eierlegen!"), so dass nach und nach die ganze Familie von seiner guten Laune infiziert wird. Omas Kommentar über ihren Sohn von hinten: „Dafür, dass er noch gestern Abend vor Schmerzen im Wohnzimmer getanzt hat, ist er ja heute wieder prima beieinander!"

Nelli fragt vorne nach: „Papa, hast du denn keine Zahnschmerzen mehr?"

„Nein, nix mehr, wie weggeblasen! Wir sollten gleich einmal Rast an einer Pølser-Bude machen. Ich kriege langsam Hunger, ich habe ja heute nicht gefrühstückt wegen der Spritze."

„Was ist denn Pœlser, Papa?"

„Diese dänischen Würstchen mit Brötchen, Gürkchen, Senf und Ketchup! Habt ihr denn dahinten auch Hunger?"

„Jaaaaa!"

Begeisterte Zustimmung von den Kindern. Alle sind im Pœlser-Fieber und halten Ausschau nach dem nächsten Schild. Nach dem Imbiss vergeht die Zeit im Bus wie im Flug. Sie fahren durch Jütland mit seinen sanft geschwungenen Hügeln, gelben Feldern, schönen Höfen immer weiter nach Norden und überqueren nachmittags den Limfjord. Jetzt ist es nicht mehr weit bis Hjœrring. Friedel und Bine kennen das Quartier, sie waren letzten Sommer mit ihrer Tante hier auf dem prächtigen Bauernhof in Skallerup und haben einen tollen Urlaub verbracht. Einmal waren sie sogar mit dem Fischkutter draußen auf dem Meer und Friedel hat fünf Dorsche gefangen, die dann von der Bauersfrau gebraten wurden. Hinter Hjœrring geht es ab Richtung Nordseeküste, nach einigen Kilometern kommt auch schon die weiße Kirche und das schmucke Pfarrhaus von Skallerup in Sicht. Jetzt Richtung Lœnstrup abbiegen und da ist auch schon die Hofeinfahrt zum Bauernhof. Friedel ist stolz, dass er ihn auf Anhieb gefunden hat und Vater ist erleichtert, dass sie nicht wieder so lange suchen müssen wie gestern.

Auf dem Hof werden sie herzlich begrüßt von der Bauersfrau und dem riesigen Hund. Bine ist gleich bei ihm, er schnüffelt an ihr und scheint sie wiederzuerkennen. Sie übernachten im „Herrenhaus", das „Knechtehaus" ist inzwischen auch umgebaut und wird als Ferienwohnung vermietet. Bine ist in Sekundenschnelle in den Ställen abgetaucht und begrüßt sämtliche Tiere persönlich. Die große Dogge ist auch beim Begrüßungskaffee im Wohnzimmer mit dabei, die Bäuerin hat eine große Tafel gedeckt und einen riesigen Zopfkuchen mit Rosinen gebacken. Friedel ist begeistert, er liebt Kuchen über alles. Als die Bäuerin ein Streichholz anzündet, weiß Friedel schon Bescheid: Die Dogge hat wieder gepupst, dann brennt Frau Krogsgaard immer Streichhölzer ab, damit man es nicht so riecht.

Nach dem Kaffeetrinken fahren sie den kleinen Strandweg hinunter zum Meer, laufen durch die Dünen über den breiten, weißen Sandstrand und nehmen ihr erstes Bad in der Nordsee. Herrlich! Sonne, Wind, weiße Wolken am Himmel, Salzwasser auf der Haut, das Geräusch der Brandung. Das ist Sommer! Wenn es nach Friedel ginge, könnten sie ruhig ein paar Tage hierbleiben. Aber am nächsten Tag ist die Autofähre nach Norwegen gebucht. Sie geht von Hirtshals über den Skagerak nach Arendal. Auf der vierstündigen Fahrt wird Nelli und Steffen schlecht, sie sind ganz bleich im Gesicht und werden plötzlich sehr still. Friedel ist ganz erstaunt, dass er diesmal nicht dran ist, noch im letzten Jahr auf dem Fischkutter hatte er sich nur durch das Angeln von der Seekrankheit abgelenkt. Er denkt sich: *Sieh mal an, du wirst langsam erwachsen!*

Arendal ist eine schmucke kleine Hafenstadt. Direkt am Hafen ist eine breite Steintreppe, dort kann man sitzen und aufs Meer schauen. Oben am Rathausplatz gibt es eine Eisbude mit dem leckersten Eis, das Friedel je gegessen hat: Sahnige Eiscremebällchen, die in Krokantstreuseln gewälzt werden! Eine kleine Personenfähre verbindet Arendal mit der Insel Hisöy, wo ihr Ferienhaus steht, auf einer bewaldeten Anhöhe, sehr schön gelegen. Das Haus ist modern eingerichtet, viel helles Holz, das noch ganz frisch riecht. Im Wohnzimmer gibt es sogar einen Kamin. Nur an das Klo muss sich Friedel erst ein paar Tage gewöhnen, es ist in einem kleinen Holzschuppen und besteht aus einem großen Plastikeimer mit Klodeckel. Peinliche Sache! Damit es nicht so stinkt, steht eine Flasche mit flüssigem Chlor daneben, dadurch wird die ganze Angelegenheit blau eingefärbt und der Geruch übertüncht. An den Plastiktopf und den Chlorgeruch hat sich Friedel irgendwann gewöhnt, aber nicht an die fiesen Schmeißfliegen, die durch die Astlöcher der Holzbrettwände ein- und ausfliegen.

Ansonsten findet er das Ferienhäuschen genial. Wenn man fünf Minuten den Sandweg hinabläuft, ist man an einer lauschigen Felsenbucht mit wunderbaren, glatten Buckelfelsen zum Sonnen und Liegen. Das Meerwasser ist blaugrün, völlig klar, aber eiskalt, es kostet große Überwindung, da hinein zu steigen. Wenn man zwei, drei Minuten geschwommen ist, muss man schnell wieder raus. Weit draußen sieht man andere kleine Inseln, manchmal auch ein Boot. Die Kinder wollen gar nicht weg von dieser Felsenbucht. Nelli und Steffen spielen stundenlang, suchen Algen, Muscheln, Quallen, kleine Tiere, sind zur Sicherheit immer mit Schwimmflügelchen ausgestattet, gehen aber meistens nur mit den Füßen rein. Mutter Anna und Oma laufen manchmal zurück zum Haus und bringen dann Brote und Limonade oder Kuchen und Kaffee mit.

Es gibt noch ein paar andere Ferienhäuser drum herum, alle schön versteckt hinter Bäumen. Als Bine und

Friedel am zweiten Tag die Gegend rund um ihr Häuschen erkunden, geht plötzlich eine Tür auf und eine nette Frau winkt ihnen, sie sollen hereinkommen. Sie verstehen nicht, was sie sagt, aber es ist eindeutig, was sie meint. Bine schaut Friedel fragend an, der nickt und geht dann mit ihr in das norwegische Häuschen. Die Frau bittet sie ins Wohnzimmer, stellt ihnen leckere Haferkekse und Limo hin und fragt sie auf Englisch, woher sie kommen. Aus Berlin? Sie war noch nicht dort, aber ihr Mann ist oft in Deutschland.

Sie zeigt ein Foto von einem großen, lächelnden Mann. Der kann auch Deutsch sprechen, sagt sie, sie selbst leider nur Englisch. Er ist Fernfahrer, überall in Europa unterwegs, aber vor allem in Deutschland. Jetzt auch. Deutschland ist schön! Friedel nickt, das war ihm gar nicht so klar, aber sicher, Deutschland ist auch schön. Und die Frauen und Mädchen in Deutschland sind schön! Sie schaut Bine an. Die schaut fragend zu Friedel. Er weiß gar nicht, was er ihr sagen soll. Er spürt mit einem Mal die ganze Einsamkeit dieser netten Frau, die hier in dem schönen Ferienhaus in Norwegen alleine sitzt, während ihr Mann in Deutschland unterwegs ist, wo die schönen Frauen sind. Er ist froh, als sie über das Wetter redet, sie sagt, der Sommer in Norwegen wäre oft verregnet, aber dieses Jahr hätten sie Glück.

Gegenüber der Felsenbucht wohnt auch eine deutsche Familie aus Darmstadt, die lustigerweise genauso heißt wie Friedels Familie. Die Tochter muss etwas älter sein als Friedel, aber Friedel ist zu schüchtern, um sie anzusprechen. Er schaut nur manchmal hinüber zum anderen Badefelsen. Er denkt: *Gibt es das wohl, dass zwei heiraten, die denselben Nachnamen haben?* Aber wenn er die Augen schließt, träumt er von Cousine und fragt sich, ob sie ihm wohl noch einmal schreibt. Hat er sie überfordert mit seinen langen Briefen? Kann aus dieser Beziehung überhaupt etwas werden – sie in Bremen, er in Berlin?

Am Abend steht plötzlich Jan vor der Tür: Er ist völlig zugewachsen, Bart und Matte lassen kaum noch das Gesicht erkennen. Er hat sich lange durchfragen müssen, ehe er das Ferienhäuschen gefunden hat und freut sich riesig auf eine Dusche und frische Anziehsachen. Sein Parka und seine Jeans sind so dreckig, dass man ihre Farbe nur noch erahnen kann. Alle seine Sachen hat er in einem großen Seesack, auch der steht schon von allein vor Dreck und riecht nach Freiheit und Abenteuer. Seine Gitarre ist ihm leider abhandengekommen. Ansonsten ist er seit Wochen in Norwegen unterwegs, war schon oben in Trondheim und in den norwegischen Bergen, möchte jetzt noch ein paar Tage ausruhen und dann wieder zurück nach Deutschland trampen.

Friedel hört fasziniert zu, was Jan erzählt und denkt: *Das machst du später auch einmal, einfach so durch die Welt trampen!* Es ist seltsam, plötzlich wieder der kleine Bruder zu sein. Aber auf diesen Bruder hier ist er stolz. Er hat ihn selten so erlebt wie jetzt, zwar müde, aber voller Erlebnisse und Erfahrungen. Hat er ihn schon einmal so viel erzählen hören wie jetzt? Die letzten Monate in Berlin war Jan immer sehr schweigsam gewesen, hatte sich vergraben zwischen seinen Büchern, in denen er lernen musste, weil er doch im Frühjahr sitzengeblieben war. Friedel machte sich schon Sorgen um ihn, er kam überhaupt nicht mehr aus seinem Kellerloch heraus und bis auf „Hallo!" oder „Gute Nacht!" sprach er kaum etwas.

Als sie Jan drei Tage später zur Fähre nach Christianstad bringen, findet Friedel es fast schade, dass er nicht mit seinem Bruder mitfahren kann. Bei der Familie im Ferienhaus ist es schön, aber manchmal auch ein bisschen nervig und langweilig. Er will mehr sehen von der Welt, etwas erleben. Vater scheint es ähnlich zu ergehen, er will in der letzten Woche einen Trip nach Bergen und zum Sognefjord machen. Sein neues Lieblingswort ist „Sightseeing-Tour". Andauernd redet er von Sightseeing, bloß dass er es immer falsch ausspricht, wie *Sight-Saying*. Friedel hat es ihm schon mehrfach gesagt, wie es heißen muss, er hat mittlerweile den Eindruck, seinem Papa macht es Spaß, ihn ein bisschen mit falschem Englisch zu ärgern.

Dann geht es endlich los, die erste Tagesreise quer durch wilde Berglandschaft bis zu einem einsamen Campingplatz, der direkt an einem Wasserfall liegt. Vater, Friedel und Bine schlafen im Zelt, die anderen im Campingbus. Die ganze Nacht über hat Friedel das Rauschen des Wassers im Ohr, erst denkt er, er könne dabei überhaupt nicht einschlafen, aber plötzlich sackt er weg. Das Rauschen begleitet ihn durch seine Träume. Am Morgen ist das Zelt klatschnass und es ist eisig draußen. Die Kinder müssen sich erst einmal warmhüpfen und bewegen, bis sie wieder Betriebstemperatur erreichen. Sie packen schnell alles zusammen und wärmen sich im Auto auf, gefrühstückt wird an einer Raststätte, wo es heißen Kaffee gibt.

Bergen empfängt sie mit Nebel und feinem Sprühregen. Sie übernachten außerhalb der Stadt auf einem Campingplatz am Wasser, diesmal in einer Holzhütte. Sie besichtigen die alte Hafenstadt mit den farbigen Holzhäusern, das große Aquarium und den Aussichtsberg Ulrikstoppen, zu dem man mit einer Seilbahn hochfahren kann. Die Aussicht ist allerdings nur mäßig, weil das Nieselwetter anhält. Dann kommt die große Sognefjord-Schiffstour. Von dem Schiff ist Friedel etwas enttäuscht. Ein reiner Touristendampfer, alles verglast, bequeme Sessel, man kommt gar nicht nach draußen und sieht die Küste und den Fjord nur durch die dicken Scheiben. Aber zum Glück wird das Wetter etwas besser.

Mitten im Sognefjord stoppt das Schiff und die Passagiere werden in zwei große Fähren umgeladen. Die eine geht nach Gudvangen, die andere mit Friedels Familie nach Flåm. Auf dieser Autofähre kann Friedel endlich an Deck, kann die grandiose Fjordlandschaft, Wind, Salzluft und Wetter ohne Glasscheiben dazwischen genießen. Ihm wird ziemlich kalt dabei, aber das macht ihm nichts aus. Als sie in Flåm ankommen, steigen sie in die Eisenbahn um und erleben eine aufregende Fahrt durch die zerklüfteten, steinigen, kargen, moosigen norwegischen Berge. Überall scheinen Trolle zu hocken, Menschen haben hier keinen Platz. Immer wieder tiefblaues Wasser zwischendurch. Plötzlich hält der Zug an einem gigantischen Wasserfall an, alle können aussteigen und Fotos machen.

Zurück in Bergen erwartet sie der übliche Nieselregen, gut, dass sie die Hütte haben. Bei der Rückfahrt mit dem VW-Bus müssen sie wieder den Hardangerfjord mit der Autofähre überqueren. Friedel ist natürlich ganz oben an Deck und lässt sich den Wind ins Gesicht pusten. Neben ihm steht ein hübsches blondes Mädchen mit Ami-Parker. Friedel braucht ein paar Anläufe, aber schließlich traut er sich, sie anzusprechen. Sie ist Norwegerin, kommt aus Bergen und fährt gerade zu Besuch zu ihrer Schwester nach Odda. Sie heißt Solveig, ist sehr nett und spricht flüssig Englisch. Friedel fällt auf, wie er manchmal herumstottert und nach den richtigen Worten sucht. Er merkt, dass sein spärliches Schulenglisch nicht wirklich konversationstauglich ist. Als die Fähre anlegt, verabschieden sie sich, er hat ein flaues Gefühl in der Magengegend. Er hasst Abschiede und weiß nicht, wie man damit umgeht. Als er hinunter zu den Autos geht, winkt sie ihm noch einmal zu.

Auf dem Weg nach Arendal wird es wieder freundlicher und als sie endlich am Ferienhäuschen sind, ist der Himmel blau mit weißen Schäfchenwolken. In Arendal ist wieder Sommer. Friedel ist während der ganzen Rückfahrt im Auto noch ganz erfüllt von seiner Bekanntschaft auf der Fähre, er fühlt sich wie auf Wolken, die Gespräche und Geräusche im Auto perlen an ihm ab, sie berühren ihn gar nicht. Er ist stolz auf sich, weil er sich tatsächlich getraut hat, sie anzusprechen. Abends im Bett denkt er noch länger über Solveig, Cousine und seine Mädchenbekanntschaften nach. Wieso lernt er nur da nette Mädchen kennen, wo eine Beziehung nicht möglich ist? Jan hat auch erzählt, dass er oben in Trondheim ein sehr nettes Mädchen kennengelernt hat, Britta heißt sie, sie will ihn in Berlin besuchen kommen. Mal sehen, ob sie's wirklich tut.

Morgens läuft er zu Fuß zum Postamt in Kolbjörnsvik, wo die Fähre von Arendal landet. Der Briefträger auf Hisöy hat Saisonschluss, es ist ja schon Ende August. Die Post muss man sich jetzt selber vom Postamt holen. Er will doch zu gerne wissen, ob Cousine ihm geschrieben hat. Nein, keine Post da! Irgendwie hat er schon damit gerechnet. Dann eben nicht! Zum Trost fährt er mit der kleinen Fähre hinüber, kauft sich ein leckeres Sahneeis mit Krokant, setzt sich auf die Panoramastufen und genießt die morgendliche Stille, die Sonne und den Ausblick, bevor er wieder zurückkehrt zu seiner Familie.

Nichts wie weg

Der Herbst ist nass, kalt und ungemütlich. Friedels Gedanken sind oft in Norwegen. Von Cousine aus Bremen kommt weiterhin kein Lebenszeichen, Friedel kommt sich schon selbst ein bisschen seltsam vor, dass er trotzdem jeden Tag zum Briefkasten rennt und nachguckt, ob sie nicht doch endlich geschrieben hat. Auch der Schulalltag ist wenig erfreulich. Friedel wird immer unzufriedener mit der Frohnauer Schule und überlegt, auf welche Oberschule er im Frühjahr wechseln möchte: Die Nachbarschule in Hermsdorf? Oder die Ranke-Schule im Wedding, von der er einige gute Dinge gehört hat? Dummerweise hat er in Frohnau Latein als zweite Fremdsprache gelernt – gezwungenermaßen. Französisch hat er erst seit kurzem, er würde gerne Französisch lernen, aber die Lehrerin erzählt immer nur auf Deutsch Geschichten aus ihrem Leben, von ihrer Tochter und von ihrem Hund. Was sie sich wohl dabei denkt? Hat sie keine Lust, sich auf den Französisch-Unterricht vorzubereiten? Oder glaubt sie, sie täte den Schülern einen Gefallen damit, wenn sie bei ihr absolut nichts lernen?

Bei einigen Mitschülern scheint das tatsächlich der Fall zu sein, wenn Friedel meckert, heißt es: „Halt die Klappe, wir sind doch froh, dass sie nur rumlabert!"

Mit Thomas hat Friedel gar nichts mehr zu tun, der kommt ihm völlig spießig und angepasst vor. Außer Wölfi und Jack gibt es gar keine Jungs, mit denen Friedel noch etwas anfangen kann. Die ganze Schulroutine erscheint ihm hohl, ein Hamsterradlaufen um gute Noten und Punkte. Er möchte gerne etwas Interessantes lernen und da gibt es wirklich wenig, was ihm an dieser Schule geboten wird. Kunst beim Guhl, manchmal, die langen Monologe des netten Geschichtslehrers, dem anscheinend nur Friedel allein zuhört. Aber sonst? Ein dicker, fast blinder Englischlehrer, mit Doktortitel und Brillengläsern wie Glasbausteine. Er tastet sich schlurfend in die Klasse, baut sich immer direkt vor den Schülern auf, so dass man seinem Zigarren- und Alkoholatem nicht entkommen kann und schnarrt dann: „Friedemann, schau mich an!" Das ist schwer genug, denn jetzt wird man vom üblen Atem frontal getroffen und örtlich betäubt. „Warum ist hier so eine Unruhe?"

„Das kann ich Ihnen nicht sagen, Herr ..."

„Doktor"

„Herr Doktor Hahn, ich weiß es auch nicht!"

„Kannst du es nicht sagen, oder willst du es nicht sagen? Schau mich an!"

Er kann zwar kaum etwas erkennen, aber er merkt sofort, wenn man seinem Blick ausweicht. Friedel hatte sich gerade auf die breiten, schmuddeligen Hosenträger seines Gegenübers konzentriert. Er hält die Luft an und schaut wieder in das unrasierte, zerfurchte Gesicht. „Ich weiß es nicht, ehrlich!"

„Kannst du das auch auf Englisch sagen, Friedemann?"

„I don't know!"

„Why don't you know?"

„I don't know, why I don't know."

Doktor Hahn stößt ein heiseres Lachen aus. *„Ich weiß, dass ich nichts weiß* – wer hat das gesagt?"

„Shakespeare?"

„Oh no! *To be or not to be,* that's Shakespeare!"

Er bemerkt, dass die ganze Klasse noch steht, weil er sie noch nicht zum Setzen aufgefordert hat. Darum war es so unruhig. Das holt er jetzt nach, schlurft weiter in die Klasse, verhakt sich dabei mit der einen Hand in seinem Hosenträger, versenkt die andere tief in der Hosentasche. Bald bleibt er vor diesem, bald vor jenem stehen und betäubt alle mit seinem Atem. Wen er aufruft, der muss aufstehen. Schließlich hat er sein nächstes Opfer gefunden – Vogel. Er interessiert sich mehr für Nach- als für Vornamen.

„Vögelchen, weißt du, wer das gesagt hat?"

Vogel stottert herum. Er hat nicht richtig mitbekommen, um was es eigentlich geht in dieser Englischstunde.

„Hör auf zu stottern, schau mich an und konzentrier dich! *Ich weiß, dass ich nichts weiß!* Von wem stammt das?"

Vogel verstummt jetzt endgültig und guckt verzweifelt zur Decke. Doktor Hahn merkt, dass hier nichts zu holen ist, lässt von ihm ab und setzt seine Wanderungen durch die Klasse fort. Englisch wird nicht mehr gesprochen in dieser Stunde. Dafür erfahren die Schüler etwas über Platon und Sokrates, bevor er bei seinem Lieblingsthema landet, den Buddenbrooks von Thomas Mann.

Friedel denkt: *Kein Wunder, dass ich mich mit meinem Englisch im Ausland blamiere, hier lerne ich ja nichts!* Außer natürlich etwas über Thomas Mann und die alten Philosophen. Viel schlimmer aber ist seine Frau, Frau Doktor Hahn. Sie besteht auf dem Doktor, schon das ist lächerlich, denn den Doktortitel hat nur ihr blinder Ehemann. Auch der Name ist lächerlich, deshalb wird sie nur „Henne" genannt statt Hahn, denn Hahn ist schließlich der Mann. Henne ist noch dicker als ihr Mann, so richtig schwabbelig, und unglaublich eingebildet und dumm. Sie unterrichtet Religion. Kurz vor den Zeugnissen fragt sie die Schüler nach ihren Noten-Einschätzungen, wie es gerade Mode ist. Es ist schwer, in ihrem langweiligen Unterricht Punkte für Mitarbeit zu bekommen, denn wie ihr Mann redet sie pausenlos selbst. Am Anfang hat es Friedel noch Spaß gemacht, ab und zu mal eine provokante Frage zu platzieren, aber das hat er inzwischen eingestellt. Er kämpft nicht mit Gegnern, die geistig unbewaffnet sind.

Als seine Banknachbarin Christel sich einschätzen soll, hebt Henne zu einem Monolog an, wie traurig es doch wäre, dass Christel leider überhaupt nichts mehr zum Unterricht beitragen würde. Christel, die wie Friedel auch die Schule wechseln möchte, wird zwar feuerrot im Gesicht, wie immer, wenn sie drankommt, sagt aber mit fester Stimme: „Ja, wenn Sie meinen, dass ich gar nichts zu Ihrem Unterricht beitrage, dann habe ich ja wohl eine Fünf verdient!" Henne stutzt, braucht etwas, bis sie begreift, was da gerade gesagt wurde, pumpt, ringt nach Fassung, läuft knallrot an und schreit dann: „Die sollst du dann auch kriegen!" Sie ist völlig außer sich. So eine Frechheit ist ihr noch nie passiert. Ihr Konzept ist ja eigentlich, den Schülern erst ein schlechtes Gewissen zu machen und dann - aus reiner Barmherzigkeit und Nächstenliebe natürlich - doch gute Zensuren zu verteilen und dafür Dankbarkeit zu spüren. Dieses rothaarige Mädchen hier ist undankbar, will ihre Barmherzigkeit nicht. Ihr ganzes Koordinatensystem gerät durcheinander!

Der Rest der Klasse verfolgt das Spektakel mit offenem Mund und angehaltenem Atem. Henne atmet schwer, ja sie keucht fast. Sie faucht Friedel an: „Und was ist mit dir?" Friedel versetzt ihr den Todesstoß: „Für mich gilt genau das gleiche wie für Christel, Frau Doktor Hahn. Ich habe ja nicht mehr gesagt als sie. Also müsste ich dann auch gerechterweise eine Fünf bekommen!" Christel stößt Friedel unter der Bank mit dem Knie an und hält sich die Hand vor den Mund, um nicht laut loszuprusten. In der Klasse bricht jetzt auch Getuschel und Kichern aus. Henne bricht daraufhin die Notenbefragung ab, verschanzt sich hinter ihrem Pult und lässt die Klasse aus dem Buch abschreiben.

Als Vater die Fünf auf Friedels Zeugnis sieht, guckt er ihn fragend an. „Eine Fünf in Religion, musst du mir das antun?" Für ihn als Pfarrer ist es nicht so leicht zu begreifen, dass ausgerechnet sein Sohn eine Fünf in Religion kassiert. Friedel versucht, es ihm zu erklären, dabei bricht der ganze angesammelte Ärger über die Schule aus ihm heraus: „Es ist ja nicht so, dass ich nichts lernen will! Du brauchst auch keine Angst zu haben, dass ich sitzenbleibe, bestimmt nicht! Aber in dieser Schule bei diesen verkalkten und verknöcherten Lehrern kann man nichts lernen!" Vater zieht die Augenbrauen hoch, wiegt den Kopf hin und her und sagt dann: „Und wie soll das jetzt weitergehen?"

„Ich möchte auf eine andere Schule wechseln! Auf die Oberschule in Hermsdorf! Da kann ich Latein weitermachen. Da gibt's auch ein paar Lehrer, von denen man etwas lernen kann!"

„Grundsätzlich kannst du wechseln, wenn du möchtest. Aber überleg dir das gut und erkundige dich vorher, ob du dich damit wirklich verbesserst! Und alleine an einer neuen Schule ist ja auch nicht so einfach!"

„Ich bin nicht alleine! Sieben Leute aus unserer Klasse wollen wechseln!"

Vater zieht wieder die Augenbrauen hoch: „Sieben, bist du sicher? Das ist ja unglaublich!"

Genau so kommt es dann tatsächlich. Sieben von vierundzwanzig Schülern wechseln zum Frühjahr geschlossen an die Hermsdorfer Nachbarschule. Klassenlehrer Guhl, Rektor Starke und das ganze Kollegium sind entsetzt. So etwas haben sie noch nicht erlebt. Alle paar Wochen wechseln sie ihre Strategie. Erst tun sie so, als seien das doch nur Schülerphantasien, nach dem Motto: *Die sagen das bloß, aber die werden es nicht wirklich tun!* Dann, als klar wird, dass die Schüler es ernst meinen, kommen die Einzelgespräche. Friedel kann seinen Klassenlehrer Guhl ja fast als einzigen Lehrer akzeptieren, obwohl er mit ihm als SV-Lehrer schlechte Erfahrungen gemacht hat. Immer, wenn die Schülervertretung etwas wollte, ist Guhl vor dem Rektor eingeknickt. Dadurch hat sich das ganz gute Verhältnis zwischen Guhl und Friedel als Klassensprecher getrübt. Friedel erklärt ihm ganz ehrlich, was ihm alles an der Frohnauer Schule nicht passt, so dass Guhl am Ende sagt: „Ich sehe schon, ich kann dich davon nicht abbringen und hoffe für dich, dass du an der neuen Schule besser zurechtkommst! Ich möchte dich bloß bitten, in der Klasse und an der Schule keine Stimmung zu machen!"

„Ich mache keine Stimmung, Herr Guhl! Die Hälfte der Klasse ist völlig unzufrieden, bloß viele trauen sich nicht, das offen zu sagen oder Konsequenzen zu ziehen!"

Auch bei den anderen Einzelgesprächen kommt nichts heraus. Deshalb wird die Taktik noch einmal gewechselt, allerdings erst kurz vor den Versetzungen: „Sagt uns doch bitte, was euch unter den Nägeln brennt! Wir können über alles sprechen! Wir wollen doch auch, dass ihr mit Freude und Engagement lernt!" Doch da ist der Zug schon längst abgefahren. Immerhin profitieren die, die in der Klasse bleiben von der plötzlichen warmen Welle des guten Willens.

Auf der neuen Schule merkt Friedel ziemlich schnell: Hier ist auch nicht das Paradies. Aber er genießt die freie Luft in Hermsdorf, der verstaubte Mief der Frohnauer Schule ist weg. Hier kann man sich hinstellen und laut seine Meinung sagen, ohne sich vorher nach allen Seiten umzusehen, wer da gerade zuhört. Hier ist einfach mehr los. Von seiner neuen Klasse ist er erst einmal nicht so begeistert, zum Glück hat er ja nette Leute mitgebracht. Besonders freut er sich darüber, dass Christel und Niki mitgekommen sind. Seine neue Klassenlehrerin gefällt ihm sofort, Deutsch und Geschichte, das werden ab sofort Lieblingsfächer. Frau Bittner ist lustig, locker und macht interessanten Unterricht. So etwas kennt Friedel aus Frohnau gar nicht. Sie hat Spaß an Sprache und an Politik und erkennt schnell, dass es bei Friedel genauso ist. Allerdings muss sie ihm klarmachen, dass, egal wie gut sie sich verstehen, er sich seine Noten nicht nur schriftlich, sondern auch mündlich verdienen muss. Es reicht nicht, die Antwort zu wissen, er muss sich auch dazu herablassen, sich zu melden. Das findet Friedel lästig, am liebsten murmelt er die Antworten vor sich hin, wenn Fragen gestellt werden und wundert sich dann, dass andere mit seiner Antwort Pluspunkte kassieren.

Die ganze Klasse liebt Frau Bittner. Am schönsten ist es, wenn sie ab und zu mal versucht, streng durchzugreifen. Das passt einfach nicht zu ihr und alle fangen an zu lachen. Sie probiert verzweifelt noch eine Weile, streng auszusehen, dann muss sie selber mitlachen. Latein dagegen ist todlangweilig. Die Frohnauer sind durch die Lateinhölle bei Frau Frost gegangen und daher den Hermsdorfern kilometerweit mit dem Stoff voraus. Sie brauchen im ersten Halbjahr so gut wie nichts zu machen. Der Physiklehrer allerdings hat fast Frost-Qualität. Ein hässlicher, grauer alter Mann in vergilbtem Anzug, unerbittlich, besonders auf die Langhaarigen und „Kommunisten" hat er es abgesehen. Mit schnarrender Stimme verkündet er: „Als Karl Marx seinen Unsinn aufgeschrieben hat, da gab es noch nicht einmal elektrisches Licht! Das muss man sich mal vorstellen! Aber einige schwachsinnige Gestalten bilden sich ein, sie könnten diesen Mist heute immer noch wiederkäuen!"

Friedel hätte große Lust, ihm etwas zu erwidern, doch ihm fällt leider nichts Passendes ein. Aber er wird wütend, wenn er so etwas hört und merkt, wie sich alle vor so einem Stinkstiebel wegducken und mit dem Kopf nicken. Oft lässt Herr Wolff sie fünf Minuten vor dem Physikraum warten, ehe er endlich angeschlurft kommt und auf die Berliner Verkehrsbetriebe, das Wetter, die grünen Knötchen, die er noch morgens abhusten musste und auf die Unpünktlichkeit im Allgemeinen schimpft. Eigentlich eine Witzfigur, aber zu Späßen ist er nicht aufgelegt, wer quatscht oder ihm widerspricht, wird niedergemacht. Fachlich kann Friedel sowieso nichts entgegensetzen, seine „Vier" in Physik war immer bloß eine Gnadenvier. Er muss also sogar noch aufpassen, damit er den Stoff mitbekommt, denn auf Gnade oder Abschreiben kann er bei diesem Lehrer nicht hoffen.

Auch in Französisch muss er jetzt richtig ran, die Lehrerin ist Französin, er lernt quasi eine ganz neue Sprache von vorn, während die Hermdorfer ein Jahr Vorsprung haben. Er verzweifelt oft, weil das, was sie sagt, zwar wunderschön klingt, er aber überhaupt keinen blassen Schimmer hat, was sie da sagt. Irgendwie klingt alles so ähnlich, bedeutet aber anscheinend immer etwas völlig anderes. Beim Nachsprechen verheddert er sich in den ganzen Nasalen. Auch wenn sie ihn verbessert, blickt er oft nicht durch. Warum kann nicht irgendein Laut so gesprochen werden, wie er geschrieben wird? Englisch dagegen entwickelt sich zu einem neuen Lieblingsfach. Ein junger, rothaariger Schotte, gerade frisch aus dem Referendariat, gibt sich richtig Mühe, den Schülern interessante Einblicke in die englische Gesellschaft zu geben. Friedel liebt seine ironischen Seitenhiebe auf verknöcherte Traditionen und das englische Königshaus. Als die Klasse eine Parlamentsrede der Queen übersetzen soll, merkt Friedel als Erster: Das sind ja nur leere Floskeln! Und hat seitdem beim roten Schotten einen Stein im Brett.

Die Frage nach Nähe und Distanz zur Klasse ist allerdings für den schottischen Junglehrer schwer einzuschätzen. Am liebsten möchte er mit der ganzen Klasse auf Du und Du sein, die Klasse fühlt sich aber davon überfordert und möchte den traditionellen Abstand zwischen Lehrer und Schüler bewahren. Friedel tut das ein bisschen leid, weil sich der Schotte wirklich große Mühe gibt, echte Kontakte zu schaffen. Diese Bemühungen werden von vielen Mitschülern eher skeptisch gesehen, nach dem Motto: „Erst trinken wir Brüderschaft und diskutieren über dieses und jenes, und am Ende haut er mir dann doch die Vier rein!"

Als der rote Schotte mal krank ist, lernt Friedel den Direktor kennen, auch Englischlehrer. Da merkt er erst, wie meilenweit er sich schon von dem schlechten Unterricht, den er von früher kennt, entfernt hat. Dieser Direktor zeigt, wie schlimm Englischunterricht sein kann. Er wirkt schon ein bisschen tatterig, spricht ein fürchterliches Englisch (der rote Schotte erzählt ihnen später, dass er ihn auch nicht richtig verstehen würde) und meint, der Klasse beibringen zu müssen, wie man ein echtes „th" ausspricht. Bloß, dass es bei ihm wie „fff" mit viel Spucke klingt. Immer wieder stellt er sich vor einzelne Schüler und sagt: „Look here - ti eidsch - fff!" Alle Schüler gehen in Deckung, um keine Spuckeladung abzubekommen und zählen die Sekunden, bis er endlich weitergeht. Puhh, geschafft! Als die Stunde endlich um ist, schaut sich Friedel entsetzt um und fragt: „Sagt mal, ist der immer so?" Die anderen nicken oder kichern.

Ostern mit Uli

Dieses „Ich-muss-hier-raus"-Gefühl kennt Friedel nicht nur aus der Schule. Auch zu Hause hat er oft das dringende Bedürfnis, wegzugehen. Nicht für immer, nein, das kommt später, nach dem Abi, aber mal für ein zwei Stunden, vorzugsweise nachts, wenn alle anderen vor dem Fernseher hocken. Dann macht Friedel seine Runden, geht über die Sandhauser Brücke zu den Dünen oder am Havelufer entlang, manchmal auch in den Wald. Er hat das Gefühl, er muss laufen, sonst wird er verrückt. Das Haus ist ihm zu eng, zu laut, er muss sich bewegen, wenn er denken will, er muss laufen, sonst erdrückt es ihn.

Immer wieder kreisen seine Gedanken um dieselben Themen: Wie will er später mal leben? Auf jeden Fall nicht jeden Abend vor dem Fernseher hocken und sich den Schwachsinn reinziehen, der da geboten wird. Auf keinen Fall ein Spießer werden, mit Auto, Karriere, Frau, Kindern und Eigenheim. Manchmal bekommt er bei diesen Spaziergängen „Erleuchtungen": Plötzlich durchströmt ihn ein warmes Gefühl von Sympathie für seine Mitmenschen, er liebt sie alle, auch wenn sie spießig sind, die falsche Musik hören oder die falsche Tageszeitung lesen. *Es ist doch nicht so wichtig, wir sind doch alle Menschen, wir haben alle Fehler!*

Dann wird ihm auch bewusst, wie sehr er seine große Familie mag, auch wenn sie ihn oft nervt. Mutter Anna hat zwar immer alle Hände voll zu tun, um den Laden zu schmeißen, aber sie lässt ihm alle Freiheiten, die er haben will. Das Pfarrhaus in Heiligensee ist ein offenes Haus, Besucher sind immer herzlich willkommen, auch wenn sie ganz unerwartet auftauchen. Wenn Friedel Freunde mitbringt, ist das nie ein Problem. Das führt manchmal zu kuriosen Situationen. Zu Ostern will Uli nach Berlin kommen, um ihre alten Schulfreundinnen und -freunde zu besuchen. Sie ist vor zwei Jahren mit den Eltern nach Hessen gezogen und hat Sehnsucht nach der alten Heimat. Eigentlich war abgemacht, dass sie bei Niki wohnt, aber Nikis Eltern machen Schwierigkeiten. Als Friedel davon hört, bietet er ganz spontan an, Uli könne natürlich in Heiligensee wohnen. Er weiß, dass seine Eltern nichts dagegen haben, sie haben noch nie irgendeinen Besuch verboten.

Seine Eltern informiert er nur so nebenbei: „Übrigens, irgendwann in den Osterferien kommt mal die Uli vorbei, die kennt ihr doch noch, die mit den langen blonden Haaren, die nach Hessen gezogen ist ... " Seine Eltern fragen nicht weiter nach und sagen: „So so!" Ulis Ankunft am Abend vor Ostern bekommen sie nur halb oder gar nicht mit. Friedel regelt alles, Jans Bett ist ja frei, der schläft jetzt immer unten im Keller. Am Ostermorgen geht Uli zum Badezimmer, um sich frisch zu machen. Mutter Anna hat wie immer nicht abgeschlossen und steht, Choräle singend, unter der Dusche, als Uli hereinkommt. Die lässt sich davon überhaupt nicht abschrecken und wünscht ihr mit einem strahlenden Lächeln „Frohe Ostern!", bevor sie sich aufs Klo setzt und ein wenig mit ihr plaudert. Die beiden verstehen sich auf Anhieb blendend.

An der Osterfrühstückstafel wird schnell noch ein Teller hinzugefügt und ein Ei mehr gekocht. Auch der Rest der Familie wundert sich nicht weiter, dass plötzlich für ein paar Tage ein Gast mit am Tisch sitzt, im Gegenteil, sie bringt richtig Schwung in den Laden und verbreitet gute Laune. Oma fragt immer mal wieder nach: „Wer ist jetzt nochmal die hübsche junge Frau?"

„Das ist die Uli, Oma, eine Schulfreundin!"

„Aha, eine Schulfreundin, was?" Dabei zwinkert sie Friedel zu. „Und die hat gar kein Zuhause?"

„Doch, Oma, die hat ein Zuhause in Bad Nauheim, da wohnt sie nämlich mit ihren Eltern!"

„Och – da ist es ja gut, dass sie hier bei dir ein bisschen unterkriechen kann, was?" Dabei grinst sie Friedel verschmitzt an und tätschelt ihm den Arm. Friedel hakt nach: „Findest du sie denn nett?"

„Sehr nett, gute Manieren, reizendes Mädchen!"

Uli macht alles mit, die Ostereiersuche im großen Pfarrgarten sogar mit Begeisterung. Bald hat sie Steffen und Nelli als ständige Begleiter an den Fersen und bekommt von ihnen jede Menge Schoko-Eier angeboten. Besonders Steffen findet gut, dass sie auch auf Bäume klettert und mit ihnen zusammen eine kleine Kahnfahrt auf dem Heiligensee macht. Abends sagt er zu Friedel: „Die Uli kann bleiben!" Das findet Friedel auch. Uli ist so, wie er sich immer einen besten Freund gewünscht hat - ein toller Kumpel und guter Gesprächspartner. Er nimmt sie überallhin mit, zu seinem neuen Folkmusic-Ensemble, wo er abwechselnd Cello zupft und streicht oder Gitarre spielt, zur Amerika-Gedenkbibliothek, wo er sich Bücher und Schallplatten ausleiht, zum Treffen mit seinen neuen Mitschülern, zum Einkaufen im Dorf. Sie ist an allem interessiert, was er tut und diskutiert mit ihm ausdauernd und leidenschaftlich über das Leben, Religion, Musik und Gesellschaftsveränderung.

Das ist nämlich eines von Friedels neuen Spezialgebieten. Nach den enttäuschenden Erfahrungen mit der Schüler-Selbstverwaltung an der Frohnauer Schule ist er mit seiner damaligen Co-Klassensprecherin Tina zum Juso-Arbeitskreis gegangen. Da waren sie mit Abstand die Jüngsten, wurden freundlich begrüßt, verstanden aber kaum etwas von dem, was dort gerade diskutiert wurde. Das Thema war „Kostenloser Nahverkehr und Verkehrsplanung". Sie hielten den Abend wacker durch, taten sich an den Schmalzstullen und am Rotwein gütlich und versuchten immer wieder zu begreifen, was eigentlich gerade verhandelt wurde. Zwischenfragen stellten sie lieber nicht, sie wollten ja nicht, dass man sie für blöd hielt.

Als sie hinterher nach Hause fuhren, sagten sie erst einmal nichts. Nach einer Weile traute sich Friedel: „Na, wie fandest du die Jusos?" Tina guckte ihn an, guckte schnell wieder weg, überlegte, ob sie mit der Wahrheit herausrücken sollte und sagte dann: „Ich hab so gut wie nischt verstanden! Und du?" Friedel antwortete: „Ich auch nicht!" Darauf prustete Tina vor Lachen und Friedel gluckste vergnügt vor sich hin, erleichtert, dass es ihr genauso gegangen war wie ihm.

Damit war die Juso-AG abgehakt, aber noch längst nicht der Wunsch nach politischer Betätigung. Friedel bekam den „Roten Kalender" vom Wagenbach Verlag in die Hand, war begeistert von der Mischung aus praktischen Tipps und Revolution im Alltag und beschloss, dass er diesen Kalender an seiner neuen Schule weiterverkaufen wollte. Mächtig stolz war er, als die Büchersendung kam, zwanzig nagelneue Kalender, und er als Wiederverkäufer! Für zehn verkaufte Exemplare durfte er eins umsonst behalten oder verschenken! Schnell wurde er in der neuen Schule bekannt als „der mit den Roten Kalendern". Auch Bruder Jan und Schwester Bine kauften ihm brav einen ab, so dass er am Ende tatsächlich fast alle verkauft hatte. Was bei diesem Roten Kalender wirklich gut war: Die Texte waren so geschrieben, dass auch ein normaler fünfzehnjähriger Schüler sie begriff, kurz und knapp und mit witzigen Zeichnungen versehen.

Uli bekommt den letzten Roten Kalender von Friedel geschenkt, worauf sich gleich ein neues Diskussionsfeld eröffnet. Uli ist überzeugt, dass man mit der Veränderung erst einmal bei sich selbst anfangen muss, bevor man andere Leute belehrt oder bekehrt. Sie steht mehr auf Psychologie und die Strategie der kleinen Schritte. Friedel kann das gut nachvollziehen, solche Gedanken hat er auch schon oft gehabt. Aber er hat Einwände: „Ist es nicht etwas bequem zu sagen: Erst wenn jeder sich selbst verändert, wird die Gesellschaft sich verändern?"

„Nee, das ist überhaupt nicht bequem, wenn du bei dir selbst anfängst zu gucken, was du verändern musst! Viel bequemer ist es, sich hinzustellen und die große Revolution zu verkünden, die dann aber nie kommt!"

„Das will ich doch auch nicht, Uli. Kleine Schritte, da, wo man etwas verändern kann!"

„Die meisten Linken sehen so aus, als sollten sie erst einmal etwas für sich selbst tun, ehe sie die Welt retten. Und manchmal möchte die Welt vielleicht auch gar nicht gerettet werden."

„Aber willst du denn, dass alles so bleibt, wie es ist? Davon, dass man „We shall overcome" mit Joan Baez mitsingt, wird die Welt ja noch nicht besser!"

„Klar, dass das jetzt kommen muss. Ich weiß, dass du Joan Baez nicht leiden kannst. Du hast was gegen diese hohen Frauenstimmen! Vielleicht solltest du das mal psychologisch überprüfen, woher das kommt!"

Uli stupst Friedel an und zwickt ihn in die Seite.

„Ich hab was gegen schrille Stimmen mit Tremolo, da muss ich überhaupt nichts psychologisch prüfen!"

Sie lacht und sagt, wie nett es ist, wenn er sich ein bisschen aufregt. Er solle das alles nicht so schrecklich ernst nehmen. Das ist das Schöne bei Uli: Man kann mit ihr herrlich streiten, ohne sich wirklich ernsthaft in die Haare zu geraten. Sie nimmt die Gitarre und singt etwas von Joan Baez, das sie mit den drei Akkorden, die er ihr gezeigt hat, begleiten kann. „Geht ja schon gut, du wirst immer besser, Uli! Wenn du jetzt noch vernünftige Lieder spielen würdest, nicht diesen Jammerkram ..." Sie tut, als ob sie empört wäre: „Ich glaube, ich höre nicht richtig! Ich spiele grauenvoll, okay - aber ich singe doch wie eine Diva, oder?"

Sie grinst ihn unverschämt fröhlich an. „Ja, leider! Du hast so eine nette Folkstimme, die ist viel schöner als dieses Joan-Baez-Gejaule!"

„Oh, danke für die Blumen, ich fühle mich geehrt, auch wenn du schon wieder meine Lieblingssängerin beleidigt hast. Komm, spiel du doch mal was, dann schauen wir mal, was mit deiner Stimme los ist!"

Friedel hat sich seit zwei Jahren immer wieder von Jan die gebräuchlichen Gitarrengriffe und Zupfmuster zeigen lassen und fleißig geübt, so dass er jetzt viele seiner Folk-Lieblingslieder spielen kann: *Little Tin Soldier, Colours, Universal Soldier, Alamo* von Donovan, natürlich die Bob-Dylan-Klassiker, Cat Stevens und immer wieder gerne den Lagerfeuerhit *Dona Dona*. Immer, wenn er nicht weiterkommt, holt er sich Tipps vom großen Bruder, mit dem er inzwischen auch öfter zusammen Musik macht. Friedel spielt dann die Akkorde und singt, während Jan schöne Begleitungen dazu improvisiert. Das macht beiden Spaß und schafft eine neue, engere Beziehung zwischen den Brüdern. Friedel hat noch gar keine eigene Gitarre, Jan dagegen hat zwei und leiht eine davon sehr großzügig an Friedel weiter.

Abends kommen Niki, Christel und ihr Freund Toffi, Uschi, Wölfi und Johnnie, um im Pfarrgarten unten am See Lagerfeuer zu machen. Jeder hat ein bisschen was zu essen oder zu trinken mitgebracht. Als Friedel die Gitarre holt, wird es gemütlich, lange sitzen sie da, singen, erzählen, schauen in die flackernde Glut. Johnnie ist neu in der Klasse, er ist älter als die anderen und hat schon eine Berufsausbildung angefangen, dann aber abgebrochen. Wenn Lehrer ihn aufrufen, lächelt er freundlich und sagt: „Das kann ich Ihnen beim besten Willen nicht sagen, Herr ... - wie war doch gleich der Name?" Die anderen finden das stark, lustig oder dumm - je nachdem. Friedel bewundert seinen Mut, Erwachsenen so frech entgegenzutreten, auch wenn er selbst sich das nicht trauen würde. Auf jeden Fall ist Johnnie mit seiner Lederjacke für viele Lehrer ein rotes Tuch, aber eigentlich ist er ein total netter und hilfsbereiter Kerl, findet Friedel. Er hat sogar schon einen Führerschein und einen alten, schwarzen Daimler mit Ledersitzen.

Später am Abend wird noch ein bisschen „improvisiert": Friedel spielt Akkordfolgen auf der Gitarre, die anderen trommeln dazu auf Kartoffelsalatpackungen, Gurkengläsern, Knien oder mit Holzstöckchen, Johnnie pfeift Melodiefetzen zwischen den Zähnen. Als sie die Glut löschen und durch den dunklen Garten zum Haus gehen, ist es schon weit nach Mitternacht und die Sterne funkeln am Himmel. Johnnie nimmt die anderen in seinem alten Mercedes mit zurück. Uli und Friedel bringen die Reste ins Haus, waschen ab und verziehen sich dann in den Cellokeller. Dort lesen sie sich gegenseitig Geschichten von Kishon vor, bis Uli Hunger auf Schokoladenpudding bekommt. Also gehen sie hinauf in die Küche, kochen einen schönen Schokopudding und nehmen ihn mit herunter in den Keller. Mitten zwischen Gitarre spielen, in alten Briefen lesen und Erzählen merken sie plötzlich, dass es draußen schon langsam wieder hell wird. Der Himmel hat am Firmament schon einen rötlichen Schein.

Sie ziehen sich ihre Jacken an und gehen wieder nach draußen an den See. Wie schön das aussieht: Das Seeufer mit den Pappeln wie ein schwarzer Scherenschnitt, dahinter ganz zart der rötliche Himmel und das dunkel schimmernde Wasser. Uli sagt: „Lass uns zu den Dünen fahren und zum Wald!"

Sie nehmen die Fahrräder aus dem Schuppen, fahren über die Sandhauser Brücke und biegen dann links ab Richtung Wald. Friedel hat noch nie so bewusst erlebt, wie die Natur erwacht. Es ist eine magische Atmosphäre: Die Stille ringsum, das zarte Morgenlicht, das durch die Zweige fällt und Gräser, Sträucher, Bäume auf eine ganz eigene, sanfte Art berührt. Unwillkürlich halten sie den Atem an und lauschen, hören Vögel zwitschern und jubeln, während die Sonnenstrahlen immer mehr Kraft bekommen und Wärme. Im Unterholz hören sie Tiere rascheln, plötzlich schießt ein Reh quer über die Lichtung, verharrt dann mitten in der Bewegung, schnuppert, dreht den Kopf und sieht sie lange an, ehe es weiterhuscht.

Friedel ist wie verzaubert. Er streift mit dem Finger Tautropfen von den Gräsern und schaut immer wieder hinüber zu Ulis Gesicht, in deren blonden Haaren sich die Sonnenstrahlen spiegeln. Sie bleiben minutenlang stehen und genießen das Erwachen der Natur, dann laufen sie weiter, springen, tanzen über die Waldlichtungen. Sie rennen um die Wette die Dünen hoch und schauen sich den Morgen von oben an. Jetzt ist es richtig hell, aber immer noch still. Nicht zu fassen, dass die Menschen zu dieser magischen Stunde in den Betten liegen und schlafen! Ein unglaubliches Glücksgefühl macht sich in Friedel breit, eine selige Zuversicht: *Diese Stunde, dieser Tag, dieses ganze Leben liegt vor mir und wird phantastisch!*

Als sie mit den Rädern wieder zu Hause angekommen sind, liegt das alte Pfarrhaus wie ein verwunschenes Schloss in der Morgensonne. Sie schleichen sich leise ins Haus und decken den Frühstückstisch, Brötchen haben sie vom Bäcker an der Fährstraße mitgebracht. Noch schlafen alle, es ist so leise im Haus, dass man die Uhren ticken hört. Sie frühstücken, Uli packt ihre Sachen zusammen, sie muss zurück nach Bad Nauheim. Friedel muss zur Schule. Die Verabschiedung ist kurz: „War schön! Komm mal bald wieder!"

„Nee, nächstes Mal bist du dran, mein Lieber! Komm mal zu mir nach Hessen! Da ist es auch schön! Auch wenn es mir hier bei euch saugut gefallen hat!"

Als er mit dem Fahrrad durch den Tegeler Wald zur Schule fährt, hüpft und tanzt noch alles in ihm. In der Schule hat er ein Dauergrinsen im Gesicht und bekommt so gut wie nichts mit. Er ist so angefüllt mit schönen Erlebnissen, dass in ihn einfach nichts mehr rein passt. Selbst der Physiklehrer entlockt ihm bloß ein Lächeln. Zurück zu Hause entdeckt er, dass ihm Uli einen Brief geschrieben und auf seine Cellonoten gelegt hat. Sie bedankt sich bei ihm für die schönen Tage, für die Gastfreundschaft und dafür, dass sie mit ihm ein ganz kleines Stückchen seines Lebens zusammen gehen durfte. Die Erinnerung an die vielen Stunden, die sie mit ihm hier in seiner Kellerhöhle gehockt hat, vorgelesen, zugehört, diskutiert und Musik gemacht hat, wird sie mit nach Hause nehmen. Und sie wird zu Hause ihr Cello auspacken und wieder üben, das hätte ihr großen Eindruck gemacht, wie viel und wie gut er Cello spielt.

Als Friedel den Brief liest, wird ihm ganz anders. Sein Herz klopft, nein, schlägt lautstark bis zum Hals. Fragen überschlagen sich in seinem Kopf: *Ist da mehr zwischen Uli und mir als die Kumpelfreundschaft? Ist dieses Gefühl von heute früh Verliebtsein? Ist Uli verliebt in mich?* Er packt die Cello-noten zusammen, denn er muss zum Cellounterricht nach Dahlem. Vor einem halben Jahr hat er den Lehrer gewechselt, Frau Griczek meinte, er bräuchte jetzt mal einen Mann, und den hat er bekommen. Herr Haupt, ein richtiger alter Haudegen von der Berliner Oper. In den ersten Stunden haben sie nur Technik gemacht: Bogenhaltung, einen schönen, nicht-kratzenden Ton streichen, die Finger rund aufsetzen. Bei Herrn Haupt hat er neue Dinge gelernt: Musikalisch deklamieren, musikalische Phrasen erkennen, mit dem Cello singen: „Stell dir vor, wie du diese kleine Melodie singen würdest!" oder: „Musik ist eine Sprache, mach dich verständlich!".

Vor allem hat Friedel bei seinem neuen Lehrer ganz viel über Barockmusik gelernt, ein Spezialgebiet von ihm. Lob verteilt Herr Haupt gar nicht, sein Motto ist: *Nicht geschimpft ist genug gelobt!* Da ist es schon eine besondere Auszeichnung, wenn er Friedel manchmal auf dem Cello oder auf der Gambe begleitet. Auch falsche Hoffnungen weckt er nicht, er sagt: „Üb fleißig, damit du später mal schön privat Musik machen kannst!" Friedel erzählt nicht, dass er mit dem Gedanken spielt, später mal Musik zu studieren. Auch wenn er hin und wieder von der ruppigen Art seines neuen Lehrers etwas niedergeschlagen ist, tut das seiner Begeisterung für sein Cello keinen Abbruch. Er nimmt Herrn Haupt so, wie er ist, weil er weiß, dass er sehr viel von ihm lernen kann.

Leider ist der Weg zum Cellounterricht genau so weit geblieben wie vorher: Anderthalb Stunden durch ganz Berlin bis nach Dahlem. Als er an diesem Tag sein Cello und die Noten auspackt, greift sich Herr Haupt den Band mit den Bach-Suiten und fragt: „Oh, eine Botschaft für mich?" Friedel ist verwirrt und weiß nicht, was er damit meint. Herr Haupt liest vor, was mit Bleistift auf dem Heft steht: *Üb schön fleißig, Friedel! Uli*

Friedel läuft feuerrot an. Er stottert etwas herum von einer Freundin, die auch Cello spielt. Herr Haupt ist amüsiert und grinst: „Bring sie mal mit, dann schauen wir mal, ob sie spielen kann!" Friedel erklärt ihm, dass das nicht möglich ist, weil sie sich schon wieder auf dem Weg zurück nach Hessen befindet. „Soso! Na dann wollen wir mal schauen, ob diese Uli deinem Cellospiel gut getan hat!"

Bellmann und Biermann

Am Anfang der Sommerferien fährt Friedel für drei Tage in die DDR und besucht seinen Cousin Micha, den Maler. Alles ist beantragt, genehmigt und bezahlt. Trotzdem ist Friedel sehr nervös, denn er hat ja schon einige schlechte Erfahrungen mit den DDR-Grenzbeamten gemacht. In seinem Koffer ist ein schöner neuer Max-Ernst-Kunstband, den sich Micha gewünscht hat. Ansonsten hat er diesmal darauf geachtet, keine konspirativen Notizen oder Adressen-Büchlein dabei zu haben. Ein Pfund guten Kaffee für den Onkel, Bananen und Schokolade für die Tante, Kaugummis für seine Cousine Jenny. Das war's schon.

Morgens fährt er erst einmal mit dem Dreizehner-Bus nach Tegel, steigt dort um in die U-Bahn, fährt bis Bahnhof Friedrichstraße und steigt dort aus. Hier muss er den Schildern „Einreise" folgen. Gekachelte Gänge, Neonlampen, fahles Licht. Die Schlange an der Anfertigung ist noch ziemlich übersichtlich. Glück gehabt! Als er an der Reihe ist, scheint erst alles gut zu gehen. Der Beamte sächselt nicht und scheint fast freundlich zu sein.

„Friedemann ist der Vorname?"

„Ja!"

„Irgendetwas zu verzollen? Führen Sie verbotene Presse- oder Druckerzeugnisse mit?"

„Nein!"

„Bitte legen Sie Ihren Koffer hier hoch und klappen Sie ihn einmal auf!"

Mist! Er hatte schon geglaubt, diesmal käme er so durch. Also gut, Koffer hoch und aufgeklappt. Der Grenzer fächert den Inhalt einmal oberflächlich, Kaffee und Bananen interessieren ihn nicht weiter, aber beim Bildband von Max Ernst bleibt er hängen. Er nimmt das große Buch heraus und blättert darin. „Sie wissen, dass das nicht erlaubt ist?"

„Das ist für meinen Cousin, der malt und möchte Kunst studieren. Er interessiert sich für den Surrealismus und bekommt in der DDR keine Bücher über Max Ernst."

„Setzen Sie sich bitte mal dort in den kleinen Warteraum, ich lasse das Buch prüfen und schicke dann jemanden zu Ihnen."

Eine halbe Stunde muss Friedel dort warten. Er hätte es wissen müssen! Was hatte Oma gesagt: „Ein Kunstbuch schickt man am besten als Päckchen, mit einem harmlosen Umschlag darum. An der Grenze gibt das nur Ärger!" Recht hat sie gehabt. Jetzt sitzt er hier sinnlos herum. Da kommt eine Grenzerin im grau-grünen Kostüm, sie ist beinahe hübsch, das gibt es ja wohl nicht! „Herr Friedemann, es tut uns leid, aber das Buch dürfen Sie leider nicht mit nach drüben nehmen. Da es aber ein sehr wertvolles Buch ist, können wir es hier für Sie deponieren und Sie können es wieder abholen, wenn Sie übermorgen zurückkreisen!"

Das ist ja richtiger Service! Damit hat er gar nicht gerechnet. Sie hat einen großen Umschlag aus grauer DDR-Pappe mitgebracht, den sie jetzt mit seiner Anschrift versieht. Er muss auf einem Formblatt unterschreiben, dass er den Gegenstand zur Aufbewahrung da lässt, und mit einem freundlichen Lächeln und der Aufforderung, es nicht zu vergessen, wird er verabschiedet. Die erste nette Grenzerin, die er kennengelernt hat, und das am Bahnhof

Friedrichstraße! Hoffentlich hat sie auch Dienst, wenn er übermorgen Abend wieder hier ist! Er sagt „Tschüss!" und lässt sich sogar zu einem kleinen Winken mit der rechten Hand hinreißen. Sie grinst und es sieht beinahe so aus, als ob sie ihm beim Gehen zuzwinkert.

Jetzt ist Friedel bester Laune. Schade zwar, dass er Micha nicht das Buch mit den schönen Bildern mitbringen kann, aber er wird später von zu Hause noch einmal versuchen, es zu schicken. Jetzt muss er sich durch das Labyrinth der hundert Gänge wieder nach oben orientieren und die S-Bahn nach Bernau finden. Inzwischen ist es richtig voll auf dem Bahnhof, Menschenmassen drängen aneinander vorbei die Treppen hinauf zu den S-Bahnen und hinunter zu den U-Bahnen. Da steht die S-Bahn nach Bernau, schnell rein. Erst als er drin ist, fällt ihm siedend heiß ein, dass er gar keinen Fahrschein hat. Ja, noch besser, er hat auch gar kein Ostgeld, um sich ein Ticket zu kaufen. Was macht er jetzt? Soll er riskieren, erwischt zu werden? Oder lieber an der nächsten Station wieder aussteigen? Und dann?

Eine ältere Dame, die neben ihm sitzt, bekommt mit, dass er unruhig ist. Sie spricht ihn an: „Wat haste denn, Jungchen? Stimmt wat nich?" Er erzählt ihr sein Problem. Sie lacht. „Kontrolleur hier? Nee, da brauchste keene Angst haben, da passiert nischte! Ick fahr ooch bis Bernau, ick pass schon uff dir uff!" Das erleichtert Friedel kolossal und er bedankt sich bei ihr. Sie fragt ihn, wo er denn hinwill. „Nach Trampe? Das ist aber noch 'ne janze Ecke von Bernau. Da warteste am besten auf den Bummelzug nach Eberswalde. Oder, noch besser, nimmst dir 'n Taxi, dit jeht am schnellsten." Das hatte ihm Tante

Oda am Telefon auch geraten. Er solle aber sicherheitshalber beim Einsteigen nach dem Fahrpreis fragen.

Beim Aussteigen aus der S-Bahn zeigt sie ihm den Taxistand und wünscht ihm schöne Tage in Trampe. Friedel fragt erst einmal den Taxifahrer, was die Fahrt nach Trampe kostet. Der taxiert Friedel kurz, zieht die Stirn in Falten und sagt dann: „Mit zehn Mark biste dabei!" Friedel sagt: „Ok., aber ich hab nur Westgeld!" Der Taxifahrer lacht dröhnend laut, stürzt raus und öffnet ihm den Kofferraum seines Wartburg: „Na dann schmeiß ma imma rin den Koffer, Meista!" Friedel ist etwas verunsichert, warum der Taxifahrer gelacht hat, auf jeden Fall ist der jetzt bester Laune und erzählt in breitestem Ost-Berlinerisch eine Geschichte nach der anderen, bis sie in Trampe neben der alten Dorfkirche halten.

Als er seiner Tante und seinem Onkel beim Begrüßungskaffee davon erzählt, fangen die auch an zu lachen. „Was hast du den gefragt? Nehmen Sie auch Westgeld?"

„Ja, was ist denn daran komisch? Ich hatte doch kein Ostgeld!"

„Na, das ist es ja gerade! Wenn der gewusst hätte, dass du Westgeld bezahlen willst, hättest du ganz anders mit dem verhandeln können! Für 10 Mark West hätte der dich bis Frankfurt an der Oder gebracht oder noch weiter! Da macht der sich jetzt einen richtig schönen Tag und kauft sich was Feines im Intershop! Dem hast du den Tag gerettet"

Na immerhin, wieder einen Menschen glücklich gemacht! Er erfährt, dass Micha die ganze Nacht gemalt hat und jetzt noch schläft. Jenny fährt mit dem Bus nach

Eberswalde, Friedel fährt mit, er muss sich noch bei der Polizei anmelden. Das geht ziemlich schnell, so dass sie beide nach dem Einkaufen noch ein wenig Zeit haben, herum zu bummeln, bis der Bus kommt, der sie zurückbringt. „Viel los ist ja nicht in Eberswalde, oder?" fragt Friedel. Jenny lacht: „Hier ist gar nichts los, absolut nichts. Wenn man was erleben will, muss man schon nach Berlin reinfahren."

„Und – wirst du später mal nach Berlin ziehen?"

„Ich würde gerne, ja. Am liebsten würde ich Gesang studieren. Aber das ist alles bei uns nicht so einfach. Mein Vater ist Pfarrer, das ist ein echtes Problem hier. Und ich bin nicht in der FDJ, der Jugendorganisation. Da habe ich wenig Chancen zu studieren, egal, was für Noten ich habe."

„Das ist ja gemein! Ich wusste gar nicht, dass das hier so läuft! Denkst du manchmal daran, in den Westen zu gehen?"

„Nee, ich bleib hier!" Jenny lacht. „bei euch ist ja auch nicht alles so toll, oder?"

„Toll nicht, nee. Aber zumindest kann man als Pfarrerskind studieren."

„Das schon, aber wenn du auf die Straße gehst und diene Meinung sagst, kriegst du Berufsverbot. Das ist auch nicht besser!"

Da hat sie Recht. Friedel staunt, wie gut sie informiert ist. Seit einigen Monaten sind immer wieder Berufsverbote im öffentlichen Dienst Thema in den Zeitungen. Lehrer werden nicht eingestellt, weil an ihrer Verfassungstreue gezweifelt wird. Zwischen Jenny und Friedel entwickelt sich eine lebhafte Diskussion über die beiden deutschen

Systeme. Jeder findet zwar viel auszusetzen am eigenen System, verteidigt es aber trotzdem. Es endet damit, dass Friedel behauptet, die DDR hätte einen eigenen Geruch: „Hier riecht es völlig anders als bei uns, nach dem ganzen verbrannten Öl, das die Trabbis in die Luft pusten!"

„Ihr habt doch viel mehr Autos da drüben und viel mehr Abgase! Ich find nicht, dass es hier stinkt!"

„Du bist daran gewöhnt, deshalb merkst du das nicht mehr!"

„Ich bin sicher, du riechst den West-Gestank auch nicht mehr! Schade, dass ich nicht mal rüber kommen kann zu euch und einen Geruchstest machen!"

„Ja, das ist wirklich schade! Vielleicht solltest du mal einen Antrag stellen. Wenn du sagst, du willst beweisen, dass der Kapitalismus stinkt, lassen sie dich bestimmt!"

Sie müssen beide lachen, als sie den kleinen, klapprigen Bus verlassen, der sich mit einer schwarzen Abgaswolke verabschiedet. Sie laufen die Dorfstraße hinunter zum alten Pfarrhaus. Micha ist inzwischen aufgestanden und begrüßt seinen kleinen Cousin aus dem Westen: „Komm mal gleich mit mir nach oben, ich zeig dir, woran ich gerade arbeite!" Unter dem Dach hat er sein Atelier, durch ein schräges Fenster fällt Tageslicht, ansonsten ist es eher schummerig. Überall liegen Farbtuben, Stifte, Pinsel, zerknüllte Blätter. Aus einem alten Plattenspieler hört man Django Reinhardt sich mit den drei Fingern seiner verkrüppelten Hand die Seele aus dem Leib zupfen. Überall liegen, stehen, hängen Bilder. In der Mitte des Raumes die große Staffelei. Ein schmales Frauengesicht mit blonden Haaren schaut ihn an. „Na, erkennst du sie?" fragt Micha. Friedel grübelt, schaut noch einmal.

Die weit auseinander stehenden Katzenaugen, die schmale Nase, der etwas spöttische Mund – das kommt ihm zwar bekannt vor, aber nur ganz von ferne. „Kenn ich die gut?"
Micha amüsiert sich: „Ich glaube schon!"
„Sehr gut?"
„Seit deiner Geburt, ja!"
Endlich fällt der Groschen: „Bea!"

Darauf hätte er auch eher kommen können. Beim letzten Besuch mit der ganzen Familie hat sich Micha in Friedels große Schwester Bea verliebt. Da Friedel in letzter Zeit mit Bea nicht mehr so viel zu tun hat, hat er gar nicht mitbekommen, ob diese Liebe auf Gegenliebe stieß. Aber er kennt das von seiner Schwester schon von früheren Beziehungen: Sie gibt sich immer spröde und lässt die Jungs erst einmal ein bisschen rotieren, ehe sie sich darüber klar wird, ob sie Interesse hat oder nicht. Friedel hat aber mitbekommen, dass Micha Briefe an Bea geschrieben hat. Ob sie auch geantwortet hat, weiß er nicht.

Micha erklärt ihm, dass Bea die schönste Frau des Universums ist. Komisch klingt das, wenn von der eigenen Schwester die Rede ist. Hübsch ist sie, sicherlich, aber Friedel kennt sie auch ungeschminkt, übermüdet, gereizt, weiß, wie es ist, wenn sie schlechte Laune hat. Aber davon erzählt er natürlich nichts. Micha will von ihm wissen: „Weißt du vielleicht, ob man seine Cousine heiraten darf? Ich meine, wegen Blutsverwandtschaft und so. Wir haben ja beide dieselbe Oma."

„Nee, keine Ahnung. Frag doch mal Oma, was die dazu sagt! Will Bea denn auch heiraten?"

„Sie sagt ja nichts. Sie schreibt auch nicht. Ich hab ihr schon vier Briefe geschrieben."

„Das kenn ich! Das ist saublöd, wenn man keine Antwort kriegt!"

Friedel verspricht, sich mal bei seiner Schwester umzuhören. Aber er glaubt eher, dass sie es zwar ganz schön findet, umworben zu werden, aber es nicht ernst meint. Oder zumindest nicht weiß, ob sie es ernst meint. Friedel ist ganz froh, als sie das Thema wechseln. Er findet die anderen Bilder von Micha interessanter als das Portrait seiner Schwester. Die Ölbilder enthalten viel Blau, so wie bei Chagall, die Motive erinnern ihn aber mehr an Dali: Auslaufende Uhren, Figuren mit Schubladen, Gefühlslandschaften. Auch Kreuze und Turmuhren tauchen öfter auf. Am besten gefallen ihm die großen Zeichnungen mit schwarzer und roter Kohle. Friedel bewundert Michas genauen Blick für Gegenstände und Landschaften – und seinen sicheren und flotten Strich. Während sie sich unterhalten, zeichnet er eben mal hier und da an seinen Bildern weiter.

Friedel fragt nach den vielen Turmuhren und Kreuzen. „Heute Nacht gehen wir mal rüber zur alten Dorfkirche und zum Friedhof, da zeige ich dir die Turmuhr und die alten Kreuze! Wechsel doch bitte mal die Platte, ich hab die Hände voll Farbe!" Friedel nimmt die alte Amiga-Schallplatte mit den *Hot Club du France*-Aufnahmen vom Plattenteller und schaut nach der Hülle. Auf den Holzdielen liegt eine andere Platte, auf der eine wunderschön gezeichnete Dame als Blüte mit blanken Brüsten zu sehen ist. Er fragt: „Fredmanns Episteln?" Micha brummt zustimmend, er hat gerade einen Pinsel quer im Mund. Und dann lernt Friedel die tief-satte Stimme von Manfred Krug kennen, der die Lieder und

Gedichte des schwedischen Nationaldichters Carl Michael Bellmann interpretiert. Er wird regelrecht hinein gesogen in diese wunderbare Welt, in der gesoffen und geliebt wird, in der die Natur, der Alltag und der Augenblick gefeiert werden.

Micha kann vieles schon auswendig mitsingen und rezitieren, Friedel muss es wieder und wieder hören, er kann nicht genug davon bekommen. Und so hocken sie stundenlang im Atelier, futtern Käsestullen, trinken bulgarischen Kadarka aus alten Weingläsern, in denen der dunkelrote Wein fast schwarz schimmert, hören Manfred Krug zu und prosten der schönen Ulla Winblad zu, dem Mädchen auf dem Cover, der Bellmann so viele Lieder gewidmet hat. Micha hat sich einen alten Umhang übergeworfen, malt dabei und zeichnet, Friedel hat sich in den alten Ledersessel gelümmelt und fühlt sich wie sein schwedischer Namensvetter, der alte Fredmann persönlich. Besonders die letzte Epistel hat es beiden angetan, sie schauen sich an und deklamieren lautstark mit bedeutungsschwerer Stimme in das Zwielicht der Dachkammer:

> *Kerl, du bist alt, das Uhrwerk läuft ab,*
> *Zeiger, er zeigt: die Stunden eilen.*
> *Bald bricht der Tod über mir seinen Stab,*
> *er umstreut mich lang schon mit Pfeilen.*
> *Noch blinkt dem Durstigen „Sonne" und „Stern",*
> *noch könnt ihr hier meine Geige hörn,*
> *bald aber muss ich verweilen.*

mit dem schönen Schluss:

> *Movitz, so leg doch auch mein Gebein*
> *dort in das Grab bei den Dünen.*

Nach dem Abendessen sitzt die Familie im Wohnzimmer zusammen. Auch das ist ein besonderer Ort, eine Wand ist bordeauxrot gestrichen, an den anderen Wänden hängen ungarische Hirtenteppiche und die verschiedensten Instrumente. Mitten im Raum der Flügel, den Tante Oda spielt. Micha holt seine Geige, Friedel spielt auf dem Cello seiner Tante. Zuerst spielen sie klassisch nach Noten, Micha spielt ein russisches Teufelsgeiger-Stück, Jenny trällert Mozart-Arien, Friedel begleitet. Dann wird improvisiert. Tante Oda und Jenny probieren alle möglichen Instrumente aus, Friedel zupft auf dem Cello der Tante wie auf einem Kontrabass, steigt zwischendurch auf Gitarre um, der Onkel trommelt dazu auf dem Papierkorb. Plötzlich verschwindet er in seinem Arbeitszimmer, kehrt mit seiner alten Schreibmaschine zurück und begleitet die anderen mit rhythmischem Schreibmaschinengeklapper, unterbrochen jeweils durch das Klingeln der Umstelltaste und das Zurückrattern der Schreibwalze.

Friedel bewundert die Offenheit für alles Neue und die Begeisterungsfähigkeit seiner Tante und seines Onkels. Es geht alles sehr locker zu, jeder darf, keiner muss irgendetwas machen und wer keine Lust mehr hat, hört einfach auf oder fängt etwas anderes an. So einfach ist das hier. Alles andere, der Ablauf der täglichen Routine, Essenszeiten, Termine, ist nicht so wichtig, das kann man immer noch später erledigen. Aber Gespräche, Kunst, Besuch, Neuigkeiten und besonders Musik machen – das hat jederzeit Vorrang.

Nach der „Jam Session" (der Onkel fragt mehrmals nach, wie das Wort heißt, es begeistert und beflügelt ihn) gehen Micha und Friedel hinaus in die Nacht und besuchen den alten Kirchhof mit den verwitterten Grabsteinen und

Kreuzen, tasten sich an den uralten Bruchsteinen der Kirche entlang zur Eingangstür und schauen sich die Kirche von innen an. Geheimnisvoll und etwas unheimlich sieht sie im Dunkeln aus, Michas Taschenlampe beleuchtet verborgene Seitennischen, zerbrochene Fensterscheiben, Spinnenweben, das Kruzifix, verblichene Wandmalereien, den alten Taufstein. Auch in den Kirchturm klettern sie, lassen sich von Fledermäusen erschrecken und schauen von oben auf das nächtliche Dorf und den Wald dahinter. Das Uhrwerk rattert, dann schlägt es zwölf Uhr. Als der letzte Schlag verklungen ist, verlischt Michas Taschenlampe. Friedel erschrickt sich:
„Mach die wieder an, Micha!"

„Geht nicht, Batterie alle!"

„Quatsch, du willst mir bloß Angst machen. Mach wieder an. Bitte!"

„Geht wirklich nicht. Hier, probier selbst!"

Friedel klickt den Schalter hin und her, klopft, schraubt das Lampenglas auf, dreht am Birnchen, schraubt die Batterie heraus und wieder herein – vergeblich. Es bleibt dunkel! So müssen sie sich im stockdunklen Turm nach unten tasten, fassen dabei mehrere Male in Spinnweben oder an feuchte Mauerstellen, fluchen, stöhnen, schimpfen – und genießen das gruselige Abenteuer. Als sie endlich hinausgefunden haben, leuchtet ihnen der blasse Mond den Weg zurück zum Pfarrhaus. Friedel wirft noch einen Blick hoch zum Kirchturm mit der alten Uhr, bevor er seinem Cousin ins Haus folgt. Michas Eltern scheinen schon zu schlafen, es ist ganz ruhig im Haus. Die Holztreppe knarrt laut, als sie sich hoch schleichen.

In seinem Atelier zündet Micha Kerzen an, Friedel legt wieder seine neue Lieblingsplatte auf. Micha sagt, dass jetzt seine schöpferischste Zeit zum Malen wäre, Friedel hat im Flur ganz alte Bücher gesehen, die holt er sich in den Ledersessel und blättert sie durch. Ein Buch fesselt ihn: Die „Kulturgeschichte der Neuzeit" von Egon Friedell. Er taucht völlig ein in die Geschichte Europas, die mit der Schwarzen Pest beginnt. Irgendwann ist er so müde, dass ihm das Buch aus der Hand fällt. Da wünscht er Micha, der völlig hinter seiner Leinwand verschwunden ist, Gute Nacht, huscht über die Diele zu seiner kleinen Schlafkammer und zieht sich die kalte und klamme Bettdecke über den Kopf, damit es darunter schneller warm wird.

Am nächsten Morgen sitzt ein anderer Besuch am Frühstückstisch, Ulli, ein netter junger Mann mit langen Haaren. Tante Oda hat ihn irgendwo kennen gelernt, sie lernt immer irgendwo interessante Leute kennen, die sie zu sich nach Hause einlädt. Manchmal sind es junge russische Soldaten aus der nahen Kaserne, denen sie Essen kocht, damit sie etwas Anständiges in den Magen bekommen. Die freuen sich, dass sie mal unvoreingenommene, nette Deutsche kennen lernen und dass jemand sich tatsächlich ernsthaft für sie, ihr Land, ihre Sprache, Literatur und natürlich besonders ihre Musik interessiert. Tante Oda ist an allem interessiert, sie schreibt sich die Texte von russischen Liedern ab, notiert die Noten nach der gehörten Melodie, hat Briefkontakte mit Tschetschenen, Tschuktschen, Georgiern, und Ungarn, sie lernt die schwere ungarische Sprache, weil sie dorthin reisen und ungarische Musik und Tänze kennenlernen möchte. Verständigungsprobleme gibt es nie, man behilft sich mit Gesten oder anderen Sprachen. Die jungen Leute öffnen Tante Oda ihr Herz, weil sie merken, da ist jemand, der ein aufrichtiges Interesse an ihnen hat, der sich begeistert für das Anderssein, für fremde Kulturen.

Jetzt sitzt da also dieser Ulli am Küchentisch, plaudert munter drauflos, erzählt von seinem Puppenspiel und seinen Theaterprojekten. Friedel ist fasziniert. Und er wundert sich. Er hat ja schon viel gehört von der Stasi, dass man vorsichtig sein muss, wem man was erzählt, weil man nie genau weiß, wer diese Informationen weitergibt. Bei Ulli und Tante Oda ist deutlich zu merken: Hier hat keiner Angst vor der Stasi. Ulli erzählt offen über seine Schwierigkeiten, bespitzelt und überwacht zu werden - selbst als Puppenspieler. Die Theaterausbildung ist ihm verwehrt worden, er soll sich erst einmal „in der Produktion bewähren", das heißt in irgendeiner Fabrik arbeiten, dann wird man weitersehen. Tante Oda findet das eine Katastrophe, jemanden mit solchen Fähigkeiten, solchen „geschickten und feinen Händen" in die Fabrik zu schicken, aber Ulli nimmt es gelassen: „Wer weiß, wofür es gut ist?"

Gegen Mittag taucht Micha auf, da ist Ulli schon wieder weg. Er nimmt Friedel mit nach Ostberlin, dort will er einen Freund besuchen. Friedel packt seine Sachen zusammen, wird von der Tante noch mal ordentlich mit Stullen versorgt („Wer weiß, ob du da was zu essen bekommst?") und verabschiedet sich von Onkel und Tante. Jenny ist schon am frühen Morgen zum Gesangsunterricht nach Berlin gefahren. Mit dem Bus fahren sie nach Eberswalde, dort geht es mit der Regionalbahn aus Stralsund weiter bis Ostberlin. Bezahlt wird nicht, Micha sagt: „Hier kontrolliert keiner!" Auch in der S-Bahn zum Prenzlauer Berg fahren sie schwarz. Friedel ist das etwas unheimlich, er kann als West-Berliner Besucher keinen Ärger in Ostberlin gebrauchen. Aber Micha beruhigt ihn. In einem Hinterhof in der Schönhauser Allee steigen sie die Treppen hoch und werden herzlich begrüßt. Die Bude ist voll, rund um den Küchentisch sitzen einige junge Leute mit langen Haaren und Bärten, es wird geraucht und Bier getrunken. Der Gastgeber Ekke, klein und eher schmal, stellt der Tafelrunde Micha und seinen West-Berliner Cousin Friedel vor.

Friedel muss erst einmal erzählen, wo genau er herkommt, wie es so ist und was er so macht im Westen. Er fühlt sich geehrt, dass diese Leute, die alle mindestens vier, fünf Jahre älter sind als er, sich für ihn interessieren. Als Micha erzählt, dass Friedel Cello spielen würde „wie ein junger Gott" und auch auf der Gitarre fit wäre, ist das letzte Eis gebrochen. Ekke holt seine Gitarre und singt Lieder von seinem Freund Wolf Biermann, der nur einige Straßen entfernt in der Chausseestraße wohnt und ständig die Stasi vor dem Haus hat zur Dauerüberwachung. Friedel hat bisher noch kaum Lieder von Biermann gehört, er hat aber schon im Roten Kalender einige Lieder gedruckt gesehen, die er jetzt zum ersten Mal hört. Biermanns Lied „Soldat, Soldat in grauer Norm" haben sie damals auf der Konfirmandenfreizeit im Weserbergland gesungen und auch das Lied vom Mann, der sich das Bein abhackt, weil er in einen Scheißhaufen getreten ist. Friedel hatte es damals vor allem lustig gefunden, jetzt erfährt er, dass es auch einen Hintersinn gibt.

Aber am besten gefallen ihm die Oma Meume-Lieder. Biermanns Oma, die in Hamburg lebt, ist alte Kommunistin und betet zu Gott, er möge ihren verwirrten Enkel wieder mit der Partei versöhnen, die ihn verstoßen hat.

Denn auch wenn Biermann einer der bestbewachtesten Regimegegner der DDR ist, ist er ja nach wie vor überzeugter Kommunist, überzeugt davon, im besseren Teil Deutschlands zu wohnen, auf der richtigen Seite des „Dreckverbands", der Mauer. In der „Moritat von Biermann seiner Oma Meume in Hamburg" fühlt sich Friedel in den letzten beiden Strophen direkt angesprochen:

> *Die Alte lebt heut immer noch*
> *und kommst du mal nach Westen,*
> *besuch sie mal und grüß sie schön*
> *vom Enkel, ihrem besten.*
>
> *Und wenn sie nach mir fragt und weint*
> *und auf die Mauer flucht,*
> *dann sage ihr: Bevor sie stirbt,*
> *wird sie nochmal besucht.*
>
> *Und während du von mir erzählst,*
> *schmiert sie dir, erster Klasse,*
> *ein Schmalzbrot, dazu Muckefuck*
> *in einer blauen Tasse.*
>
> *Vielleicht hat sie auch Lust und sie*
> *erzählt dir paar Geschichten.*
> *Und wenn die schön sind, komm zurück,*
> *die musst du mir berichten.*

Friedel fühlt sich wohl und wird schnell vertraut mit der Ostberliner Tischrunde, ihren Fragen, Wünschen, ihrer Sehnsucht nach dem Westen und gleichzeitig dem eisernen Willen, nicht „abzuhauen", sondern dafür zu sorgen, dass der Sozialismus in der DDR trotz vergreister Parteibonzen, trotz Stasi und Gefängnis eine Chance bekommt. Friedel fühlt sich wie ein Botschafter oder Vermittler aus einer anderen Welt. Müsste er nicht tatsächlich zu Oma Meume fahren und ihr von ihrem Enkel berichten? Die anderen lachen: „Nein, das machen schon andere, der Wolf hat viele Freunde im Westen. Seine Platte „Chausseestraße" musst du dir unbedingt besorgen, die ist mit einem billigen Tonbandgerät in seiner Wohnung aufgenommen worden, durch die offenen Fenster hört man immer die Straßenbahn. Da sind auch die Oma Meume-Lieder drauf!"

„Beim nächsten Besuch bringe ich euch eine mit!"

Wieder lachen alle: „Nee, das lass mal schön sein! Wir kennen sie aber alle!"

„Woher denn, wenn die Platte hier verboten ist?"

Ekke schaut geheimnisvoll: „Tonbandmitschnitte, die gehen von Hand zu Hand!"

„Und wenn die in die falschen Hände kommen?"

„Darf nicht passieren, kann aber passieren, leider. Man kann ja nicht in die Menschen hineinschauen."

Bis spät in den Abend sitzen sie zusammen, trinken Bier und diskutieren, singen, stellen Gedichte vor. Um halb elf brechen Micha und Friedel auf und werden herzlich verabschiedet. Erst beim Hinausgehen fällt Friedel auf, wie verräuchert es da oben war bei Ekke. Die Schritte schwanken etwas vom Bier. Ein leichter Nieselregen setzt ein. Micha fährt mit Friedel bis zum Bahnhof Friedrichstraße, dort verabschieden sie sich. Während Friedel durch das Labyrinth der gekachelten Gänge zur Grenzkontrolle geht, klingen in ihm Fragmente aus den Biermann-Liedern nach, die er gehört hat:

> *Die kalten Frauen, die mich streicheln,*
> *die falschen Freunde, die mir schmeicheln.*
> *Die scharf sind auf die scharfen Sachen*
> *und selber in die Hose machen*
> *in dieser durchgeriss'nen Stadt -*
> *die hab ich satt!*

Seine Hoffnung, die nette Grenzbeamtin wieder zu sehen, erfüllt sich nicht. Ein grauer Grenzer mit völlig ausdruckslosem Gesicht händigt ihm das Paket mit dem Max-Ernst-Buch aus, wirft nur einen flüchtigen Blick in seinen kleinen grünen West-Berliner „Behelfsmäßigen Personalausweis" und schon ist er durch! Friedel kann es gar nicht fassen. Wenn der wüsste, dass er eben mit einer ganzen Horde von Regimekritikern zusammen gehockt und Wolf-Biermann-Lieder gesungen hat! Vielleicht wissen sie es sogar, er kann sich nicht vorstellen, dass die Stasi Ekke nicht überwacht. Wer weiß, vielleicht dauert die Informationsweitergabe einfach zu lange? Und er, Friedel aus Heiligensee, ist ein völlig unbeschriebenes weißes Blatt, noch dazu minderjährig, das interessiert die nicht?

Bei der Fahrt mit der U-Bahn summt er weiter Biermann-Lieder vor sich hin und schließlich oben im Doppeldeckerbus rezitiert er seine andere Neuentdeckung Carl Michael Bellmann. Als der Bus auf der Heiligenseestraße entlangfährt, wo man in der Ferne im Dunkeln die Umrisse der Heiligenseer Dünen erahnen kann, flüstert er mit einem Lächeln im Gesicht:

> *Movitz, so leg doch auch mein Gebein*
> *dort in das Grab bei den Dünen.*

Otto Bufonto

Zurück zu Hause ist Friedel noch tagelang in Hochstimmung, angefüllt von den Begegnungen, Gesprächen und Erlebnissen im Osten und von Bellmanns und Biermanns Liedern. Als hätte sie es geahnt, richtet Frau Bittner, die Deutschlehrerin, gerade jetzt eine Arbeitsgemeinschaft ein, in der man sich nachmittags trifft und über interessante Themen diskutiert. Da macht Friedel natürlich begeistert mit. Es sind nur wenige aus der Klasse, die sich dort zusammenfinden und diskutieren, aber es macht Spaß. Sozialismus und Kapitalismus – wohin soll sich die Gesellschaft entwickeln? Warum klappt das mit dem Sozialismus in den Ostblockstaaten nicht? Wie ist es überhaupt zur Ost-West-Teilung gekommen? Wie sieht die ideale Demokratie aus? Wie werden Meinungen gemacht? Wer kontrolliert die Springer-Presse? Darf man Gewalt anwenden für die „richtige Sache"? Sind Baader und Meinhof Terroristen? Was wollen sie überhaupt?

Vom normalen Schulunterricht bekommt Friedel oft nicht so viel mit, weil sein Kopf mit wichtigeren Dingen beschäftigt ist. Musik ist ihm wichtig, weniger der Musikunterricht, der ist eher öde, sondern Musik hören und vor allem Musik machen. Auf Klassenfesten freundet er sich mit Andreas an, einem stillen Professorensohn aus Hermsdorf. Andreas erhält klassischen Gitarrenunterricht und ist ebenfalls musikbegeistert. Friedel und Andreas treffen sich nachmittags und spielen zusammen Gitarre. Friedel hat von klassischer Gitarre wenig Ahnung, er weiß auch nicht, wie die Noten zu den Tönen heißen, die er gerade spielt. Dafür kann er Andreas zeigen, wie man improvisiert: Einer spielt eine Akkordfolge, der andere erfindet Melodien dazu. In Heiligensee nehmen sie die Gitarren sogar mit ins Ruderboot. Sie rudern auf den See, lassen sich dort treiben und machen Musik.

Außer der Liebe zur Musik teilen sie noch eine andere Leidenschaft: Sie lieben Wortspiele, verdrehen gerne die Aussagen von Lehrern oder Politikern, denken sich lustige Namen für Mitschüler aus, kritzeln witzige Zeichnungen in ihre Hefte oder auf die Schultische. Bei seinen ausgedehnten U-Bahnfahrten hat Friedel seit einigen Monaten entdeckt, dass überall in der Stadt ein Phantom auftaucht: Otto Bufonto. Manchmal sieht man die obere Hälfte eines Glatzkopfes gezeichnet, darunter steht: *Otto Bufonto war hier!* Im Laufe der Wochen verändern sich die Botschaften: *Otto Bufonto liebt dich!* liest man da, so wie an anderen Orten *Jesus liebt dich!* Besonders in den Bahnhöfen von Zehlendorf und den U-Bahnen, die dort hinfahren, scheint sich das Otto-Bufonto-Fieber auszubreiten. *Otto Bufonto sieht alles* kann man dort lesen, aber auch *Otto Bufonto schläft nicht* oder *Otto Bufonto for President*. Ein anderer Slogan erinnert an die Aufrufe zur internationalen Solidarität und zur Befreiung der politischen Gefangenen: *Freiheit für Otto Bufonto!*

Friedel steckt mit seinem Otto-Bufonto-Fieber seinen Freund Andreas an, er sammelt alle Sprüche und Zeichnungen, zusammen haben sie den Ehrgeiz, Otto Bufonto auch im Berliner Norden zu etablieren. Zuerst entwerfen sie eine Otto-Bufonto-Zeitung, voll mit Wortspielen und Kritzeleien, die sie auf Matrizen abziehen und in der Schule verteilen. Darin finden sich Wortspiele aus dem Unterricht wie: *Don't put should in the wood!* und es wird die Übernahme der kompletten Verantwortung für alles durch Otto Bufonto gefordert. Auch das Otto-Bufonto-Zeichen wird vorgestellt: Ein großes B in einem O, es erinnert an den Kreis mit dem A der Anarchisten. Die Parallelklasse fühlt sich durch diese Zeitung herausgefordert, etwas Eigenes dagegen zu setzen. Sie gründet die Hans-Bestl-Partei und ruft dazu auf, Otto Bufonto und seinen Handlangern das Handwerk zu legen.

Dadurch kommt es zu einer Welle von Flugblättern, Forderungen und Sprüchen von beiden Seiten, vor denen Nicht-Eingeweihte kopfschüttelnd resignieren müssen. Einige Lehrer fragen schon nach: „Was, bitteschön, soll das bedeuten: *Otto Bufonto übernimmt die Weltherrschaft*? Wer ist dieser Bufonto überhaupt, wo kommt der her?" oder: „*Keine Macht für niemand außer Hans Bestl* – wer zum Kuckuck ist das?" Viele Schüler blicken auch nicht so richtig durch, was da eigentlich für ein Kampf tobt, und die, die Bescheid wissen, lassen die Lehrer natürlich im Ungewissen. Ein schönes Gefühl, wenn mal die Lehrer die Dummen sind.

Den Höhepunkt des Propagandafeldzuges für Otto Bufonto stellt aber die Umbenennung der Fellbacher Straße in Hermsdorf dar. Andreas und Friedel sind seit Tagen akribisch mit den Planungen beschäftigt, sie haben die genauen Abmessungen des Straßenschildes ermittelt und bereiten alles vor. Andreas kann sehr ordentlich und sauber schreiben, er beschriftet weiße Folie mit schwarzem, wasserfestem Stift. Sie machen sich einen schönen Abend bei Andreas zu Hause, trinken jeder eine Flasche Schultheiß Bier, nehmen noch eine mit für unterwegs und machen sich dann nachts um elf auf den Weg zur Schule. Auf dem Hermsdorfer Damm ist kaum Verkehr, Fußgänger sind gar nicht mehr unterwegs. Beide leeren erst einmal die angebrochene Flasche: „Muss weg, die steht uns gleich nur im Weg oder fällt um und versaut uns alles!" Davon bekommen sie jetzt Druck auf der Blase, der verstärkt wird durch den leichten Nieselregen, der gerade einsetzt. Sie erleichtern sich also erst einmal am Straßenbaum gegenüber der Schule. War da Licht in der Hausmeisterloge? Ist der etwa zu der Uhrzeit noch in der Schule? Nein, alles dunkel, kam wahrscheinlich vom Scheinwerfer des vorbeifahrenden Autos.

Jetzt kann es endlich losgehen. Andreas fragt: „Hast du Schiss?"

„Ich? Quatsch!" antwortet Friedel, dabei klopft sein Herz ziemlich lautstark in seiner Brust. Andreas packt die vorbereitete Folie aus. Er hat sogar eine Küchenrolle mitgebracht, um das Schild sauber zu wischen. Perfekt! Er gibt Friedel Folie und Küchenrolle in die Hand und verschränkt seine Hände zur Räuberleiter, damit Friedel hochklettern kann. In dem Augenblick kommt ein Auto den Hermsdorfer Damm hoch. Mist! Die beiden Jungs springen hinter den Baum. Das Auto wird langsamer. Polizei! Jetzt fangen die Folie und die Küchenrolle in Friedels Händen an zu zittern. Die Polizisten schauen herüber, können aber anscheinend nichts erkennen und fahren vorbei. Erleichterung! Andreas flüstert: „Lass uns fünf Minuten warten, wenn die uns gesehen haben, dann kommen sie gleich noch mal vorbei!"

Sie gehen über den Damm zum Büdchen und stellen sich an die Bushaltestelle, als würden sie auf den Bus warten. Die Polizei kommt nicht wieder. Inzwischen hat es auch aufgehört zu nieseln. Jetzt oder nie! Andreas macht die Räuberleiter, Friedel klettert hoch und wischt das alte Schild sauber. „Ganz schön mistig, das Schild!"

„Gut, dass es mal gereinigt wird! Achte darauf, die Folie richtig herum anzukleben!"

„Glaubst du, ich bin ein Volltrottel oder was?"

„Genau!"

„Blödmann!"

Der Anfang ist am schwierigsten, als das erste Stück am Rand festklebt, geht alles fast wie von selbst. Das Schild passt perfekt. Es leuchtet richtig. Die Fellbacher Straße heißt ab sofort: Otto-Bufonto-Straße! Die beiden Schildermacher jubeln. In diesem Augenblick kommt der Bus, Friedel flitzt über die Straße zur Haltestelle, Andreas winkt noch und geht dann zu Fuß nach Hause.

Am nächsten Morgen sind beide sehr früh vor der Schule. Sie wollen die Reaktionen der Mitschüler und Passanten beobachten. Zu ihrer großen Enttäuschung merkt kein Mensch, dass die Fellbacher Straße jetzt Otto-Bufonto-Straße heißt. Das kann doch nicht wahr sein! Guckt denn keiner hoch und sieht, was da steht? Also helfen sie ein bisschen nach: „Na, hast du schon gesehen, dass die Fellbacher Straße umbenannt wurde?" Eine alte Dame, die mit ihrem Einkaufswagen vorbeirollt, fragen sie: „Entschuldigung, wo kommen wir denn hier zur Fellbacher Straße?"

„Die ist doch hier!"

„Aber da oben steht doch was anderes!"

Die Oma schaut nach oben, liest, ist verwirrt, murmelt: „Das gibt es doch nicht!" und schiebt kopfschüttelnd weiter. Bis zur Mittagspause hat es sich in der Schule herumgesprochen: Die Fellbacher Straße heißt jetzt Otto-Bufonto-Straße! Alle Schüler laufen raus und bewundern das neue Straßenschild, kichern, ein Lehrer kommt dazu und macht sogar Fotos. Eingeweihte wissen natürlich, wer dahintersteckt. Aber auf Lehrernachfrage halten die Schüler dicht. Die einzigen Lehrer, die wissen, wer das gemacht hat, halten auch dicht: Frau Bittner und der rote Schotte.

Am übernächsten Morgen ist das neue Schild verschwunden. Keiner weiß, wer es abgehängt hat. Viele vermuten, die Polizei. Andreas und Friedel sind überzeugt: „Das war die Parallelklasse! Die konnten es nicht ertragen, dass sie jetzt in der Otto-Bufonto-Straße zur Schule gehen statt in der Hans-Bestl-Straße! Das riecht nach Klassenkampf!"

Einige Tage später ist Friedel morgens mal wieder spät dran. Er ist meistens spät dran, es kommt selten vor, dass er morgens nicht zum Bus rennen muss. Dieses Schicksal teilt er mit seinen Geschwistern. Die Heiligenseer Dorfbevölkerung kennt und genießt das allmorgendliche Schauspiel: Friedel und seine Geschwister hetzen zur Bushaltestelle, nur halb oder ungekämmt, mit wehenden Jacken, offenen Schultaschen, fliegenden Schnürsenkeln, Zahnpastaflecken im Gesicht oder an der Kleidung. Nicht gleichzeitig, denn alle sind an verschiedenen Schulen und müssen zu unterschiedlichen Zeiten zum Bus rennen. So hat das Publikum immer wieder was zu gucken.

An diesem Morgen verpasst Friedel dummerweise seinen Bus, er sieht ihn noch, erreicht ihn aber nicht mehr. Das bedeutet eine Viertelstunde auf den nächsten 13er warten und dann hoffen, dass in Tegel jemand vorbeikommt, der ihn mitnimmt, denn der nächste Anschlussbus kommt definitiv zu spät. Am „Alten Fritz" in Tegel steigt er aus, rennt quer über die Karolinenstraße zum Hermsdorfer Damm und hält den Daumen raus. Und er hat Glück, ein schicker, dunkelgrüner VW Käfer in der Cabrio-Version hält an. Sein Biolehrer begrüßt ihn mit den Worten: „Na Friedel, wieder spät dran heute, was?" Friedel bedankt sich, der Biolehrer grinst. „Eigentlich darf ich dich nicht mitnehmen. Versicherung und so, du verstehst." Friedel nickt, versteht, bedankt sich noch einmal. Fast sind sie schon an der Schule, da fixiert ihn der Lehrer von der Seite und fragt: „Sag mal Friedel, diese Straßennamen-Aktion, damit hast du nicht zufälligerweise was zu tun, oder?" Er sagt es so, dass Friedel versteht, er weiß sowieso Bescheid. Deshalb fragt er bloß: „Wieso?"

„Na ja, der Chef hat sich fürchterlich aufgeregt darüber." Bei diesen Worten grinst er so breit, dass Friedel merkt, wie sehr ihn das freut, wenn der Chef sich aufregt. „Also kurz gesagt, er weiß nichts, aber im Kollegium gibt es das ein oder andere Gerücht." Wieder macht er eine Pause und schaut Friedel von der Seite an. „Falls du irgendwas damit zu tun hast, - also ich meine bloß f a l l s " - jetzt grinst er wirklich unverschämt, so dass Friedel mit grinsen muss: „dann lasst euch dabei bitte nicht erwischen, wenn weitere Aktionen geplant sein sollten! Alles klar, Otto Bufonto?" Friedel lacht: „Ich bin nicht Otto Bufonto!" Der Lehrer schmunzelt: „Nee nee, schon klar!"

Friedel erzählt Andreas die Neuigkeiten und beide sind sich einig, dass man diesen Coup besser nicht wiederholt. Wäre ja auch langweilig. Das entspräche auch nicht der Parole: *Otto Bufonto wiederholt sich nicht!* Sein Biolehrer wird Friedel durch die Unterredung im Cabrio vollends sympathisch, dazu kommt, dass er im Moment in Bio ein

Thema behandelt, das ihn richtig interessiert: Verhaltensforschung. An den Einstieg ins Thema kann er sich noch sehr gut erinnern: Der Biolehrer suchte jemanden für ein Experiment und wählte Friedel aus. „Ist nichts Schlimmes, du musst nur mal nach vorne kommen und dich hier aufs Pult setzen!" Das machte er. Der Lehrer gab der Klasse den Auftrag, genau zu schauen, was passiert und forderte die kleine kesse Gudrun auf, sich neben Friedel aufs Pult zu setzen.

Jetzt berichteten die Mitschüler, was sie gesehen hatten: „Als sich Gudrun neben Friedel gesetzt hat, ist er ein Stückchen zur Seite gerückt!"
Der Lehrer ist zufrieden: „Das habt ihr richtig beobachtet. Friedel, hast du das gemerkt?"

„Nee, ehrlich gesagt nicht!"

„Gudrun, hast du das gemerkt?"

„Ja!"

„Und was hast du gedacht?"

„Ich hab gedacht: *Oh, dem bin ich zu dicht auf die Pelle gerückt!*"

„Wunderbar, genau das ist der Punkt. Jeder Mensch, und übrigens auch jedes Tier, hat einen bestimmten privaten Radius, den andere nicht ohne weiteres überschreiten dürfen. Wenn dies dennoch geschieht, wird man entweder aggressiv, das gilt besonders für Tiere ..." Er lächelt Friedel an: „... und natürlich nicht für dich, Friedel. Höfliche Menschen wie du lösen das Problem elegant, indem sie einfach ein Stückchen weiter rücken, so dass ihre Privatsphäre erhalten bleibt!"

Die Klasse ist überrascht, Friedel erleichtert, dass er nicht bloßgestellt wird. Dann kommt eine Nachfrage von Christel: „Warum haben Sie Friedel und Gudrun ausgesucht? Woher wussten Sie, dass das Experiment mit den beiden klappen würde?"

„Ich habe gehofft, dass es mit den beiden klappen würde. Man entwickelt ja mit der Zeit, als sensibler Mensch jedenfalls, ein Gespür dafür, wie groß der Abstand etwa ist, den ein Mensch braucht. Sonst würde man ja dauernd in die Privatsphäre anderer eindringen und damit immer wieder Konflikte provozieren. Manche tun das übrigens auch ständig wie Elefanten im Porzellanladen und merken es leider nicht. Damit meine ich natürlich nicht dich, Gudrun!" Die ganze Klasse lacht, Gudrun zum Glück auch. „Aber bei dir hatte ich die Hoffnung, du würdest dich ein bisschen zu dicht an Friedel setzen. Und es hat geklappt!"

Christel hakt noch einmal nach: „Aber nach welchen Kriterien haben Sie die beiden ausgesucht?"

„Gut, dass du noch einmal nachfragst, Christel. Es gibt ja bei den Menschen verschiedene Temperamente. In südlichen Ländern zum Beispiel stehen die Leute viel dichter beieinander, wenn sie miteinander sprechen, als bei uns. In Nord- und Osteuropa hält man mehr Abstand. Gudrun entspricht von ihrem Temperament eher dem südländischen Typ, sie ist impulsiv, sie gestikuliert und spricht nicht nur mit dem Mund, sondern mit dem ganzen Körper. Friedel dagegen ist mehr der nordische, zurückhaltende Typ, da konnte ich darauf spekulieren, dass er einen größeren Abstand zu anderen Menschen braucht als Gudrun. Es hat nichts mit richtig oder falsch zu tun, bitte nicht missverstehen. Es geht nur darum, dass jedes Lebewesen seine ganz individuelle Schutzzone hat und braucht. Und man tut gut daran, dies zu respektieren und genügend Abstand zu halten!"

Die Klasse applaudiert spontan. Friedel und Gudrun gehen zu ihren Plätzen zurück. Diese Demonstration wird keiner so schnell vergessen. Zum ersten Mal arbeitet Friedel in Biologie begeistert mit und will alles über Verhaltensforschung erfahren, viele seiner Mitschüler ebenfalls. Das wissenschaftliche Interesse an Experimenten und an Forschung ist geweckt. Fragen wie „Warum bin ich so, wie ich bin?" können endlich diskutiert und vielleicht sogar beantwortet werden. Das Thema Vererbung schließt sich sinnvollerweise an und die immer wiederkehrende Frage bei der Untersuchung von Verhaltensweisen: „Ist das vererbt oder gelernt?"

Trotzdem wählt Friedel im Sommer, als in der Oberstufe das neue Kurssystem zum ersten Mal eingeführt wird, nicht Biologie als Leistungskurs, dazu fehlen ihm einfach zu viele Grundlagen in diesem Fach, in dem er Jahre verschlafen hat. Dazu kommt, dass Biologie oft mit Chemie einhergeht, und von Chemie hat er nun wirklich keinen Schimmer. Deutsch als Leistungskurs ist klar, Musik wäre schön, gibt es aber nicht, auch Kunst wird nicht angeboten. Schade. In Kunst hatte er im letzten Jahr einen Preis bei einem Berliner Wettbewerb gewonnen. Damals wurde er von vielen Mitschülern und auch von manchen Lehrern Freddi gerufen, keine Ahnung, wer eigentlich damit angefangen hatte.

Dummerweise gab es in der Parallelklasse noch einen Freddie, einen schlaksigen Deutschamerikaner mit Afro-Look. Als deshalb die Konrektorin in die Parallelklasse stürmte und Afro-Freddie hocherfreut zu seinem zweiten Preis beim Wettbewerb gratulierte, stand der ganz cool und lässig auf, ließ sich die Hand schütteln, verzog keine

Miene und nahm die Huldigungen der Schule, die stolz war, dass einer aus ihren Reihen gewonnen hatte, erfreut entgegen. Er war der Typ Schüler, der sonst nicht unbedingt wegen seiner Leistungen von sich reden machte, ganz im Gegenteil. Wenn er nachgedacht hätte, wäre ihm wahrscheinlich aufgefallen, dass er in seinem ganzen Schulleben kaum ein Bild zu Ende gemalt, geschweige denn bei einem Wettbewerb eingereicht hatte. Aber er dachte nicht nach, warum auch, den Erfolg soll man nicht hinterfragen, sondern genießen, solange er anhält.

Kurz vor der Preisverleihung in den Berliner Messehallen mit Bürgermeister und großem Trara stellte sich dann doch noch heraus, dass der falsche Freddie ausgeguckt worden war. Der Schulleitung war das Ganze so peinlich, dass sie jetzt alles sehr diskret abwickeln wollte, die Verwechslung sollte um Gottes Willen nicht bekannt werden. Sie spekulierten darauf, dass Friedel nicht überall herum rennen und mit seinem Preis angeben würde. Dadurch erfuhr es an der Schule denn auch kaum jemand. Friedel wurde fast konspirativ ins Rektorzimmer bestellt, der Händedruck war nur flüchtig, auch der Stolz und die Anerkennung der Schule war ja schon beim falschen Freddie ausgesprochen und wurde bei ihm jetzt nicht mehr wiederholt. Stattdessen wurde Friedel kühl gebeten, seine Bilder doch in Zukunft mit seinem richtigen Namen zu signieren, damit solche Verwechslungen, die dem Ruf der Schule eher schaden als nützen würden, nicht mehr möglich wären.

Aha, so war das also jetzt. Er selbst war Schuld an der Verwechslung und wurde deshalb abgewatscht statt beglückwünscht. Egal, die Veranstaltung in den Messehallen war dennoch eindrucksvoll, hier bekam er nicht nur einen anständigen Händedruck, sondern auch endlich die verdiente Anerkennung. Stolz präsentierte er seinen Eltern sein Kunstwerk, das schön gerahmt bei den anderen Siegerbildern hing. Dabei entdeckte er, dass bei der Legende unter dem Bild der Schulname fehlte. Er dachte sich: *Das passt ganz gut, warum soll eine Schule genannt werden, die mir ihre Anerkennung verweigert?*

Wieder zu Hause machte er sich Gedanken, warum solche Dinge immer wieder ihm passierten, es war ganz typisch. Er murmelt etwas im Unterricht vor sich hin, sein Nachbar meldet sich und bekommt für die laut ausgesprochene Antwort ein dickes Lob. Er macht einen Scherz, sein Gegenüber wiederholte ihn laut und hat alle Lacher auf seiner Seite. Irgendetwas machte er falsch. Aber was? Das erste, was er sofort änderte, war diesen bescheuerten Namen. Er hasste nicht nur die Verwechslung mit dem coolen Afro-Freddie, der noch nicht mal ein Wort der Entschuldigung für nötig befunden und inzwischen die Schule verlassen hatte, sondern auch die Anspielungen auf diesen komischen „Junge, komm bald wieder"-Sänger. Er wollte wieder Friedel genannt werden. Dies machte er unmissverständlich allen klar, die ihn weiter mit „Freddi" belästigten. Und nach einer Weile zeigte es Wirkung, es gab keinen Freddi mehr an der Schule.

Bei der Wahl der Leistungskurse entscheidet sich Friedel neben Deutsch für Englisch als zweiten Leistungskurs, da weder Musik noch Kunst angeboten werden. Kurzzeitig hat er mal Mathe erwogen, in Mathe ist er zum Teil richtig gut. Aber Oberstufenschüler haben solche Horrorgeschichten berichtet über Integral- und Differentialrechnung, Wahrscheinlichkeitstheorien und andere Themen, unter denen er sich nichts vorstellen kann, dass er davor zurückschreckt. Mathe wird stattdessen sein drittes, Politik sein viertes Prüfungsfach. Spannend findet er, dass sie etwas Neues ausprobieren: Sie sind sozusagen die Versuchskaninchen für die neue, frisch eingeführte „reformierte Oberstufe" in Berlin. Viele Lehrer sind hilfloser als die Schüler, die sich schon fleißig über Kurslisten, Punkte, Tutoren, schriftliche Arbeit und Voraussetzungen für die Abitur-Zulassung informiert haben. Am hilflosesten ist, wie so oft, die Schulleitung.

Es gibt eine dreimonatige Einführungsphase, da zeitgleich in Berlin die Schuljahreszeiten umgestellt werden. Zukünftig wird es Zeugnisse nicht mehr zu Ostern und im Herbst, sondern vor den Sommerferien und im Januar geben. Diese Einführungsphase ist Chaos pur. Viele Lehrer sind völlig überfordert und wissen nicht, was sie eigentlich unterrichten sollen, die Schüler bekommen ein 40-seitiges, klein beschriebenes Kursheft in die Hand gedrückt, in dem angeblich alles irgendwo erläutert ist, man muss bloß wissen wo, und man muss es dann auch noch verstehen. Mit diesem Kursheft rennen die Schüler durch die Kurse und lassen die Lehrer quittieren, dass sie bei ihnen im Unterricht saßen. Wer es geschafft hat, dabei auch noch Punkte zu sammeln, kann sie sich für die Gesamtabrechnung anrechnen lassen. Ansonsten wartet man einfach das erste „richtige" Halbjahr ab, wo sich dann hoffentlich schon einiges besser eingespielt hat.

Spiele

Nach der Schule entwickeln sich neben der Freundschaft mit Andreas auch andere Freundschaften, die Clique wird größer. Man lädt sich gegenseitig zu Geburtstagspartys oder einfach so ein. Christel gehört dazu, natürlich auch Niki, die seit der letzten Klassenfahrt nach Österreich mit Johnnie zusammen ist, jedenfalls tendenziell, ganz genau weiß man das nie. Ab und zu schwirren Friedel Gedanken durch den Kopf wie: *Bist du eigentlich zu bescheuert, um Niki mal zu sagen, wie nett du sie findest? Seit Jahren guckst du dir das jetzt mit an, wie sie mit diesem und jenem zusammen ist, und jedes Mal denkst du nur: Ach, wie schade!* Nein, er kriegt die Kurve nicht. Sie verstehen sich prima, mögen sich – als Kumpel. Vielleicht ist das auch gut so? Friedel weiß es nicht.

Hella ist seit einiger Zeit mit dabei, die beste Freundin von Gudrun. Hella hat ihre ganz eigene Meinung und vertritt die auch, das gefällt Friedel. Wie Friedel liest sie gerne Bücher und tauscht mit ihm Buchtipps aus. Er empfiehlt ihr „Siddharta" von Hermann Hesse, ein kleines Buch über Buddha, das ihn sehr beschäftigt hat und Fragen aufwirft wie: *Wer bin ich eigentlich?* und *Wohin will ich?* Und *Wie will ich leben?* Sie empfiehlt ihm den dicken Roman „Und wählte fünf glatte Steine" von Ann Fairbairn und er verschlingt die Geschichte eines jungen Schwarzen in Amerika in wenigen Tagen. Hella ist auch politisch interessiert, bei Frau Bittners AG mit von der Partie, diskutiert gerne. Sie belegt die gleichen Leistungskurse wie Friedel, Deutsch und Englisch. Hella macht zusammen mit Niki einen Töpferkurs und schenkt

Friedel einen getöpferten, glatzköpfigen Otto Bufonto als kleine Büste für den Schreibtisch. Friedel ist begeistert.

Zu ihrem Geburtstag bekommt sie von Andreas und Friedel eine selbst gebastelte Stehlampe mit einem Schild am Schalter: *BITTE HIER DRÜCKEN, DANN WIRD ES HELLA!* Hella versagen die Worte bei der feierlichen Geschenkübergabe, sie kann ihr Glück kaum in Worten ausdrücken, aber noch mehr Spaß haben die Umstehenden und vor allem die edlen Spender. Marianne hatte zuvor von den beiden schon einmal eine wunderschön bemalte Klobrille als Bilderrahmen bekommen, auch sie konnte ihr Glück kaum fassen. Diese originellen Geschenküberreichungen gehören zum festen Repertoire der Feierlichkeiten, ebenso wie das Mitbringen von kleineren und größeren Speisen, je nach Fähigkeiten auch selbstgemacht. Das Schönste aber sind die Spiele.

Es werden immer gruppendynamische Spiele gemacht, mal mit Verkleiden, mal mit Zublinzeln und Morden, aber auch mit Personenraten oder Pantomime. Manchmal wird eine Geschichte reihum weitergesponnen, die jemand begonnen hat. Diese Cliquentreffen sind absolute Highlights, die ganze Gruppe freut sich darauf. Für Friedel ist die Clique eine Heimat, eine Gruppe, in der er loslassen kann, in der er sich geborgen und akzeptiert fühlt. Die anderen kennen und mögen ihn so, wie er ist, hier muss er nichts vorspielen.

Zu Hause ist er oft unruhig. Er dunkelt sein Zimmer ab, zündet eine Kerze an, legt seine Lieblingsmusik auf, legt sich aufs Bett und träumt. *Wer bin ich? Was will ich?* Der Alltag kommt ihm profan vor, die tägliche Routine langweilt ihn, ödet ihn an. *Soll das alles sein? Wozu das Ganze?*

Manchmal hat er das Gefühl, die ganze Familie stünde am Abgrund. Zankereien zwischen seinen beiden kleinen Geschwistern Nelli und Steffen, sein großer Bruder Jan, der sich im Keller verkriecht wie ein Einsiedlerkrebs, seine Schwester Bea, die Älteste, mit der er kaum noch etwas zu tun hat, die jüngere Schwester Bine, die andauernd Pflegetiere von der Straße ins Haus schleppt und jede Woche eine andere Idee hat, was man tun muss, um die Welt zu retten, sein Vater, der sich hinter Zigarrenwolken in seinem Arbeitszimmer verkriecht und mit der Predigt für den nächsten Sonntag kämpft, Mutter Anna, die so viel zu tun hat, dass sie gar nicht nachkommt, aber trotzdem jeden Tag über Friedels Schreibtischplatte wischt und das Bett macht, obwohl er das nicht nötig findet, seine Oma, die herein kommt, wenn er gerade mal in der richtigen Genießerlautstärke Pink Floyds „Atom Heart Mother" hört und fragt, ob er noch sauber ticken würde – all das kann ihn unendlich nerven.

Eine Stunde später freut er sich dann, wenn der kleine Steffen herein kommt, fragt: „Was machst'n da?" und ihn zum Abendessen holt. Und dann gibt es leckere Häppchen und Gürkchen und Tee, alles plappert munter durcheinander und plötzlich ist er mit sich und seiner Familie wieder im Reinen. Seine Stimmungen schwanken sehr stark zwischen pessimistischem Grübeln und jubelnd weltumarmender Begeisterung. Sichere Orte der Inspiration und Freude für ihn sind der Cello-Keller und der Garten mit See.

Aber auch Besuche bei Jan können ihn glücklich machen. Seit einiger Zeit zupft Friedel das Cello wie einen Kontrabass, wenn sie zusammen Musik machen. Sie haben beide ihre Leidenschaft für Jazz entdeckt und improvisieren stundenlang auf Gitarre und Cello. Dabei konzentrieren sie sich so auf die Musik, dass sie sich kaum anschauen und auch so gut wie nichts reden, das würde nur ablenken. Manchmal entsteht durch die Musik eine Intensität, die durch Blicke oder Worte nicht mehr gesteigert werden kann, im Gegenteil. *Sie verstehen sich blind* sagt man, und das heißt für die beiden auch: *Sie verstehen sich ohne Worte.*

Schon öfter hat ihn Jan zu Konzerten in Jazzclubs mitgenommen, er war mehrmals mit im Quasimodo in der Kantstraße. Er hat den virtuosen brasilianischen Gitarristen Baden Powell gehört, Jan kann einige seiner Stücke spielen. Er hat den genialen Trompeter Manfred Schoof mit seiner Band gesehen, auch Albert Mangelsdorff, der zweistimmig Posaune spielen kann. Er hat den Bassisten Peter Trunk bewundert und versucht, dessen Zupftechnik auf das Cello zu übertragen. Er hat den kleinen rothaarigen Irrwisch Jasper van't Hof am Keyboard bejubelt und den souveränen Gitarristen Volker Kriegel.

Am Jazz gefällt ihm, dass man im Gegensatz zu Rockkonzerten so dicht dran ist an der Musik, dass man viel mehr mitbekommt von den Musikern. Er gewöhnt sich schnell an die Eigenheiten von Jazzkonzerten. Mitten im Stück gibt es Zwischenapplaus, wenn gerade ein Solo zu Ende gegangen ist, und das passiert ziemlich oft. Dabei bleibt man immer lässig, auch wenn man begeistert ist, bloß nicht ausflippen! Am Anfang fehlt ihm beim Jazz-Schlagzeug, das sich so filigran den anderen Instrumenten unterordnet, der Kawumm und der Druck, den er von Rock-Drummern gewohnt ist. Als er zum ersten Mal ein Jazz-Schlagzeugsolo hört, muss er grinsen, das entspricht so gar nicht dem, was er bisher als Schlagzeugsolo kennen gelernt hat. Später hört er dann die Jazzrockbands von Klaus Doldinger und John McLaughlin und registriert, dass sich dort das gute alte Rock-Schlagzeug durchgesetzt hat. Aber Jazzrock ist nur etwas für große Hallen, nicht für kleine Clubs, das wiederum ist schade.

Wieder zu Hause, spielen Jan und Friedel im Keller nach, was ihnen gefallen hat – oder versuchen es jedenfalls. Friedel genießt es, in der Musik von seinem drei Jahre älteren Bruder als gleichberechtigter Partner akzeptiert zu werden. Manchmal hören sie gemeinsam Schallplatten durch, wenn einer von beiden etwas geborgt oder geschenkt bekommen hat, oder wenn Friedel sich in der Amerika-Gedenkbibliothek Platten ausgeliehen hat. Hin und wieder sitzt Friedel auch am Klavier im Wintergarten und probiert Melodiefolgen aus. Noten interessieren ihn nicht, wie bei der Gitarre hat er keinen blassen Schimmer, wie der Ton heißt, den er spielt. Völlig egal, es reicht, dass er weiß, wie der Ton klingt. Bald hat er einen schönen Bass zu „Summertime" gefunden, zu dem es sich gut improvisieren lässt und eine Ragtime-artige Begleitung zu „Bonnie and Clyde" entwickelt, die er in allen Lagen auf der Tastatur ausprobiert. In der Kirche, in der er manchmal Kammermusik macht, hat neulich ein Freund auf der Kirchenorgel „A Whiter Shade Of Pale" von Procul Harum gespielt, das klang genial. Friedel probiert so lange, bis er es auf dem Klavier spielen kann.

Manchmal kommt sein Vater herein, setzt sich in den kleinen Sessel mit Seeblick und hört ein bisschen zu. Er hat als Junge eine klassische Klavierausbildung genossen, zusammen mit seiner Schwester. Das war kein Zuckerschlecken. Der strenge Klavierlehrer sagte den Eltern: „Das Mädel können Sie vergessen, aber der Junge, aus dem wird mal was!" Er lag völlig daneben mit seiner Prognose. Das „Mädel" studierte Klavier und Orgel und wurde Kirchenmusikerin, der „Junge" wurde erst Buchdrucker, später Pfarrer, und klimpert nur so zum Vergnügen ab und zu vor sich hin. Friedel erinnert sich noch gut, wie es war, wenn er früher mit der Flöte von seinem Vater auf dem Klavier begleitet wurde. Er war immer froh, wenn es glimpflich ausging, denn sein Vater bekam richtig Stress beim Abspielen der Klaviernoten, ließ hier und dort etwas aus, vertat sich schon mal mit den Vorzeichen und dem Takt, wurde hektisch und nervös, so dass er manchmal beim Umblättern die Noten herunterriss, und alle waren froh, wenn beide etwa gleichzeitig den Schlusston erreichten.

Manchmal sitzt Vater auch alleine am Klavier, dann probiert er eine Melodie aus, die er irgendwo gehört hat und tupft ein paar Basstöne dazu. Von daher interessiert ihn das, was sein Sohn da am Klavier macht, sehr. Manchmal trommelt er mit den Fingern sogar einen Begleitrhythmus auf dem kleinen Tischchen oder pfeift eine zweite Stimme dazu. Das findet Friedel schön, obwohl er sonst lieber für sich ist, wenn er klimpert.

Friedel hat von seinem Vater das Schachspiel gelernt. Manchmal spielen sie abends im Wohnzimmer. Einmal hat Vater hat eine gute Flasche Rotwein, die er geschenkt bekommen hat, aufgemacht und sich und seinem Sohn ein Glas hingestellt. Beide sind sehr langsame Schachspieler. Sie müssen immer gründlich überlegen, welche Vor- und Nachteile der nächste Zug wohl mit sich bringt. In diesen langen Entscheidungspausen wird dann peu a peu der Wein im Glas immer weniger, so dass ab und zu nachgeschenkt werden muss. Die Stimmung wird immer besser, obwohl beim Schachspiel natürlich nicht viel geredet wird, ein ideales Spiel für Männer also. Aber man sieht an den glücklich geröteten Gesichtern, dass es sowohl dem Vater als auch dem Sohn gut geht.

Am späteren Abend, als nur noch wenige Figuren auf dem Spielfeld stehen und bestimmt eine halbe Stunde schon nicht mehr bewegt worden sind, fragt Friedel: „Vadding, willst du nicht mal setzen?" Sein Vater schaut erstaunt hoch: „Wieso ich? Weiß ist doch dran!" Friedel guckt verwirrt: „Paps, d u bist doch weiß!" Sein Vater zieht die Stirn in Falten, schaut seinen Sohn an und muss losprusten: „Ich dachte, du bist weiß!" Jetzt ist alles zu spät. Sie kriegen sich nicht mehr ein vor Lachen. Vater wiederholt immer wieder seinen Satz: „Ich dachte, du bist weiß!" und Friedel macht sich fast in die Hosen vor Lachen. Vater verteilt noch die Neige, die letzten Tropfen Rotwein in die Gläser, stellt die leere Flasche ab und meint: „Ich glaube, wir sollten ein andermal weiterspielen!". Jetzt springt Friedel auf, hüpft um den Tisch herum und ruft immer: „Ich dachte, du bist weiß!" bis sein Vater ihn stoppt: „Psst, ich glaube, die anderen schlafen schon alle!" Friedel hält inne, schaut ihn an und prustet los: „Jetzt nicht mehr!" Kichernd wie kleine Schulmädchen schleichen beide die Treppe hoch in ihre Betten.

Uschko

Einmal in der Woche fährt Friedel mit seinem Cello nach Zehlendorf zum Unterricht. Aber immer öfter fährt er noch ein zweites Mal mit seinem Instrument die lange U-Bahnstrecke quer durch Berlin in den Südwesten, meistens sonntags. Es gibt an der Zehlendorfer Musikschule ein kleines Kammermusikensemble mit zwei Geigen, Bratsche, Klavier und Cello, das sich meistens am Sonntag trifft um zu proben. Friedel ist der einzige Junge, die anderen sind Mädchen in seinem Alter. Betreut und angeleitet werden sie vom Chef der Zehlendorfer Musikschule. Vor ein paar Monaten haben sie bei „Jugend musiziert" einen Preis gewonnen, danach hat sie der Chef ins Tegernseer Stübchen eingeladen. Sie haben bayrisch-deftig und lecker gegessen, dabei auch das ein oder andere Gläschen auf ihren Erfolg getrunken und beschlossen, die erfolgreiche Kooperation fortzusetzen.

Kurz vor Weihnachten haben sie den nächsten Auftritt und üben darum im Moment sehr konsequent jeden Sonntag. Friedel macht das Musizieren Spaß und er findet die Mädels nett, besonders Uschko, die erste Geige. Sie hat eine wunderbar warme und positive Ausstrahlung, lacht gerne und ist das natürliche Zentrum der Gruppe, ohne überheblich oder eingebildet zu wirken. Friedel ist der Einzige, der von außen kommt, die anderen kennen sich untereinander gut und wohnen alle in Zehlendorf. Uschko ist diejenige, die es Friedel leicht macht, in die Gruppe hineinzukommen. Wenn sie in den Pausen plaudern, sagt sie auch schon mal zu den anderen: „Jetzt wechselt mal das Thema, Mädels, oder meint ihr, Friedel interessiert sich für den Zehlendorfer Klatsch?"

Friedels Eltern haben ein Konzert-Abo für die Philharmonie. Alle paar Wochen gehen sie abends ins Konzert und danach irgendwo schön Essen, das ist schon Tradition und sie genießen es sehr. Am Totensonntag können sie leider nicht, weil sie zu einem Geburtstag eingeladen sind. Aber wohin mit den Karten? Friedel wittert seine Chance. Mozart ist zwar nicht sein Lieblingskomponist, aber c-moll, das klingt akzeptabel, diese eine Sinfonie von Mozart in Moll, die gefällt ihm. Andererseits *Messe* c-moll? Da wird doch bestimmt so komisch gesungen! Egal! Stundenlang streicht er um das graue Telefon herum, murmelt Texte vor sich hin, verwirft sie wieder, dann endlich fasst er sich ein Herz und ruft Uschko an. Er hat natürlich nicht sie selbst am Telefon, aber anscheinend ihren Bruder. Der scheint es sehr witzig zu finden, dass seine kleine Schwester Anrufe von Jungs bekommt und brüllt durchs Treppenhaus: „Schwesterlein, hier am Telefon interessieren sich M ä n n e r für dich!"

Friedel zuckt etwas zusammen bei *Männer*, fühlt sich aber andererseits geschmeichelt, als Mann bezeichnet zu werden. Er hört lautes Gepolter und Uschkos Stimme, die ihren Bruder als „Doofer Blödmann!" tituliert. Dann hat er sie endlich am Hörer. Sie ist noch ganz atemlos und braucht einen kleinen Moment, ehe sie versteht, wer da in der Leitung ist. Friedel bringt schnell seine Frage heraus und horcht dann bange in die Stille, die vermutlich nur eine Sekunde dauert, ihm aber wie eine Ewigkeit vorkommt. „Am Sonntag in die Philharmonie? Ja gerne! Wir haben ja nachmittags Probe, dann können wir danach direkt da hin!" Friedel jubelt innerlich! Sie hat noch nicht mal gefragt, was da gespielt wird! Sie will mit ihm zusammen ins Konzert gehen! Ehe sie es sich noch anders überlegt, beendet er schnell das Gespräch: „Dann bis Sonntag, ich bring die Karten mit!" Als er den Hörer aufgelegt hat, führt er einen Veitstanz in seinem Zimmer auf und schreit die Erleichterung und Freude wie immer lautlos in sein Kopfkissen.

Bei der Probe am Sonntag ist Friedel sehr aufgeregt, er verspielt sich ungewöhnlich oft und ist abgelenkt. Uschko wirkt so wie immer, ihr ist nichts anzumerken. Nach der Probe fahren sie mit den anderen zusammen zum U-Bahnhof Onkel Toms Hütte, dort trennen sich dann die Wege und Uschko zeigt Friedel, wo sie wohnt. Von außen sieht das Haus so ähnlich aus wie das seiner ehemaligen Cellolehrerin, das übrigens ganz in der Nähe ist. Drinnen werden sie gleich zum Kaffeetrinken ins Wohnzimmer gebeten. Friedel fühlt sich ziemlich unwohl, alle mustern ihn so unauffällig, dass er sich wie auf einer Bühne fühlt. Die Mutter rennt hin und her, bringt noch dieses und jenes und redet dabei unaufhörlich. Der Papa sagt gar nichts, auch der kleine Bruder nicht. Nur der große macht freche Bemerkungen und lockert dadurch die Stimmung auf: „Na, Schwesterlein, wen hast du uns denn da mitgebracht?" Uschko tritt ihn unter dem Tisch, jetzt muss selbst der kleine Bruder grinsen. Die Mutter schimpft: „Jetzt hört mit dem Gezerre und Getrete auf, sonst fliegt uns noch die Kaffeekanne um! Was soll denn unser Gast für einen Eindruck bekommen?"

Jetzt prustet der große Bruder los, dass ihm ein Bröckchen des Schokoladenkuchens, den er schon mal vorab stibitzt hat, aus dem Mund fällt: „Du musst wissen, lieber Gast", sagt er und wendet sich mit gespielt ernster Miene an Friedel, „dass wir uns normalerweise beim Essen immer prügeln! Von daher reißen wir uns heute wirklich schon zusammen, nicht wahr, Schwesterherz?"

„Du bist so was von bescheuert!" antwortet ihm Uschko und wendet sich ebenfalls an Friedel: „Tut mir wirklich leid, mein Bruder hat leider 'ne Schraube locker!" Der Vater brummelt: „Nu hört mal endlich auf!" Zum Glück verteilt die Mutter jetzt den Kuchen und ein genüssliches Schweigen verdrängt die Diskussionen. Danach fragt die Mutter Friedel, wo er wohnt, wo er zur Schule geht, ob das nicht viel zu weit wäre, immer durch ganz Berlin zu fahren, das sei doch schrecklich anstrengend. Der Kommentar des großen Bruders lässt nicht auf sich warten: „Ich würde auch durch die ganze Stadt fahren, um so ein reizendes Mädchen wie Uschko zu treffen, nicht wahr Schwesterlein?" Friedel wird rot, Uschko auch. Sie steht auf und sagt: „Wir beide gehen jetzt mal hoch in mein Zimmer und lassen euch hier weiter diskutieren!"

Sie wohnt in einem kleinen, gemütlichen Dachstübchen mit schrägen Wänden, an denen bunte, poppige Plakate hängen. Friedel entdeckt gleich beim Reinkommen die Gitarre und die Mandoline in der Ecke. Uschko zündet eine rote Kerze auf einer mit Bast umwickelten, bauchigen Lambrusco-Flasche an und bietet Friedel den Korbsessel an, während sie sich selbst aufs Bett setzt. „Ich hoffe du bist nicht zu geschockt von meinem Bruder, er hat eine große Klappe, seit er Student ist, aber eigentlich ist er ganz lieb. Er kann es bloß gut verbergen!"

„Kein Problem. Ich finde, er ist ziemlich witzig!"

„Ja, leider weiß er das und bildet sich was drauf ein. Er meint immer, er müsste sich über alle lustig machen, besonders über seine spießigen Eltern!"

„Und? Ärgern sich deine Eltern darüber?"

„Die lassen ihn einfach reden, hast du ja gemerkt. In anderen Familien würde wahrscheinlich der Vater auf den Tisch hauen, wenn sich sein Sohn so unmöglich verhalten würde."

„Meinen Vater muss man auch ziemlich reizen, ehe der mal rumbrüllt. Ansonsten hält er sich meistens raus, so wie dein Pa. Alles Wichtige regelt meine Mutter."

„Genau, das ist bei uns auch so. Mama regelt alles, weiß alles, hat alles im Griff und ist das Herz der Familie. Leider redet sie ziemlich viel."

„Das ist der Ausgleich dafür, dass der Vater so wenig redet!"

Uschko lacht: „So hab ich's noch gar nicht betrachtet!"

Friedel fühlt sich unbeschreiblich wohl hier im Dachstübchen mit Uschko. Es redet sich ganz unkompliziert und wie von selbst, er ist erstaunt, wie gut das funktioniert. Er ist normalerweise kein großer Unterhalter, Small Talk beherrscht er gar nicht. Aber er liebt es, wenn Gespräche locker und leicht in die Tiefe gehen und sich nicht nur an der Oberfläche bewegen. Hier bei Uschko hat das sofort geklappt, sie funken auf einer Wellenlänge. Zwei Stunden später wissen beide schon eine ganze Menge voneinander. Uschko erzählt von der Jesus People-Gemeinde am Nollendorfplatz, vom Jugendtreff, von der Arbeit mit Drogensüchtigen in der Teestube, und Friedel ist beeindruckt. Dann ruft die Mutter zum Abendbrot, der große Bruder ist unterwegs und so läuft alles brav und gesittet ab. Sie wollen mit dem 48er Bus zur Philharmonie fahren, aber Uschkos Papa erklärt, er würde sie bringen.

Friedel ist noch nie in einem neuen Mercedes mitgefahren, nur in Johnnies Oldtimer. Uschko meint später entschuldigend: „Mein Papa ist Chef, da muss man so 'ne Karre fahren!" Beim Autofahren wird der Vater fast gesprächig, fragt dieses und jenes und bietet sogar an, sie hinterher wieder abzuholen. Friedel kommt sich vor wie im Taxi und streckt sich in den weichen Lederpolstern. Das ist ja schon was anderes als die harten Sitze im heimischen VW-Bus.

In der Philharmonie kommt sich Friedel fast erwachsen vor, mit den Karten in der Hand, einer hübschen Frau an der Seite, für die er die Garderobe wegbringt und in der Pause eine Flasche *Herva Mosel* holt. Das hat schon was. Die erwachsenen Frauen sind zwar alle viel festlicher gekleidet und haben sich geschminkt, aber Uschko gefällt ihm um Längen besser, genauso wie sie ist, sehr natürlich, überhaupt nicht damenhaft, dafür strahlend und mit ansteckend guter Laune. Das hilft ihm darüber hinweg, dass natürlich sehr viel gesungen wird in der Mozart-Messe. Wenn der Chor singt, ist es okay, aber den Solisten, speziell der Sopranistin mit ihren ständigen Koloraturen kann Friedel nur wenig abgewinnen. Das Opernhafte und Süßliche, manchmal fast Klebrige mag Friedel nicht, dagegen hat er bei manchen Orchester- und Chorpassagen fast den Eindruck, Bach zu hören oder Händel. Das reißt ihn dann wieder mit.

Uschko geht es so ähnlich. Sie ist schon vom Typ her nicht für „Gedöns" zu haben und liebt auch das Gradlinige, Kraftvolle und Motorische des Barock mehr als das Zuckerwerk des Rokoko. Aber ein Erlebnis ist es schon, in diesem gigantischen Konzertsaal mitgerissen zu werden vom vollen Orchester- und Chorklang. Die ganze Philharmonie ist ein Erlebnis, von außen ein futuristischer gelber Dampfer, von innen ein riesiges Zirkuszelt, völlig verspielt und in sich verdreht und verkantet, mit Dutzenden kleiner Extralogen und Balkone. Als sie nach dem Konzert hinaustreten, wartet schon Uschkos Vater, der Friedel mit seinem Cello noch zur U-Bahn bringt, bevor er seine Tochter nach Hause fährt.

Am ersten Adventssonntag fährt Friedel wieder zur Probe nach Zehlendorf. Ihm ist es ein bisschen peinlich, als er danach schon wieder bei Uschko zu Hause auftaucht, aber die Familie macht es ihm leicht und behandelt ihn schon fast wie ein Familienmitglied und nicht mehr wie einen Gast. Als sie zusammen in Uschkos Dachstübchen hocken, probiert Friedel die Mandoline aus. Er hat noch nie eine in der Hand gehabt, der Klang gefällt ihm gut und er mag sie gar nicht mehr aus der Hand legen. Uschko hat sie so wie eine Geige gestimmt, damit kommt er gut zurecht, denn sein Cello ist ja auch in Quinten gestimmt. Uschko nimmt sich die Gitarre und sie probieren aus, was sie zusammen singen und spielen können: *Donna Donna, Little Tin Soldier*, und die schöne Schnulze *When the World was our own* von David Garrick.

All diese Lieder stammen noch aus der Zeit, bevor sich Friedel für „progressive Musik", für Rock, Blues und Jazz interessierte. Die einfachen und gefühlvollen Melodien gehen ihm sehr ans Herz, sie sind wie ein Gruß aus einer schon längst vergangenen Zeit. Sie probieren so lange, bis sie die Akkorde und den Text vollständig zusammen haben. Sie singen die Strophen abwechselnd, die Refrains zusammen und zwischendurch spielt Friedel Instrumentalstrophen mit der Mandoline. Sie tauchen zusammen ab und vergessen Zeit und Raum.

Als die Mutter an die Tür klopft, macht sie darauf aufmerksam, dass es schon zehn Uhr ist und bringt Friedel ein Marzipanbrot für den Heimweg. Sie müssen beide grinsen, als die Mutter wieder raus ist. „Das kann doch nicht wahr sein, die dachte wahrscheinlich, sie muss hier mal nachsehen, was wir die ganze Zeit machen!" kichert Uschko.

„Aber es ist doch ein sehr netter Rausschmiss mit Marzipanbrot, finde ich. Ich hab ja nicht geahnt, dass es schon so spät ist! Du?"

„Nö, nicht die Bohne! Sie versüßt dir den Abschied, das finde ich lieb von ihr! Sie mag dich! Aber du musst dich nicht beeilen!"

„Ich muss ja noch anderthalb Stunden mit der U-Bahn fahren. Vielleicht auch zwei Stunden, sonntagabends fahren die nicht mehr so oft."

„Du Armer! Was sagt denn deine Mama, wenn du erst so spät auftauchst?"

„Die fragt, ob's schön war. Wenn sie noch auf ist, wenn ich wiederkomme."

„Super. So locker drauf ist meine leider nicht!"

„Du bist ja auch ein Mädchen!"

„Ja leider!"

„Würdest du lieber ein Junge sein?"

„Manchmal ja! Jungs haben's einfacher, finde ich. Und dieser ganze Kleidchen-, Schühchen-, Täschchen- und Schmink-Quatsch geht mir enorm auf den Zeiger!"

„Hütchen, Schühchen, Täschchen passend,
ihre Männer unterfassend,
die sie heimlich weiterziehen ..."
„ ... weil sie sonst in Kneipen fliehen!"
„Degenhardt: Deutscher Sonntag. War schön hier bei dir, der Sonntag!"
„Fand ich auch. Kommst du nächsten Sonntag wieder?"
„Wenn du willst, ja!"

Nolli

Am zweiten Advent ist schon um 10 Uhr Probe. Als die beiden danach zu Uschko gehen, sind sie erst einmal alleine im Haus. Sie machen sich etwas zu essen und setzen sich dann ins Wohnzimmer. Merkwürdig, sie sind beide etwas verkrampft, es will kein richtiges Gespräch aufkommen. Ist es noch zu früh am Tag? Klappt das „Quatschen" nur in Uschkos Dachstübchen? Oder haben sie Angst vor dem, was passieren könnte, wenn sie alleine sind? Friedel weiß es nicht. Er ist fast erleichtert, als die Eltern zum Kaffeetrinken auftauchen. Uschko will abends zum Jesus-Center am Nollendorfer Platz und Friedel entschließt sich spontan, mal mitzufahren, um zu gucken, was das eigentlich ist. Uschko sagt zwar: „Ja klar, gerne!" als er fragt, ob er mitkommen kann, aber Friedel hat den Eindruck, dass sie ziemlich überrascht ist von seinem Entschluss.

Der Papa bringt sie wieder hin in seinem Mercedes, Friedel denkt: *Uschko hat ja einen richtigen Taxi-Bring-Service!* Nicht nur Friedel, auch sie ist sichtlich nervös, Friedel überlegt, ob es gut war, mitzufahren. Egal, jetzt muss er da durch! Am Nollendorfplatz bekommt er erst einmal einen Kulturschock. Sie steuern auf ein riesiges Pornokino mit großen, äußerst freizügigen Plakaten zu. Uschko lacht, als sie sieht, wie er die Augen aufreißt: „Keine Angst, wir nehmen den Seiteneingang!" Dort hängt ein beleuchtetes Schild: *Evangelisationsraum*, dicht daneben ein Plakat: *Jesus-Center*. Friedel denkt: *Na prost Mahlzeit, das ist ja eine tolle Nachbarschaft! Jesus-Center direkt neben Eros-Center!*

Das Treppenhaus ist geheizt, die Akustik gedämpft, es wirkt so gar nicht wie eine Kirche. Auch der Saal nicht. Er sieht aus wie ein Kongresssaal, mit Polstersitzreihen, Neonlicht, Styropor-Deckenplatten und Teppich-Auslegeware. Aber, anders als in den Kirchen, die er kennt, ist es hier voll. Richtig voll. Und zwar vor allem gefüllt mit Jugendlichen, viele Freaks darunter, Rauschebärte, lange Haare, Batik-Shirts. Uschko zeigt ihm erst einmal, wo er sein Cello deponieren kann, begrüßt überall Leute, sie scheint hier fast jeden zu kennen, und setzt sich dann mit ihm in eine Sitzreihe. Der Gottesdienst fängt an. Aber wo ist der Pfarrer? „Der da mit dem Rollkragenpulli, das ist Volkhard!" flüstert ihm Uschko ins Ohr. *Das ist der Pfarrer da vorne? Mit Mikro in der Hand? Predigt der etwa im Sitzen?*

Der Rolli-Pfarrer beginnt ganz locker, begrüßt alle, besonders diejenigen, die heute zum ersten Mal hier sind. *Woher weiß der, dass ich heute neu bin? Hat er mich gesehen?* Er macht ein paar Ansagen, gibt Hinweise und erzählt dann, dass er eigentlich an diesem Abend eine ganz andere Predigt halten wollte, aber „der Herr" hätte ihm kurz vorher „etwas ganz Neues aufgetragen". *Ach du Scheiße, in was für eine blöde Sekte bin ich denn hier hinein geraten? Hat der 'ne direkte Standleitung zu Gott, oder was? Was für ein aufgeblasener Bockmist!* Uschko schaut ihn kurz von der Seite an, als könne sie seine Gedanken lesen. *Ist ja schon gut, ich geb ihm noch 'ne Chance! Aber nur, weil du hier neben mir sitzt!* Uschko schaut noch einmal und lächelt. *Verflixt, kann die auch Gedanken lesen oder was?*

Der Pfarrer hat eine sehr angenehme Stimme, das muss man ihm lassen. Wenn man nur so einfach auf die Stimme hört, ohne darüber nachzudenken, was er gerade sagt, wird man nett unterhalten. Jedenfalls, so lange die Stimme normal bleibt. Ab und zu wird sie aber beschwörend, dann wird's unangenehm. Dann muss Friedel auch wieder auf den Text hören: „Wird nicht alles immer schlimmer? Schaut euch um: Kaputte Familien überall, Menschen, die verzweifeln und ihre Verzweiflung in Alkohol ertränken! Drogenopfer, die nicht mehr runterkommen von ihrem Trip! Schaut euch doch die Filme an, immer mehr Sex, immer mehr Hass, Gewalt und Brutalität!" *Nee, Entschuldigung, diese Masche ist mir zu blöd, dieses Rumgemeckere wie bei alten Leuten, das zieht bei mir nicht. Das ist ja fast wie bei Goebbels. Gleich stellt er die entscheidende Frage ...* „Wollt ihr dieses Leben hinter euch lassen? Wollt ihr einen ganz neuen Anfang? Wollt ihr euch reich beschenken lassen von dem, der genau weiß, wie es in eurem Herzen aussieht? Dann legt eure Zweifel ab und lasst den Herrn Jesus Christus in euer Herz einziehen!" *Was hat der immer mit den Zweifeln? Kennt der mich? Was soll das alles heißen? Ich bin doch Christ, ich bin getauft und konfirmiert! Was will der von mir?*

Dann wird gebetet, alle stehen auf. Friedel ist das unangenehm. Bestimmt sieht man von weitem, was hier für ein Fremdkörper steht. Was soll er mit den Händen tun? Falten? Er schaut sich um. Kaum jemand faltet die Hände, wie er es aus der Kirche kennt. Jeder betet anders hier. Das gefällt ihm: Der eine mit ausgestreckten Armen, der andere in sich verschlossen, eine Frau wippt hin und her, eine andere hält sich die Hände vors Gesicht, einer kniet auf dem Boden. Ein kurzer Seitenblick zu Uschko. Sie sieht aus wie ein Engel, wenn sie betet. Die Predigt hat ihm überhaupt nicht gefallen, aber beim Beten empfindet er Respekt. Er hat das Gefühl, jeder hier im Saal hat gerade ein sehr persönliches Gespräch mit Gott. *Oder ist das alles nur Show?*

Beim Singen überwiegt wieder die Abneigung: „Gottes Liebe ist wie die Sonne", „Du bist würdig, o Gott", „Kommt, lasset uns anbeten" - *Das ist nun so überhaupt nicht mein Geschmack. Ich liebe die archaischen, alten Kirchenlieder in der Heiligenseer Dorfkirche, aber dieser ganze romantische Kitsch hier gefällt mir überhaupt nicht. Und dann ständig dieses „Jesus, Jesus"-Gedöns. Furchtbar! Leiden die alle unter Geschmacksverirrung?*

Nach dem Gottesdienst sitzen Friedel und Uschko noch stundenlang auf einer Holzbank auf dem kalten und zugigen U-Bahnhof Nollendorfplatz und reden. Er erzählt ihr alles, was ihm durch den Kopf ging da oben im Jesus-Center. Sie freut sich über die Dinge, die ihm gut gefallen haben und ist sichtlich erschüttert, wie viel ihm nicht gefallen hat. Aber unermüdlich, geduldig und freundlich versucht sie, ihm alles zu erklären und seine vielen Fragen zu beantworten. Friedel ist viel mehr be-

eindruckt von der Art, wie sie redet, als von dem, was sie sagt. Er merkt ihr an, dass sie ganz fest an diese Sache glaubt und deshalb klar und überzeugend sein kann, auch wenn sie oft sagen muss: „Friedel, das weiß ich ehrlich gesagt auch nicht. Aber das lässt sich herausfinden!"
Und Friedel fordert sie wirklich intellektuell, er zieht alle Register:

„Wird denn ein Mensch, der nicht an Gott glaubt, aber seine Mitmenschen liebt und immer versucht, ein guter Mensch zu sein, trotzdem in der Hölle landen?"

„Was ist denn mit den ganzen Buddhisten, Moslems, anderen Religionen? Was ist mit denen, die nie eine Chance hatten, Christ zu werden? Was ist mit den Kindern, die vorher sterben, ehe sie mit Jesus in Kontakt kommen können?"

„Woher wissen denn die Christen, dass ihre Religion die einzig wahre ist? Das behaupten doch die anderen auch alle. Ist es nicht besser, jeder sucht sich die Religion, die zu ihm passt? Wenn er überhaupt eine braucht."

„Woher weiß ich denn, dass das stimmt, wenn dieser Volkhard behauptet, Gott hätte ihm dieses und jenes gesagt?"

„Wie kommt dieser Mann dazu, zu behaupten, jemand der raucht, könne kein Christ sein? Das ist doch anmaßend! Meine Eltern rauchen beide, und das nicht zu knapp. Und sie sind beide gläubige und gute Christen!"

Mitten in die Diskussion hinein platzt plötzlich ein älterer, schon ziemlich angetrunkener Herr, der mit seinem offenen, braunen Wollmantel geradewegs auf die beiden zusteuert. Er setzt sich auf die andere Seite der Bank und stellt sich auch gleich vor: „Gu'n Aamnd, geschtadden,

Fritze iss mein Name!" Sie kommen schnell ins Gespräch, denn Fritze ist äußerst gesprächig. Er erzählt ihnen, dass er bei Schering arbeitet und dass er wirklich ein guter Mensch sei. Friedel denkt: *Das hab ich nun von meinen ganzen Guter-Mensch-Fragen, jetzt haben wir einen direkt vor uns!* Zum Beweis, dass er wirklich ein guter Mensch ist, will er ihnen dauernd einen Zehner schenken, ständig fummelt er den Schein wieder aus seiner Tasche, aber Friedel und Uschko wollen kein Geld geschenkt bekommen. „Dann lassd euch wenichstenss ..." er stockt kurz und stößt einmal auf, „ick saach weeenichstenss ssum Schnasseln einladn, hier, trink 'n Schluck, mein Bessder!" Damit reicht er Friedel einen kleinen Flachmann, aber der lehnt dankend ab.

Fritze ist ganz verzweifelt, denn wie soll er ihnen „biddeschön" zeigen, was er, Fritze, vom Fließband bei Schering, für ein guter und ehrlicher Mensch ist? Er hat eine neue Idee, zählt ihnen auf, was sein neuer Mantel („Alless Kaschmir, verschdehd ihr, Kaschmir, fünfhundert Mark!") gekostet hat und will ihnen dauernd die Rechnung zeigen, aber aus seinen Hosentaschen kommt immer wieder nur der Zehnmarkschein zutage, den er ihnen so gerne schenken will: „Nehmt doch Kinners, ick will euch doch wat Jutet tun, nehmt doch ma 'n Jeschenk vom alten Fritze!"

Friedel und Uschko sind automatisch etwas dichter zusammen gerückt, als Fritze auftaucht und sich auf ihre Bank setzt. Er schüttelt den beiden die Hand, als er sich vorstellt („Fritze iss mein Name!") und merkt dabei sofort, wie kalt ihre Hände sind. Deshalb nimmt er Friedels Hände und legte sie um Uschkos Hände: „Nu mach ihr doch ma die Hände warm, dat Meechen iss ja kalt wie'n Eisklumpen!" Seitdem sitzen sie dicht aneinander gerückt auf der Bank und wärmen sich gegenseitig die Hände. Das ist schön. Friedel zittert zwar am ganzen Körper vor Kälte, aber er genießt es sehr, hier mit Uschko zu sitzen und Händchen zu halten. Auch die Unterhaltung mit Fritze ist eine willkommene Abwechslung zu der Religionsdebatte davor. Als hätte ein gnädiger Geist, welcher auch immer, ob heilig oder unheilig, diesen Arbeiter Fritze zu den beiden geschickt, um ihnen zu zeigen: Das Leben ist viel mehr als das, worüber ihr euch die Köpfe zerbrecht! Das Leben ist bunt und hart und schön zugleich, kalt und warm, unendlich traurig und komisch. Vor allem aber besteht das Leben nicht nur aus dem, was sich im Kopf abspielt, sondern vor allem aus Gefühlen!

Mehr als drei Stunden haben sie mit und ohne Fritze auf dem dezemberkalten U-Bahnhof verbracht, als sie sich endlich verabschieden: „Auf Wiedersssehn, Fritze iss mein Name!" An der nächsten Station, Wittenbergstraße, muss Friedel umsteigen, die durchgefrorene Uschko kann sitzen bleiben und weiterfahren bis Onkel Toms Hütte. Er steht mit seinem Cello draußen auf dem Bahnsteig als sich die Türen schließen und winkt. Er bereut, Uschko mit den Eishänden nicht fester und länger in den Arm genommen zu haben. Bei der Fahrt nach Tegel denkt er: *Komisch, da braucht es diesen Fritze, damit ich das Mädel mal spüre! Danke, Jesus - oder wer auch immer uns den geschickt hat!*

In den folgenden Wochen macht Friedel tief in der Nacht eine sehr persönliche Bekanntschaft mit Gott. Er wacht mitten aus einem Traum auf, der ihn in tiefe Grübelei versetzt über sein eigenes Leben. Er merkt, wie seine Gedanken immer intensiver und klarer werden, er richtet sich in seinem Bett auf, spürt die Anwesenheit eines Geistes, der ihn berührt und völlig ausfüllt, er spürt, wie Zeit und Raum eins werden, er spürt das Rauschen des Weltalls in seinem und um seinen Körper herum, innerlich breitet sich ein unendlicher Friede und ein nie gekanntes Glücksgefühl in ihm aus. Er spürt ein Stück der Ewigkeit. Er weiß am nächsten Morgen nicht, wie lange er dort in seinem Bett gesessen hat, ob Minuten oder Stunden. Aber er spürt noch den Frieden und das Glück dieser Begegnung und die Sehnsucht, dorthin zu gelangen, wo Zeit und Raum verschmelzen.

Seitdem bezeichnet er sich selbst als Christ und verändert sein Leben. Zwei- bis dreimal in der Woche fährt er zu den Jugendmeetings und Gottesdiensten am „Nolli". Er kann sich jetzt auf viele Dinge einlassen, die dort geschehen, registriert aber auch sehr deutlich, was er lieber nicht mitmachen möchte oder ganz anders sieht. Der zweite Prediger, Wolfgang Müller, bestätigt ihn darin, dass Glauben nicht heißt, seinen Verstand abzuschalten: „Wozu hat Gott uns denn den Verstand gegeben, wenn nicht dazu, ihn auch zu gebrauchen?" Die anderen Jesus People versuchen öfter, Friedel von seinen ewigen Fragen und Zweifeln abzubringen, aber er merkt sehr deutlich, dass er sich in vielem von ihnen unterscheidet. Die Gemeinschaft mit den anderen ist ihm wichtig, aber den entscheidenden Kontakt hat er zu Hause im stillen Kämmerlein im Gebet und in der Meditation.

Er beschäftigt sich mit den christlichen Mystikern, findet ein altes Buch von Meister Eckehart in den

Regalen seines Vaters, das er verschlingt. Erstaunt liest er vom göttlichen Funken in der Seele, dass Gott nirgends ist als dort: *Alles, was vergangen ist, und alles, was gegenwärtig ist, und alles, was zukünftig ist, das erschafft Gott im Innersten der Seele ...* Das passt wunderbar zu seinem nächtlichen Erlebnis, dort hat er diesen Funken gespürt. Friedel staunt über die kühnen und radikalen Gedanken Eckeharts und kann gar nicht mehr davon lassen: *In der Ewigkeit gibt es kein Vor und Nach. Darum, was vor tausend Jahren geschehen ist und nach tausend Jahren geschehen wird, das ist eins in der Ewigkeit. Auch dies ist für weise Leute eine Sache des Wissens und für grobsinnige eine Sache des Glaubens.* Wie bei Wolfgang Müllers Predigten fühlt er sich hier ernst genommen als denkender Mensch. *Alles, was du da über deinen Gott denkst und sagst, das bist du mehr selber als er ... Hätte ich einen Gott, den ich zu begreifen vermöchte, so wollte ich ihn niemals als meinen Gott erkennen ...*

Weiterhin ist Friedel äußerst skeptisch, wenn er am Nolli hört, was „der Herr" diesem und jenem aufgetragen habe. Er weiß nicht, was er davon halten soll, es ist nicht sein Weg. Auch hier bekommt er Rückendeckung von Meister Eckehart: *Es gibt der Weisen viele, die zur Vollkommenheit führen und nicht alle Menschen können nur einem Weg folgen ... denn die Menschen sind verschieden ... Gott aber, der nicht ein Zerstörer, sondern ein Vollender der Natur ist, will, dass einem jeden sein Rock nach eigenem Maß geschnitten werde, und so kommt es, dass der Rock, der dem einen passt, dem andern ganz und gar nicht sitzt.* Dies bewegt Friedel in seinem Herzen, es ermutigt ihn, seinen eigenen Weg zu suchen und auch über diese Suche mit anderen zu sprechen.

Mit seinem Vater hat er lange und gute Gespräche über den richtigen Weg zum Glauben, die ihn in dem unterstützen, was er innerlich spürt: Es gibt verschiedene Wege. Angenehm findet er, dass sein Vater, der evangelische Dorfpastor, nicht versucht, ihm seine Mitgliedschaft bei den Jesus People auszureden. Selbst, als er ihm mitteilt, dass er zu Pfingsten an der Massentaufe in der Havel teilnehmen wird, muss sein Vater zwar heftig schlucken, weil sein Sohn ja schon längst getauft ist, aber er lässt ihn gewähren. Seine Mutter kommt sogar einmal mit ihm zum Nolli, singt dort kräftig mit und erzählt ihm hinterher: „Viele von den Liedern kenne ich noch von früher von den Diakonissen im Paul-Gerhard-Stift, wo ich groß geworden bin und von der Zeltmission." Das kommt Friedel ganz merkwürdig vor. Das sind genau die Lieder, mit denen er nichts anfangen kann.

Uschko ist inzwischen fast völlig aus seinem Blickfeld verschwunden. Leider! Er sieht sie manchmal noch in den Jugendtreffs oder im One-Way-Haus in Lichterfelde, aber sie gehen anscheinend verschiedene Wege. Seit dem erfolgreichen Weihnachtskonzert gibt es keine gemeinsamen Proben in Zehlendorf mehr. In den ersten Wochen nach ihrem langen Gespräch auf dem U-Bahnhof Nollendorfplatz sucht er sie immer wieder bei den Meetings am Nolli, sieht sie aber nur selten oder im intensiven Gespräch mit anderen. Aber er lernt so viele neue Dinge und neue Leute am Nolli kennen und er ist damit so beschäftigt, dass sie ihm erst einmal über den scheinbaren Verlust von Uschko hinweghelfen. Als er dann einmal wirklich zehn Minuten mit ihr sprechen kann, erzählt sie ihm, wie froh sie ist, dass er seine Zweifel überwunden hat und den Sprung zum Nolli geschafft hat. Während des Gesprächs schleichen sich böse Gedanken in Friedels Hinterkopf: *Sie hat mich hierher gebracht, damit ist ihre Mission erfüllt. Jetzt kümmert sie sich um andere. Ich bin jetzt nicht mehr so wichtig. Das, was ich an Zuneigung bei ihr gespürt habe, war nicht Liebe, sondern die Zuneigung eines Jesus People, die dann endet, wenn der andere den richtigen Weg gefunden hat.*

Zu diesen bösen Gedanken passt, dass sie tatsächlich immer wieder mit anderen Leuten am Nolli auftaucht. Aber ihre freundliche und zugewandte Art widerspricht seinen Hintergedanken. Er spürt die Distanz zwischen Uschko und sich und hält wütende Zwiesprache mit sich: *Du schaffst diese Distanz selbst mit deinen ständigen Zweifeln. Du wartest wieder einmal ab, bis alles zu spät ist. Woher soll sie eigentlich wissen, dass du sie liebst? Ist sie Hellseherin? Hast du ihr das irgendwann einmal auch nur ansatzweise angedeutet? Nee! Glückwunsch! Wieder einmal Friedels Erfolgsrezept: Nichts sagen, nichts zeigen, abwarten und auf negative Zeichen warten, die bestätigen, dass das mit dir und dem Mädchen sowieso nichts wird ...* Und dann kommt aus der anderen Ecke des Hinterkopfs die Frage: *Aber liebst du sie denn wirklich? Oder war das einfach nur mal schön, zu merken, dass ein Mädchen dich interessant und nett findet?* Jetzt schaltet sich wieder die erste Stimme ein: *Na super! Auf diese Art wirst du auch nie wissen, ob du ein Mädchen nur nett findest, oder ob du sie liebst! Wenn du dich nie traust, mal etwas zu riskieren, wenn du ständig auf Abstand bleibst, dann wird das auch immer so weitergehen. Am Ende ist es dann völlig egal, ob du sie nur mochtest oder liebtest, weil sie davon eh nichts gemerkt hat.*

Nicht reden, tun!

In den folgenden Monaten wird Friedel immer klarer, dass der Nolli ihm wichtige Impulse gebracht hat, aber auf Dauer nicht seine spirituelle Heimat sein wird. Er genießt Konzerte mit christlichen Rockbands aus den USA, nimmt mit, was für ihn positiv ist, merkt aber immer häufiger, was ihn trennt. Richtig deutlich wird ihm das einmal, als er mit einer Jesus-Jüngerin unterwegs ist zu einem wichtigen Treffen. Sie kommen an einem Penner vorbei, der auf dem Bürgersteig liegt. Der erste Impuls: *Was ist denn mit dem los?* Der zweite Impuls, schon etliche Schritte weiter: *Dem kann man nicht helfen, der ist nur besoffen!* Seine Begleiterin bleibt stehen und sagt: „Wir müssen für ihn beten!" Da rastet Friedel aus: „Ach ja? Wir latschen an ihm vorbei, zu feige, um nachzusehen, was mit ihm los ist, und jetzt stellen wir uns in den Hauseingang und beten? Nee du, ich geh jetzt zurück und schau nach ihm!" Als sie zu dem Mann kommen, stehen schon andere Leute um ihn herum, haben ihn hochgezogen und sprechen mit ihm. Friedel wird rot vor Scham und zischt: „Guck mal, die beten nicht, die tun was!"

Seine Besuche am Nolli nehmen ab, stattdessen fährt er jetzt öfter nach Spandau, dort haben zwei sehr sympathische Jesus People, Danny und Lena, eine „Zweigstelle" aufgemacht. Friedel findet es spannend, dabei zu sein, wie ein neuer Kreis entsteht. Es bildet sich eine kleine Spandauer Gemeinschaft und Friedel lernt dort Claudia kennen, sie ist jünger als er, schmal, kurze Haare, kess und sehr direkt. Sie macht Friedel unmissverständlich klar, dass sie ihn nett findet und besucht ihn zu Hause in

Heiligensee. Der Dreizehner-Bus fährt praktischerweise direkt von Spandau nach Heiligensee, es dauert zwar fast eine Stunde, aber man braucht nicht umzusteigen. Claudia schmeißt ihren Parka über den Schreibtischstuhl. Sie riecht nach Tabak, intensiv übertönt durch Patchouli, das er eigentlich gerne riecht, aber heute hat sie es ein bisschen übertrieben. Sie setzt sich aufs Bett, Sessel gibt es nicht in Friedels Zimmer. Friedel ist verlegen und weiß nicht recht, was er sagen soll. Also stellt er Fragen. Sie erzählt, dass sie nächstes Jahr ihren Hauptschulabschluss macht und Stress mit ihrer Familie hat, Gewalt, Schreierei, Streit Tag und Nacht. Friedel ist schockiert, auch über die laxe Art, wie sie das berichtet, als ob sie gar nichts damit zu tun hat. Er weiß nicht so recht, wie er reagieren soll und während er noch darüber nachgrübelt, ist sie schon bei einem anderen Thema.

Friedel merkt schnell, dass Claudia nicht besonders interessiert an tiefgründigen Gesprächen ist, auch nicht an religiösen Themen. Claudias Hand landet öfter mal mehr oder weniger zufällig in Friedels Nähe, er bekommt Herzklopfen und merkt: *Jetzt wird es ernst!* Sie merkt, wie er stockt und zögert, lehnt sich auf seinem Bett zurück, räkelt sich in sein Kopfkissen, schaut ihn an und grinst: „Na Friedel, wat is? Ick bin doch wohl nich zum Quatschen herjekommen, oder?"

Friedel wird knallrot, sein Herz rast, ihm bricht der Schweiß aus, er muss erst mal raus: „Soll ich dir was zu trinken mitbringen?"

„Na, wenn de meenst! Ick jeh so lange ma an't Fenster, eene roochen!"

Als er mit zwei großen Gläsern Tritop mit Strohhalm hochkommt, steht sie am offenen Fenster und schaut auf

Garten und See. Er stellt sich neben sie. „Voll krass, dit jehört allet euch, der Riesenjarten mit See?"

„Nee, wir wohnen hier nur zur Miete. Das ganze Grundstück gehört der Kirche!"

„Kann man da hinten baden?"

„Ja klar. Willste?"

„Ick hab doch nischt dabei!"

„Macht doch nichts!"

Sie kneift ihn lachend in die Seite: „Dit hättste jerne, wa? Vor all die Leute! Verjiss et!"

„Ich kann dir was besorgen von meiner Schwester!"

„Nee, lass ma jut sein, 'n ander Mal vielleicht."

Friedel ist zwiegespalten. Es gefällt ihm, hier neben ihr am Fenster zu stehen und Witzchen zu machen. Er weiß, dass sie sich das Ganze anders vorgestellt hat, aber das blockiert ihn völlig. Es geht ihm zu schnell. Die Stimme in seinem Hinterkopf meldet sich wieder: *Du Dussel, du musst deine Chancen nutzen! Lass dir was einfallen! Hinterher kiekste wieder blöd aus der Wäsche und jammerst!* Prompt hält die andere Stimme dagegen: *Die ist viel zu jung für dich! Außerdem habt ihr euch beim Jugendmeeting kennen gelernt, das ist doch keine Kontaktbörse! Es geht doch schließlich um Jesus, nicht um die Befriedigung irgendwelcher Gelüste!*

Claudia hat ihren kurzen Strubbelkopf an seine Schulter und ihren Arm um seine Taille gelegt. „Du denkst immer so viel, Friedel, ick seh dit richtich, wie et in deinem Kopf qualmt! Det is nich jesund, gloob's mir!"

Er lehnt seinen Kopf an ihren, riecht die aufregende Mischung aus Mädchen, Selbstgedrehten und Patchouli und denkt: *Das geht gar nicht, Tabak und Patchouli!* Er sagt: „Ich weiß, aber ich kann es leider nicht ändern!"

Sie schaut hoch zu ihm, macht einen Kussmund und fragt: „Magst du mich nicht?"

„Doch, ich mag dich!"

Er gibt ihr einen zarten Kuss, aber sie hält ihn fest mit dem Mund, knabbert an seinen Lippen und ist plötzlich mit ihrer Zunge in seinem Mund. Die fühlt sich glitschig an und schmeckt nach Tritop und Zigarette. Claudia klappt den Mund wieder zu, schaut ihn ratlos an und fragt: „Kennst du keenen Zungenkuss?"

Er schüttelt den Kopf. Sie schaut ungläubig: „Du bist noch Jungfrau, wa?" Er nickt unwillkürlich, obwohl er auf so eine Frage eigentlich nicht antworten möchte, schon gar nicht einem zwei oder drei Jahre jüngeren Mädchen. Sie grinst: „Dit is ja süß!" Sie saugt sich mit ihrem Mund an seinem Hals fest und sagt dann: „Hier, haste 'n kleenet Andenken an mich, damit de mir nich verjisst!"

Friedel ist jetzt völlig verwirrt, sie sieht, dass hier nicht mehr viel zu holen ist und sagt: „Spiel mir noch wat auf der Jitarre vor!" Er ist erleichtert, mit der Gitarre in der Hand befindet er sich wieder auf sicherem Terrain. Sie hört sich ein paar von seinen Donovan-Liedern an, kennt aber nichts davon, so dass er schließlich zwei der schöneren Lieder aus dem Jugendmeeting spielt, da kann sie wenigstens mitsingen. Die Stimme in seinem Hinterkopf sagt hämisch: *Na bitte, jetzt ist doch alles in Ordnung, ihr singt zusammen fromme Lieder, Glückwunsch!*

Danach muss Claudia gehen, schnappt sich ihren Parka, gibt Friedel einen dicken, feuchten, finalen Schmatzer ohne Betäubung und stürmt die Treppe hinunter. Er rennt hinterher, begleitet sie noch zur Bushaltestelle, winkt und ist irgendwie erleichtert, dass er erst einmal allein ist. Die Nachbarin lehnt aus dem Fenster und sagt zu ihm: „Na Friedel, da haste aber 'n janz flottet Meechen erwischt!" Er weiß nicht recht, wie er diesen Kommentar deuten soll, murmelt irgendetwas Unverständliches vor sich hin und trabt weiter nach Hause. Im Badezimmerspiegel sieht er die Bescherung: An seinem Hals prangt ein knallvioletter Fleck. Peinlich! Er holt sich aus der Garderobe einen Schal und wickelt ihn um den Hals. Oma, die gerade aus der Küche kommt, guckt mitfühlend und fragt: „Kriegst du Halsschmerzen?" Friedel murmelt wieder etwas vor sich hin. Die Stimme in seinem Kopf sagt: *Du sollst nicht lügen!* Die andere Stimme sofort hinterher: *Er hat doch gar nichts gesagt!* Beim nächsten Jugendmeeting in Spandau ist Claudia nicht da, auch am Nolli taucht sie nicht mehr auf. Danny, Lena und die anderen wissen auch nicht, wo sie steckt. Friedel weiß weder ihre Telefonnummer, noch, wo sie wohnt.

Er stürzt sich in sein neues Projekt: Er hat sich vorgenommen, weniger zu reden, aber mehr zu tun und besucht jetzt wöchentlich eine Gruppe im Kinderheim der Diakonie, manchmal nimmt er seine Gitarre mit und singt mit ihnen Kinderlieder, oder er nimmt ein paar von ihnen mit zu Abenteuer-Spaziergängen im Wald. Einer der Jungs, Michael, ist sehr anhänglich. Er beschließt, Michael mal mit nach Hause zu bringen. Zusammen baden sie im Heiligensee, toben auf der großen Wiese, schaukeln, fahren im roten Ruderboot. Friedel zeigt Michael sein Zimmer. Der interessiert sich für alles, was dort steht und liegt, muss alles anfassen, überall nachfragen: „Ist das deins?" Besonders hat es ihm Friedels

Feuerzeug angetan, mit dem er immer die Kerze anzündet. Als Friedel ihn ins Heim zurückbringen will, ist das Feuerzeug weg.

Mist! Er hat noch die Stimme des Erziehers im Ohr: „Pass bitte gut auf, dass er nichts mitnimmt, besonders kein Feuerzeug. Er zündelt gerne und hat uns hier schon mal fast die ganze Bude abgefackelt!" Was soll er jetzt machen? Er versucht es auf die freundliche Tour: „Hör mal Michael, ich weiß, dass du Feuerzeuge spannend findest, aber du darfst das nicht mitnehmen! Ich kriege richtig Ärger, wenn du dort mit einem Feuerzeug auftauchst!" Michael guckt ihn mit seinem blonden Haarschopf, der Stupsnase mit den Sommersprossen und den treublauen Augen an: „Ich hab das nicht genommen! Immer sagen alle, dass ich was mitnehme, das ist gemein!" Friedel kommt ins Schwanken. Hat er es wirklich nicht? Wenn er ihn zu Unrecht verdächtigt, ist die Beziehung kaputt. Er schaut noch einmal überall und fragt: „Wo hast du es denn hingelegt, als du es eben in der Hand gehabt hast?"

„Ich hab es wieder zurückgelegt, ganz bestimmt!"

„Aber hier liegt es nicht!"

„Ist vielleicht runtergefallen!"

Nein, auch unter dem Bett, unter dem Schreibtisch und unter der Heizung ist kein Feuerzeug. Verflixt! Er versucht es noch einmal:

„Ist es dir vielleicht aus Versehen in die Hosentasche gerutscht?"

„Nee, kannste gucken!"

Friedel denkt: *Wenn er das anbietet, ist es da schon mal nicht. Und ich mach doch jetzt keine Leibesvisitation!* Als er mit ihm im Kinderheim ankommt, sagt er leise dem

Erzieher Bescheid. Der sagt: „Michael, hast du eigentlich kein Taschentuch in deiner Hosentasche? Du schniefst ja wie ein Walross!" Dabei greift er ihm schnell in beide Hosentaschen und zieht nicht nur das Feuerzeug, sondern auch ein kleines, silbernes Kettchen mit einem Kreuz hervor, das bei Friedel auf dem Regal gelegen hatte. Er sagt: „Ach, was haben wir denn da? Das hast du bestimmt vergessen, zurückzugeben, nicht wahr?" Als er Friedel die Sachen überreicht, guckt ihn Michael mit einem seltsamen Blick an, der Friedel durch und durch geht. Friedel spürt diese Mischung aus Trotz und Verachtung, steht da wie ein begossener Pudel, fühlt sich wie ein Verräter und weiß: *Das war's!*

In den folgenden Wochen werden seine Besuche im Kinderheim seltener, dafür lernt er Matzel kennen, einen Spastiker, der in Tegel bei seinen schon ziemlich alten Eltern wohnt. Matzel ist einige Jahre älter als Friedel, wirkt aber noch sehr behütet und kindlich, klar, er kommt ja selten raus und unter junge Leute. Er kann gehen, auch wenn es immer so aussieht, als würde er gleich irgendwo gegenstoßen oder einknicken. Seine Arme machen dazu rudernde und unkontrollierte Bewegungen. Am Anfang muss sich Friedel sehr konzentrieren, um ihn zu verstehen, wenn er spricht, aber mit der Zeit gelingt es ihm besser, die oft etwas abgehackt herausgestoßenen Silben in seinem Kopf zu sinnvollen Worten zusammenzufügen.

Mutter Anna hatte über ihre vielen Kontakte – sie kennt Gott und die Welt - von dem spastisch gelähmten Jungen gehört, der einen Partner zum Schachspielen sucht und die Information gleich an Friedel weitergegeben. Friedel hatte sich erst einmal bei ihr erkundigt, was denn Spastiker überhaupt sind. Seine Mutter hatte es ihm erklärt und ihm angeboten: „Ich fahr dich da mal ganz unverbindlich hin, dann könnt ihr gucken, ob ihr beiden was miteinander anfangen könnt. Ich gehe so lange in Tegel einkaufen und hol dich dann wieder ab. Wenn du willst, natürlich." Friedels Herz klopfte, aber er gab sich einen Ruck und wollte.

Bei ihrem ersten Treffen in der Wohnung der Eltern lässt sich Friedel erst einmal das Zimmer zeigen, dann spielen sie Schach. Matzel gewinnt, Friedel staunt, wie strategisch er denken kann und wie geschickt er die Figuren zieht. Als er ihn bei der Begrüßung zum ersten Mal in Aktion gesehen hat, hat er nicht daran geglaubt, dass er mit seinen unkontrollierten, zuckenden Armbewegungen eine Spielfigur auf dem Schachbrett versetzen kann, ohne dabei das ganze Spielfeld abzuräumen. Aber erstaunlicherweise klappt es – nicht immer, aber meistens. Nur wenn die Figuren sehr dicht nebeneinander stehen, lässt Matzel Friedel für sich ziehen. Auch die Revanche verliert Friedel, dann ist Mutter Anna schon wieder da und holt ihn ab. Friedel verspricht, wieder zu kommen.

Matzel hat Schach mit seinem Vater trainiert und kennt alle möglichen Kniffe und Tricks. Während Friedel immer lange überlegen muss, geht es bei ihm meistens schnell. Manchmal ist er zu hastig, besonders dann, wenn er siegesgewiss ist. So hat Friedel auch mal eine Gewinnchance. Zwischendurch kommt Matzels Mutter herein, bringt Tee oder Saft und Schnittchen oder Knabberzeug. Manchmal geht Friedel auch mit ihm am Tegeler See oder im Schlosspark spazieren, Matzel genießt es, mal ohne Eltern unterwegs zu sein. Meistens hält Friedel ihn an einer Seite an der Hand, aber manchmal steuert er auch alleine auf ein Ziel zu, die Schwäne am Ufer, die Eisbude oder auf Passanten. Matzel nennt es „Leute erschrecken" und amüsiert sich köstlich, wie bei Spaziergängern die helle Panik ausbricht, wenn er mit rudernden Armen und schlackernden Beinen auf erschrockene Leute zustolpert.

Er hat einen ausgeprägten Sinn für Humor und kann sich selbst und seine Wirkung auf nichtsahnende Passanten ganz gut einschätzen. Er weiß sehr wohl, dass die meisten Leute denken, er sei geistig behindert, weil er so komische Bewegungen macht und stockend und undeutlich spricht. Er setzt alles daran, dass sie merken, dass er im Kopf völlig in Ordnung ist und genießt ihr Erstaunen darüber. Was er vermisst, spricht er offen an: den „normalen" Kontakt zu Menschen seines Alters, besonders auch zu Mädchen. Friedel ahnt: Das wird schwierig! Er ertappt sich bei den ersten Spaziergängen noch dabei, wie er zusammenzuckt, wenn ein Bekannter auftaucht: *Hat der mich jetzt erkannt?* Aber wie immer ist da ja die zweite Stimme in seinem Kopf, die kontert: *Ja und? Was genau ist jetzt dabei, dass der dich hier mit Matzel sieht? Dass er sich wundert? Soll er sich doch wundern! Und wenn er sich traut, soll er kommen und mal einen Spastiker kennen lernen ...*

Die zweite Stimme übernimmt schnell die Oberhand und Friedel gewinnt an Sicherheit und Souveränität, wenn er mit Matzel in der Öffentlichkeit auftritt. Er lädt ihn auch zu sich nach Hause ein, dort erobert Matzel mit seinem offensiven Charme und jungenhaften Witz die Herzen der Familienmitglieder im Nu. Der Einzige in Heiligensee, der Matzel nicht mag, ist der schwarze Höllenhund Blacky, aber das ist nichts Außergewöhnliches. Blacky mag bis auf Mutter Anna, die ihn versorgt, ausführt und pflegt, eigentlich keinen Menschen und schon gar nicht Männer.

Bea hat ihn eines Tages mitgebracht, ein verfilztes, vernachlässigtes Elendsbündel, das erst einmal in der Badewanne gereinigt und danach gestriegelt und gefüttert wurde. Mutter Annas Mitleid verwandelte sich schnell in Liebe, diesen Hund wollte sie nicht mehr hergeben, auch wenn er völlig psychotisch war. Die Einwände der Familie, dieser Hund müsste doch erst einmal erzogen werden, wischt sie beiseite: „Der hat schon so viel durchgemacht in seinem Hundeleben, den kann man nicht mehr erziehen!"

Blacky dankt ihr diese Liebe durch bedingungslose Treue. Für ihn gibt es nur die Eine, Mutter Anna, und die wird mit Zähnen und Klauen verteidigt. Von seinem Eckplatz im Hausflur bellt und knurrt er jeden anderen an, der vorbeigeht, egal ob Besucher oder Familienmitglied. Wenn es klingelt, wird er zur Bestie. Sein Lieblingsfeind ist der Briefträger. Seitdem der schwarze Köter einmal durch die angelehnte Haustür nach draußen gerast ist und dem völlig verdatterten Briefträger ins Bein geschnappt hat, bringt der die Post nicht mehr aufs Grundstück. Gassi gehen klappt nur mit Mutter Anna, alle anderen knurrt er nur an und entsprechend hat auch bald keiner mehr Lust, sich mit ihm abzugeben, selbst Bine, die sich immer einen Hund gewünscht hatte, verzweifelt oft an diesem Tier.

Wenn Mutter Anna ohne ihn weggeht, wird er depressiv und winselt den anderen die Ohren voll. Einmal ist sie nach dem üblichen Abschiedsritual („Schön brav bleiben, feiner Hund, Frauchen kommt g l e i c h wieder!") erst gegenüber zum Kindergarten, anschließend zum Hinterausgang wieder hinausgegangen und dann mit dem Auto zum Einkaufen nach Tegel gefahren. Als jemand durch die Haustür hineinkommt, flitzt Blacky wie ein geölter Blitz an ihm vorbei ins Freie, schnuppert kurz, um die Spur aufzunehmen und setzt sich dann mitten vor die Eingangstür des Kindergartens. Dort wartet er auf sein Frauchen, jault erbärmlich, lässt niemanden hinein oder hinaus, so dass alle Kinder und Eltern durch den Hintereingang gehen müssen. Vater wird gerufen und kommt mit der Leine, wird aber nur mit gefletschten Zähnen aggressiv angeknurrt und kann nichts ausrichten. Auch Bine schafft es nicht, den Hund dort wegzubekommen, weder mit netten Worten noch einem Stückchen Wurst. Blacky verlässt seinen Posten erst freudig schwanzwedelnd, als Mutter Anna zwei Stunden später mit dem Auto zurückkommt.

Vater und Friedel machen sich oft einen Spaß daraus, Blacky zu ärgern. Sie gehen extra dicht an seinem Eckchen im Flur vorbei, so dass er anfängt zu knurren. Dann gehen sie in die Hocke, schauen ihm tief in die blutunterlaufenen roten Höllenaugen, was er überhaupt nicht leiden kann, und sprechen mit ihm: „Feines Hundchen, schön brav sein, Frauchen kommt g l e i c h wieder!" Spätestens jetzt bellt Blacky wie besessen, schnappt in die Luft und fletscht seine Zähne. Wenn Matzel hereinstolpert und die Treppe zu Friedels Zimmer hochstampft, dreht Blacky völlig durch. Matzel lacht darüber und ruft dem wild hin und her springenden, wütend bellenden und in die Luft schnappenden schwarzen Ungeheuer zu: „Schön brav sein, Blacky!"

Neue Kreise

Friedels Besuche in Spandau und bei den Jesus People am Nolli werden immer seltener. Uschko ist in festen Händen und hat sich verlobt. Claudia ist völlig abgetaucht. Friedels Schwester Bine dagegen ist jetzt regelmäßige Besucherin am Nolli. Friedel hat sie irgendwann einmal mitgenommen und sie hat sich dort mit dem Jesus-People-Virus infiziert. Seine Beziehung zu Bine ist seitdem intensiver geworden. Sie führen lange Gespräche über Gott und ihre eigene kleine Welt, über die Familie und ihre Geschichte, über das, was sie vom Leben erwarten. Friedel hat jetzt mehr Verständnis für seine kleine Schwester, bewundert ihre Begeisterungsfähigkeit und Beharrlichkeit, wenn es um die „richtige" Sache geht, aber auch ihren unerschütterlichen Optimismus, dass alles gut wird. Friedel ist oft eher ein Zweifler und Zögerer, da tut ihm so ein kleiner Sonnenschein an seiner Seite ganz gut.

Auch mit seinem Vater führt Friedel lange Gespräche und wird von ihm als Diskussionspartner und Ratgeber geschätzt, auch und besonders in theologischen Fragen. Das macht Friedel stolz und glücklich, er ist endgültig nicht mehr das kleine „Männlein", sondern auf dem besten Weg, ein Mann zu werden. Der Vater erzählt ihm, dass er selbst als junger Mann auch eine religiöse Sturm-und-Drang-Phase hatte, in der ihm die Rituale der Landeskirche hohl und abgegriffen erschienen und er sich zu den freikirchlichen Gemeinschaften mit ihrem einfachen und direkten Glauben hingezogen fühlte. „Kirche braucht Erneuerung, immer wieder, sonst stirbt sie ab! Das hören viele nicht gerne, besonders hier im beschaulichen Dorf mit seinen jahrhundertealten Traditionen. Ich achte und respektiere die Traditionen, bin gerne Dorfpfarrer und fühle mich hier in Heiligensee geborgen und gut aufgehoben. Aber wenn Glaube nur noch Tradition ist, dann ist er tot. Ich bin sehr froh, dass du auf der Suche nach Formen des Glaubens bist, die zu dir passen und unterstütze dich bei allem, was du vorhast!"

Friedel hat in der Tat etwas vor. Er hat in der Schule Gleichgesinnte gefunden, die auch auf der Suche nach neuen und angemessenen Formen des Glaubens sind: Christiane aus seiner Klasse, Roland, Petra und Eva aus der Klassenstufe darüber. Gemeinsam treffen sie sich, diskutieren, singen, tauschen ihre Erfahrungen aus und machen Pläne. Sie wollen einen eigenen Jugendgottesdienst durchführen. Wo? In der Heiligenseer Dorfkirche. Friedels Vater hat ihnen ja Unterstützung versprochen, auch der andere Pfarrer lässt ihnen freie Hand. Zusammen probieren sie geeignete Lieder aus, es gibt viele schöne, neue Lieder, überall werden Beat-, Jugendmessen und -gottesdienste durchgeführt. Evangelisch – katholisch? Völlig egal, in evangelischen Jugendgottesdiensten werden mit Inbrunst die Lieder des Kirchenmusikers Piet Janssens aus dem katholischen Münsterland gesungen, in katholischen Beatmessen die Lieder der evangelischen Kollegen. Es ist die Blütezeit der Ökumene, zusammen wird Abendmahl gefeiert, Brot und Wein werden herumgereicht, die öffentlich geäußerten Bedenken einiger Bischöfe gegen „Verweltlichung" und „Verwässerung des Glaubens" einfach ignoriert.

Der Jugendgottesdienst in der Heiligenseer Dorfkirche wird akribisch vorbereitet, plakatiert und mit Spannung erwartet. Werden überhaupt genug Besucher kommen? Haben sie sich mit der Organisation, völlig ohne professionelle Hilfe, nicht übernommen? Die Spannung steigt bis Samstagabend. Die kleine Kirche ist voll, viele Jugendliche und junge Leute sind dabei, die sonst nicht oder nur selten in einer Kirche auftauchen. Die Lieder werden von Friedel und Roland angeleitet und mit Gitarren begleitet, die Texte und Gebete sind in normaler Alltagssprache verfasst und scheinen die Besucher zu erreichen. Christiane, Eva und Petra wechseln sich beim Sprechen ab. Hinterher bleiben viele Besucher noch in der Kirche und wollen mit den Initiatoren sprechen. Viele loben die lockere und offene Form ohne Schnörkel, Talar, Orgel, Gesangbuch, Predigt und wünschen sich eine Wiederholung. Manche bieten ihre Mitarbeit an. Daraus entsteht eine neue Organisationsform: Ein Gesprächskreis, der sich jede Woche einmal reihum bei einem von ihnen zu Hause trifft und darum „Hauskreis" genannt wird.

Im Leistungskurs Deutsch hat Friedel sein Lieblingsbuch gefunden: „Der Fänger im Roggen" von Salinger, die ungeschminkte Innenansicht eines Teenagers auf der verzweifelten Suche nach dem Sinn. Der lakonische, schnörkellose Erzählstil begeistert ihn. Er besorgt sich andere Bücher von Salinger, viel gibt es ja nicht, und er entdeckt in „Franny und Zooey" sein Thema: Die religiöse Suche. Die Hauptfigur Franny ist völlig verwirrt, spricht Tag und Nacht eine Art Mantra und sucht nach Erlösung, bis ihr großer Bruder Zooey nicht länger mitansehen kann, wie sie sich quält:

„Eins will ich dir sagen, Franny. ... Wenn es dich nach einem religiösen Leben verlangt, dann musst du endlich begreifen, dass du jede, aber auch jede religiöse Handlung übersiehst, die sich in diesem Haus abspielt. Du hast nicht einmal Einsicht genug, zu trinken, wenn jemand dir eine Tasse voll konsekrierter Hühnerbrühe bringt ... Und wenn du ausziehen und die ganze Welt nach einem Meister absuchen würdest – irgend einem Guru oder einem Heiligen, der dir sagen soll, wie du das verdammte Jesus-Gebet richtig sprechen musst, was würde dir das nützen? Verdammt, wie willst du eigentlich einen echten Heiligen erkennen ... wenn du nicht fähig bist, eine Tasse konsekrierter Hühnerbrühe zu erkennen, wenn sie vor deiner Nase steht?"

Der Bruder erzählt seiner Schwester ein Erlebnis aus der Kindheit, als sie noch gemeinsam mit ihrem ältesten Bruder Seymour in der Radiosendung „Das kluge Kind" auftraten:

„Ich war wütend. Ich sagte zu Seymour, das Publikum im Studio bestehe aus lauter Schwachköpfen ... verflucht, ich dächte nicht daran, mir für die die Schuhe zu putzen ... Er sagte, ich solle sie trotzdem putzen. Er sagte, ich solle sie für die Dicke Frau putzen ... Er hat mir nie gesagt, wer die Dicke Frau ist, aber jedes Mal, wenn ich wieder zum Rundfunk ging, putzte ich mir die Schuhe für die Dicke Frau ... und so entstand in meinem Gehirn eine schrecklich klare Vorstellung von der Dicken Frau ... Sie schlug mit der Klatsche nach den Fliegen und hatte von früh bis spät in die Nacht das Radio auf volle Lautstärke gedreht. Ich stellte mir vor, wie schrecklich die Hitze war, und sie hatte wahrscheinlich Krebs, und – ich weiß nicht, was. Jedenfalls erschien es mir vollkommen klar, warum Seymour darauf bestand, dass ich mir vor jeder Sendung die Schuhe putzte. Es hatte Sinn ... Aber ich werde dir ein schreckliches Geheimnis erzählen – hörst du mir zu? Da unten sitzt keiner, der n i c h t Seymours Dicke Frau wäre. Und das

schließt deinen Professor Tupper ein, Mädchen. Und Dutzende von seinen blöden Vettern. Es gibt nirgendwo irgendeinen, der nicht Seymours Dicke Frau wäre. Weißt du das nicht? Kennst du dieses verdammte Geheimnis noch nicht? Und weißt du nicht - jetzt pass gut auf - weißt du nicht, wer diese Dicke Frau in Wirklichkeit ist? ... Es ist Christus selber ..."

Diese Erkenntnis bringt Friedel endgültig herunter von religiösen Schwärmereien, erdet ihn und macht ihn glücklich. Er hat es schon immer gewusst, auch bei Meister Eckehardt hat er es gelesen, hier erfährt er es noch einmal schwarz auf weiß: Gott zeigt sich den Menschen in Menschengestalt. Gott findet man nicht irgendwo oben, sondern im ganz normalen Alltag, in jedem Menschen, in den kleinen Dingen. Und er lernt nebenbei, dass es keinen Grund gibt, sich als etwas Besseres zu fühlen, weil man schlauer, schöner, gebildeter oder was auch immer ist. Die Dicke Frau ist überall und es gibt keinen Grund, auf sie herabzusehen.

Mit der Clique vom Hauskreis diskutieren sie diese Dinge ausgiebig und leidenschaftlich. Was bedeutet Glaube im täglichen Leben? Durch den Jugendgottesdienst sind neue Leute dazugekommen, die nicht das Gymnasium besuchen: Der Dachdeckergeselle Jürgen und seine Verlobte Sabrina, die gerade den Realschulabschluss macht. Das zwingt die anderen dazu, nicht abzuheben und klar und verständlich zu formulieren, was sie denken. Auch Matzel ist inzwischen dabei, er wird von seinem Vater mit dem Auto gebracht und auch wieder abgeholt. Gemeinsam unternehmen sie kleine Ausflüge mit Übernachtung und kommen sich auch menschlich näher.

Zwischen Eva und Friedel knistert es. Friedel findet Eva sehr nett, sie ist inzwischen der Motor des Hauskreises, organisiert viel, hat gute Ideen, singt mit ihm zusammen. Aber bei Berührungen zieht sich Friedel zurück. Er ist nicht verliebt, sehnt sich zwar nach Körperkontakt, weiß aber nicht, ob sie die richtige ist. Er weicht aus, hat endlos viele Gespräche mit Eva, die ihm Zeit lässt, ihn nicht bedrängen will, aber fest davon überzeugt ist, dass sie füreinander bestimmt sind. Friedel weiß nicht, was er davon halten soll. Er freut sich über Evas Zuneigung, er rechnet es ihr hoch an, dass sie ihn nicht bedrängt und immer wieder versucht, ihn zu verstehen, wenn er ausweicht und sich zurückzieht. Er ist gerne mit ihr zusammen, sie haben viele gemeinsame Interessen, Vorlieben und Ansichten. Ist er einfach nur verklemmt und noch nicht bereit für eine Beziehung?

Seine innere Stimme meldet sich: *Das ist doch wieder mal typisch. Kaum ist ein Mädchen in Sicht, das du haben könntest, machst du einen Rückzieher. Wartest auf die perfekte Frau. Da kannst du aber lange warten, bis du alt und grau bist!*

Prompt antwortet die andere Stimme: *Verlass dich auf dein Gefühl, Friedel. Liebe ist ein Gefühl, keine Verstandessache. Wenn du nicht mit Haut und Haaren verliebt bist, wenn sie dich nicht umhaut, ihr Aussehen, ihr Duft, ihre Stimme und alles - lass die Finger davon! Du tust i h r damit keinen Gefallen und dir selbst erst recht nicht!*

Ach nee, schalten wir jetzt den Verstand komplett ab, ja? Meinst du etwa, so hätte dein Vater eine Frau gefunden, wenn er nur auf seine Gefühle geachtet hätte? Gefühle verschwinden auch wieder und dann zeigt es sich, ob eine Beziehung Substanz hat oder nur auf Gefühlen beruht. Liebe kann und muss man auch lernen. Gott hat dir deinen Verstand nicht gegeben, damit du ihn abschaltest!

Gott hat dir aber auch deine Gefühle nicht gegeben, damit du sie abschaltest! Wenn du so alt bist wie dein Vater, kannst du immer noch Frauen mit deinem Verstand aussuchen, wenn du deinen Gefühlen nicht mehr traust oder so alt und hässlich bist, dass dich keine Frau mehr haben will! Aber jetzt bist du jung und hast jedes Recht dazu, dich richtig Hals über Kopf zu verlieben, statt komische Kompromisse einzugehen! Du weißt es doch eigentlich ganz genau, bist aber zu feige, es auszusprechen: Du magst dieses Mädchen, aber du liebst sie nicht!

Die „komischen Kompromisse" bestehen darin, dass Eva und Friedel eine „kleine" Beziehung „auf Zeit" pflegen wollen – bis zum Frühjahr, wenn Friedel sein Abitur in der Tasche hat und nach Westdeutschland geht, um dort zu studieren. Dies gibt Friedel die Möglichkeit, sich etwas zu entkrampfen, Berührungen, Umarmungen, Küsse zuzulassen, auch wenn er nicht weiß, ob Eva die Richtige für ihn ist. Sie führen eine Beziehung „auf Probe". Dabei kommt auch viel Alltag mit ins Spiel, er lernt ihre Familie kennen, den übermächtigen Patriarchenvater und die kleine, unzufriedene, migränegeplagte Mutter, die zu Hause sitzt, während ihr Mann in der Welt herumkutschiert, alles managt und sein großes Netzwerk von Kontakten pflegt. Friedel versteht, warum Eva so geworden ist, wie sie ist: Eine perfekte Managerin, immer aktiv und bereit, die Welt zu retten. Sie hasst es, wenn ihr Vater ihr dauernd in ihre Pläne herein redet und alles besser weiß. Aber sie will nie so enden wie ihre Mutter, als Muttchen, das zu Hause auf ihren Mann wartet und ihm das Essen serviert.

Je länger sie diese Beziehung auf Probe ausprobieren, desto öfter wird klar, dass sie nicht funktionieren kann. Friedel ist von Evas Aktionismus genervt, Eva merkt oft erst zu spät, wenn sie Friedel wieder einmal mit ihren Plänen überrumpelt hat. Friedel versucht dagegen mühsam zu lernen, auch einmal „Nein" zu sagen statt mit mürrischem Blick und verschränkten Armen Aktionen mitzumachen, die er eigentlich nicht will. Am schlimmsten ist ihre Frage: „Was denkst du denn gerade?" In diesem Augenblick kommt es ihm vor, als sei seine gesamte Hirnmasse wie durch einen riesigen Trichter fortgesogen. Er weiß keine Antwort, in seinem Kopf ist gähnende Leere und er antwortet ihr: „Nichts!" oder: „Ich weiß auch nicht!" Das kann Eva natürlich nicht glauben und akzeptieren, dass er „nichts" denkt.

Im Grunde sind es diese Stimmen in seinem Kopf, die sich streiten. Die ernsthaften, immer wiederkehrenden Zweifel, ob Eva die Richtige für ihn ist. Aber je länger ihre seltsame Beziehung auf Zeit andauert, desto schwerer fällt es ihm, zuzugeben: „Ich weiß nicht genau, ob ich diese Beziehung überhaupt will!" Oft ist er trotzig, interessiert sich brennend für die Dinge, die Eva nicht interessieren und lehnt Vorschläge von ihr ab, argumentiert dagegen, um sich selbst zu spüren. Auch seine Haut wird rebellisch. Er bekommt ein nerviges Ekzem, erst in den Armbeugen, dann an den Fingern, schließlich auf der Kopfhaut, das ihn wahnsinnig macht. Vom Dorfarzt bis zur Hautambulanz führt sein Weg durch die Arztpraxen, hier lässt er sich im kalten Licht von Neonlampen begutachten und ist am Ende so ratlos wie die Ärzte. Abgesehen von Rezepten für immer neue Salben und Cremes, die alle nicht auf Dauer helfen, gibt es keinen Rat.

Manchmal gibt es aber auch Stunden mit Eva, die Friedel sehr genießt. Wenn gerade alles friedlich ist, wenn sie nebeneinander gekuschelt auf dem Sofa sitzen oder liegen, Musik hören, sich etwas vorlesen oder erzählen. Stunden, in denen Friedel mit Eva zusammen behutsam die aufregende Sprache der Liebe entdeckt. Er denkt dann: *Vielleicht muss ich mich wirklich erst daran gewöhnen, wie eine Beziehung ist. Vielleicht muss ich wirklich erst die Liebe lernen. Vielleicht brauche ich einfach Zeit und Vertrauen.*

Mitternachtssonne

Friedel liegt auf einem glatten, abgerundeten Felsen in der schwedischen Sonne und lernt, seine Zehen in das frische, türkisgrüne Wasser des Sees getaucht. Neben ihm seine Hefte und Bücher. Vor allem Mathe muss er lernen für die Abiprüfung, Differential- und Integralrechnung. Jeden Tag ein bisschen.

Er kommt gut voran und ist zufrieden mit sich. So hat er sich das vorgestellt: Sonne, Urlaub und nebenher fürs Abi lernen. Mathe macht richtig Spaß, wenn man erst einmal begriffen hat, wie es geht. Mathe macht ihm sowieso Spaß, seit er diesen Kurs bei Herrn Gotthard hat. Der kann richtig gut erklären, bleibt immer ganz ruhig und freundlich. Wenn er in die Klasse kommt, stellt er sich vorne hin und wartet. Wartet, bis es ruhig wird. Und das Verrückte: Bei ihm klappt das! Er musste noch nie laut oder ärgerlich werden. Alle mögen ihn, alle hängen an seinen Lippen, wenn er erklärt.

Friedel denkt: *Wie macht der das?* Dann denkt er weiter: *Das möchte ich auch mal können!* Und schließlich: *Dann muss ich ja Lehrer werden!* Er räkelt sich in der Sonne, nimmt die Füße aus dem Wasser, legt seine Matheaufgaben weg, rollt sich genüsslich auf die Seite und denkt weiter: *Will ich das denn?* Der Gedanke, Lehrer zu werden, ist ihm eigentlich gar nicht so fremd. Er hat so viele Lehrer kennen gelernt, die ihm als abschreckendes und warnendes Beispiel dienen könnten, wie ein Lehrer mal enden kann. Aber sind die alle wirklich erst so schlimm geworden im Laufe ihres traurigen Lehrerlebens oder waren die schon von Anfang an daneben? Zumindest bei einigen hat er den Verdacht, dass Lehrer für sie von vornherein der falsche Beruf war. Ist es für i h n der richtige? Bei Herrn Gotthard hat er so ein Gefühl. Wie damals in der Grundschule bei Fräulein Herrmann. Das starke Gefühl: *So ein Lehrer möchte ich auch mal sein! Einer, der gut beibringen kann. Der alle Schüler im Blick hat. Gerecht. Freundlich. Einer, der gemocht wird, bei dem die Schüler gerne lernen.*

Vorne spielen seine beiden jüngsten Geschwister im Wasser, spritzen sich nass, planschen, springen, tauchen, suchen schöne Steine, Muscheln. Hinter ihm sitzt Vater, raucht vergnügt sein Pfeifchen, pafft kleine Wölkchen des dänischen Tabaks vor sich hin, den Friedel so gerne riecht, und liest. Dieser Platz am See ist ein ganz besonderer Ort. Morgens nach dem Frühstück packen sie Bücher, Badezeug, Decken und den Klappstuhl für Oma zusammen, Mutter Anna und Oma schmieren Stullen und kochen Tee für den ganzen Tag. Dann brechen sie auf, gehen eine halbe Stunde durch den lichten Birken-

und Kiefernwald bis hinunter zum See. Dort bleiben sie meistens bis zum frühen Abend und genießen die Badefelsen, die Einsamkeit und Ruhe.

Friedel hat lange überlegt, ob er als fast Neunzehnjähriger noch einmal mit der Familie Urlaub machen soll. Im letzten Sommer war er alleine unterwegs in Deutschland, das war auch schön. Er ist getrampt von Nord nach Süd und hat Freunde und Bekannte besucht. In Bremen hat er nach der „Cousine" geschaut und ihre nette Familie kennengelernt. Er war beeindruckt von ihren Aktivitäten und ihrem sozialen Engagement, ist mit ihr lange durch Wiesen und Moore spaziert und hat gemerkt, dass alles gut so ist, wie es ist. Die Liebe ist lange vorbei, die Wunden der Enttäuschung verheilt, was bleibt, ist Freundschaft und Respekt.

Auch die quirlige Uli hat er besucht in Hessen, ihr netter Papa hat die beiden zweimal mit nach Frankfurt genommen zum Theater am Turm, damit sie mal ein wenig Frankfurter Theaterkultur kennen lernen. Friedel ist beeindruckt. In Berlin hatte ihn mal sein Opa mitgenommen zu „Peer Gynt" an der Schaubühne, das hatte ihm auch schon gefallen, obwohl er nicht alles verstanden hat. Aber sonst war er nicht oft im Theater gewesen bisher. Beim Sekt danach in Frankfurt, beim Nachhausegehen und während des ganzen nächsten Tages summten Friedel und Uli immer wieder kichernd ein Lied aus der Revue vor sich hin: „Benjamin, ich hab nichts anzuziehn, mein letztes Kleid ist hin, ich bin so arm, arm, arm, arm ..."

Als er im Haus von Ulis Eltern ankam, stellte sie ihn ihrer Mutter so vor: „Hallo Mama, das hier ist Friedel, den kennst du doch noch aus Berlin. Ich glaube, den heirate ich später mal, wenn ich genug von all den Jungs hier habe!" Dabei hatte sie Friedel anzüglich angegrinst und ein Stückchen nach vorne geschubst: „Komm, sag meiner Ma brav Guten Tag!" Die schien nicht weiter überrascht zu sein von Ulis Geständnissen und begrüßte Friedel mit: „Hallo Friedel, ich bin sehr erfreut, schon jetzt meinen zukünftigen Schwiegersohn kennen zu lernen!" - und dann, zu Uli gewandt: „Ich dachte, das hat noch ein bisschen Zeit, liebe Tochter?" Uli lachte und antwortete: „Klar doch hat das Zeit, aber Friedel muss ich mir auf jeden Fall warm halten, der ist so lieb, genau der Richtige, wenn man eine Familie gründen will!"

Friedel war knallrot angelaufen und froh, als er wieder aus der Küche raus war. Er zischte Uli zu: „Spinnst du, mich so zu blamieren?" Die sah ihn ganz unschuldig an: „Was denn, das hab ich ernst gemeint!" Friedel kennt Ulis Späße nur zu gut und glaubte ihr kein Wort. Vorsichtshalber hakte er noch einmal nach: „So so, lieb bin ich also! Und der richtige, wenn du alle anderen Jungs durch hast, ja?"

Uli lachte, gab ihm einen Schmatz auf die Wange, dann wurde sie wieder ernst: „Hör mal, mein Bester! Weißt du eigentlich, dass ich wahnsinnig verliebt in dich war, als ich damals bei dir in Heiligensee war zu Ostern?"

Friedel wurde schon wieder rot: „Nee, im Ernst?"

„Ja, im Ernst! Und kannst du dir auch vorstellen, wie es für mich war, alle diese Briefe von dir zu lesen, wo du mir schriebst, wie wahnsinnig verknallt du immer noch in Niki bist und so weiter? Hast du einen Begriff davon, was das in so einem kleinen, unschuldigen Mädchenherzen anrichten kann?"

„Ach du Scheiße! Das hab ich doch nicht geahnt!"

„Nee, in der Tat, das hast du so was von nicht geahnt, dass ich hier tagelang geflennt habe wie eine verdammte Heulsuse!"

„Ach deshalb hast du mir monatelang nicht mehr zurückgeschrieben!"

„Du hast es erfasst, mein Lieber! Sonst wär ich kaputt gegangen, wenn ich noch mehr so tolle Briefe gekriegt hätte, wo ein gewisser Friedel sich bei seiner netten Schreibfreundin in Hessen in aller Ausführlichkeit darüber ausheult, wen er so alles liebt, verdammte Hacke! Hast du denn gar kein Mitgefühl?"

„Das tut mir echt leid, das habe ich nicht gewollt!"

„Ja und deshalb wundert sich auch keiner mehr, dass ich hier eine Zeitlang jede Woche einen neuen Freund angeschleppt habe. Meine Mutter hatte schon angefangen, mit mir ernsthafte Gespräche zu führen wegen „guter Ruf" und „Du bist doch kein Flittchen!" und so weiter! Das war sehr lustig!"

Uli hatte wieder gute Laune bekommen und grinste verräterisch: „Aber keine Sorge, ich bin lange drüber hinweg und hab jetzt schon seit mindestens sechs Wochen denselben Freund, den wirst du nachher kennen lernen! Er heißt übrigens auch Ulli, ist das nicht komisch?"

Friedel war erst einmal froh, dass er aus der unangenehmen Situation heraus war. Er wusste nach wie vor nicht, wie ernst er Uli nehmen konnte und sollte. Mit dem Verliebtsein hatte sie bestimmt maßlos übertrieben, um ihm einen ordentlichen Schreck einzujagen! Er war ja auch ein bisschen verliebt gewesen nach dem schönen Morgen im Wald in den Osterferien, das war ihm aber erst aufgefallen, als Uli schon weg war. Aber Uli als feste Freundin? Das würde er nicht aushalten! Er mochte sie total gerne, ohne Frage, aber sie war wie Quecksilber – auf Dauer zu anstrengend für ihn, der es gerne ruhig und beschaulich hatte.

Ihren neuen Freund fand er übrigens auf Anhieb sympathisch. Freund Ulli war schon ein bisschen älter und hatte ein eigenes Auto, das war sensationell. Sie machten zusammen eine große Sause quer durch Hessen, die Lahn hinab bis Weilburg, hörten laut Musik im Autoradio, kehrten hier und dort ein, badeten im Fluss, spielten Würfelspiele, genossen das Leben und verstanden sich prächtig. Friedel dachte über Ulis neuen Freund: *Er ist so ähnlich wie ich, auch eher so ein ruhiger! Mit dem kann sie auf jeden Fall prima eine Familie gründen!* Er musste unwillkürlich grinsen. Uli guckte ihn an und fragte nach: „Was grinst du denn so?" Auf sein: „Och, nix weiter!" wollte sie sich nicht einlassen. Sie popelte so lange nach, bis er den beiden erzählte, was er gedacht hatte. Uli schüttete sich aus vor Lachen und prustete: „Und du wirst Trauzeuge, abgemacht?"

All dies geht Friedel durch den Kopf, während er zusammengerollt in der milden schwedischen Nachmittagssonne liegt und langsam wegdöst. Als er wieder aufwacht, steht die Sonne schon über dem See. Alle sind schon gegangen, nur seine fünfzehnjährige Schwester Bine sitzt gegenüber am Felsen, winkt ihm. Er richtet sich auf, berappelt sich, winkt zurück und denkt: *Wie hübsch Bine geworden ist, eine richtige Loreley mit goldblonden Haaren!* Sie kommt lachend zu ihm herüber und fragt: „Na, schön geschlafen? Du bist ja richtig tief weggeratzt!"

„Ja, anscheinend! Ich glaube, ich schlafe nachts nicht so richtig durch, weil es so hell ist!"

„Ja, das geht mir auch so! Ich brauch immer lange, bis ich endlich einschlafe!"

„Du vermisst wahrscheinlich meine Gute-Nacht-Geschichte!"

„Du meinst doch nicht etwa die Geschichten, die du mir früher erzählt hast, als wir noch ein Zimmer zusammen hatten? Nach denen konnte ich nächtelang nicht schlafen!"

„Ich leider auch nicht. Ich habe sie so spannend gemacht, dass ich selber mit Herzklopfen da lag und Angst kriegte!"

Sie lachen beide. Friedel guckt auf seine Uhr: „Oh, schon halb sieben! Lass uns mal zurückgehen, damit wir noch rechtzeitig zum Abendessen kommen!"

Während sie den Sandweg durch den Wald gehen, Bine munter plaudert wie ein plätschernder Bach und Friedel seinen Gedanken nachhängt, blitzt und blinkt die Abendsonne durch die Birkenblätter und -zweige. Friedel hat gar nicht das Gefühl von Abend, es ist eher ein Gefühl, als ob es gar keine Tageszeiten mehr gibt, ein Gefühl von Zeitlosigkeit hier im schwedischen Sommer. Nein, er bereut es nicht, dass er noch einmal Familienurlaub macht, das letzte Mal. Nächsten Sommer ist er irgendwo anders unterwegs, mit wem auch immer. Da wohnt er schon alleine, irgendwo in Westdeutschland. Vielleicht in Bonn? Da hat es ihm so gut gefallen, als er im Frühjahr zum ersten Mal am Rhein war. Er hatte mit Joachim und Martin einen Auftritt mit Folk-Musik bei dieser Juso-Fete in Tegel-Süd. Aus Jux hatte er beim Preisausschreiben mitgemacht und bekam zusammen mit einem lustigen Mitschüler mit einem noch lustigeren Namen, Storchi, den Hauptgewinn: eine Wochenendreise nach Bonn.

Im Frühjahr fuhren sie dann mit einigen älteren Herrschaften vom SPD-Ortsverein für ein langes Wochenende mit der Bahn nach Bonn. Storchi und er wurden nach Strich und Faden verwöhnt, bekamen besonders von den älteren Damen dauernd etwas zugesteckt, spielten mit den alten SPD-Männern Skat und wurden in Unkel im Rheinhotel fürstlich untergebracht. Friedel hatte den Rhein schon einmal gesehen, als er mit sechs Jahren mit seiner Tante in die Schweiz fuhr. Aber es war eine sehr undeutliche Erinnerung an diesen mächtigen Fluss mit seinen Felsen und Burgen. Trotzdem hatte er das Gefühl, wieder zurückzukommen, in eine Landschaft, die ihm fast ein wenig vertraut vorkam, ihn aber faszinierte und euphorisch stimmte. Bei den Spaziergängen am Rheinufer entlang, dem Blick von den Weinfeldern über den sich schlängelnden Fluss hatte Friedel den Rhein so lieb gewonnen, dass er wusste: *Hier bin ich nicht zum letzten Mal!*

Der Rhein war wie eine Seelenlandschaft, in Träumen tauchte er ab und zu auf, als Kulisse, immer verbunden mit einem positiven Gefühl von Wärme und Heimat, aber auch von Fernweh und Aufbruch. Der Rhein als Traumkulisse bedeutete Abenteuer und Glück. Friedels Zukunftsgedanken gehen immer öfter in Richtung Rhein. Er möchte raus aus West-Berlin, dieser kleinen, eingemauerten Insel, möchte weg von den Grenzkontrollen in die weite Welt. Und sie gehen immer öfter in Richtung Lehrer. Vielleicht sollte er Sonderschullehrer werden? Darüber hat er neulich mit Mutter Anna gesprochen.

„Hörst du mir überhaupt zu?" fragt gerade Bine, die neben ihm hergeht.

„Oh je, ich fürchte, ich war gerade mit den Gedanken ganz woanders."

„Das hab ich gemerkt. Du kriegst dann immer so einen Fernblick und sagst nix mehr!"

„Entschuldige bitte! War nicht bös gemeint! Was hattest du gerade erzählt?"

„Egal, war nicht so wichtig! An was hast du denn gerade gedacht?"

„Ich hab überlegt, ob ich Sonderschullehrer werden will!"

„Das könnte ich mir gut vorstellen bei dir. Du bist geduldig, jedenfalls meistens. Du weißt viel. Und du kannst ganz gut erklären. Kann man das in Berlin studieren?"

„Nee, dazu müsste ich nach Hamburg, Dortmund oder nach Köln."

„Und du willst aus Berlin weg?"

„Das kann ich mir sehr gut vorstellen, ja. Ich meine, ich mag euch und Heiligensee und alles, aber ich habe das Gefühl, ich muss da mal raus."

„Schade, dann bist du so weit weg. Ich könnte mir das nicht vorstellen. Also hier im Urlaub, ganz woanders, das find ich auch toll, aber für immer? Kriegst du da nicht Heimweh?"

„Bestimmt manchmal. Aber ich komme euch doch besuchen!"

Bine lacht. Aber man merkt ihr an, dass ihr die Vorstellung schwerfällt, dass nach der großen Schwester Bea demnächst auch der Bruder nicht mehr zu Hause wohnt. Friedel merkt das und sagt: „Du hast doch noch Jan!"

„Ja klar. Jan ist in Ordnung, aber in der letzten Zeit hatten wir nicht besonders viel miteinander zu tun. Bei dir ist das anders, wir verstehen uns richtig gut und mit dir kann man prima quatschen."

„Wenn ich zuhöre."

Bine lacht: „Das machst du ja normalerweise."

Friedel versucht noch mal, sie aufzumuntern: „Und die Kleinen sind doch auch noch da!"

„Zum Glück, sonst wäre es ein bisschen einsam in Heiligensee. Aber zum Reden sind sie einfach noch zu jung. Und Oma ist zu alt dafür. Und Paps und Mam haben keine Zeit."

„Oh je, du armer schwarzer Kater. Da kommst du mich hoffentlich mal öfter besuchen, um dich mal richtig auszuquatschen!"

Bine nickt tapfer. Eine Weile gehen sie schweigend durch den Mittsommerwald. Dann fängt Friedel wieder an: „Früher war Oma deine Vertraute. Du konntest immer zu ihr gehen und sie hat dir geholfen. Zum Glück. Du warst ja erst zwei, als unsere Mutter starb."

„Kannst du dich noch daran erinnern?"

„Nur ganz wenig. Ich war ja auch erst fünf und habe nichts von dem begriffen, was da vor sich ging. Ich weiß nur, dass wir beide ganz viel bei Großmutter in Lichterfelde waren. Aber am Schluss, als sie starb, waren wir beide zu Hause."

„War denn damals Oma schon da?"

„Nein, die durfte nicht rüber zum Helfen. Kurz davor war doch die Mauer gebaut worden. Sie hatte extra das kleine Häuschen in Biesdorf verkauft und wartete bei Tante Oda darauf, dass sie endlich die Ausreisegenehmigung kriegt. Aber sie haben sie ein Jahr warten lassen, da war unsere Mutter schon längst tot und begraben."

„Wer hat sich denn um uns gekümmert, bis Mutter Anna kam?"

„Verschiedene Tanten und auch Marianne, die als Kindermädchen ein soziales Jahr bei uns machte. Die war total nett mit uns, ansonsten ging das immer hin und her und war ein ziemliches Durcheinander. Wir fanden das zum Teil ganz lustig, aber Vater war völlig überfordert, der drehte fast durch. Es war ein Segen für ihn und für uns, als endlich Mutter Anna kam. Die hat uns gerettet!"

„Und Oma!"

„Klar, auch Oma. Oma packte ordentlich mit an und unterstützte Anna bei allem. Und sie kümmerte sich besonders um unser Küken, nämlich dich!"

„Was wäre denn passiert, wenn Anna und Oma nicht gekommen wären?"

„Ohne die beiden wären wir bestimmt auf verschiedene Familien aufgeteilt worden. Das hätte doch sonst keiner gemacht, einen verzweifelten, kopflosen Vater mit vier kleinen Kindern geheiratet. Und mit dem Heiraten war's ja noch nicht getan. Es musste ja auch alles klappen, Haushalt, Pfarrfrau, Kinder!"

„Und dann kamen sogar noch zwei Kinder dazu!"

„Ja, das wäre ja nicht passiert, wenn Mutter Anna und Oma nicht alles ziemlich schnell im Griff gehabt hätten! Nach der Geburt von Steffen hat allerdings Oma zu ihrem Sohn gesagt: *Nu lass mal gut sein, sechs Kinder, das reicht!*"

Das weiße Holzhaus kommt in Sicht und Bine meint, schon den Bratenduft riechen zu können. Das letzte Stück rennen sie, als sie in die Küche kommen, ist schon die Familie um den Esstisch versammelt und die kleinen, schwedischen Fleischklößchen werden gerade verteilt. Steffen quiekt vor Begeisterung und will am liebsten nur

Fleisch. Er kann es kaum abwarten, bis Bine und Friedel sich auch gesetzt haben, das Tischgebet gesprochen ist und es endlich, endlich losgeht mit dem Essen.

Nach dem Essen und Spülen gehen Friedel und Bine noch einmal raus auf die Terrasse. Es ist mittlerweile Nacht, trotzdem noch hell. Ein ganz besonderes, fahles Licht, so hell, dass man draußen noch lesen kann. Sie haben sich Bücher mitgebracht, in die sie sich vertiefen. Sie sprechen nicht viel miteinander, aber es ist, als ob ein unsichtbares Band zwischen ihnen gewebt ist, hier draußen in der Mitternachtssonne. Jetzt, wo sie sich ihrer gemeinsamen Vergangenheit vergewissert haben, wo sie wissen, dass sie bald an verschiedenen Orten wohnen werden. Ein Band, das nicht zerrissen werden kann.

Steinhuder Luder

Zurück aus Schweden fühlt sich Friedel gut aufs Abi vorbereitet und meint, dass er gar nicht mehr viel tun muss. Er meldet sich bei der Fahrschule an, die auch Mutter Anna zum Führerschein verholfen hat. Der Fahrlehrer ist ein kleiner, schnauzbärtiger Choleriker, der leider ständig reden muss, was Friedel als äußerst lästig empfindet, besonders wenn er das Gefühl hat, er müsste auch noch antworten. Er will sich ganz aufs Schalten, Kuppeln, Lenken und Bremsen konzentrieren und nicht mit seinem Fahrlehrer auf BILD-Zeitungsniveau über Türken und andere Ausländer sprechen. Den Fahrlehrer hindert das aber nicht daran, immer weiter zu plappern. Friedel hört gar nicht mehr richtig hin, damit er sich nicht zu sehr aufregt über die spießigen, manchmal auch fremdenfeindlichen Sprüche. Er versucht einfach, sich nicht ablenken zu lassen und sich aufs Fahren zu konzentrieren.

Leider verpasst er im Durchschalt-Modus auch einige Anweisungen, die er als Fahrschüler bekommt. Das führt dazu, dass der Fahrlehrer in Wut gerät: „Hören Se denn überhaupt nich zu, wat ick Ihnen sage?"

Nee!, denkt Friedel still für sich, *bei diesem ganzen dummen Geschwafel schalte ich auf Durchzug. Und wenn Sie weiter so brüllen, fahre ich tatsächlich so wie einer von den Affen, von denen Sie mir ständig erzählen!*

Er hätte von sich aus schon längst die Fahrschule gewechselt, aber Mutter Anna bekommt Provision und Vater bezahlt. So muss er sich arrangieren. Immerhin, er hat das Gefühl, er kann schon ganz gut fahren, er würgt nicht mehr ab an der Kreuzung, sogar rückwärts einparken klappt inzwischen prima. Das hat ihm der Fahrlehrer gut beigebracht. Friedels großer Schwachpunkt ist allerdings, sich rechtzeitig in die linke Spur einzufädeln, wenn die rechte blockiert ist. Diese Situation führt jedes Mal wieder zu cholerischen Ausbrüchen seines Fahrlehrers.

Am Tag der Führerscheinprüfung ist es dann wieder so weit. Auf der Fahrt nach Spandau, wo die Prüfung stattfinden soll, hängt Friedel hinter einem parkenden LKW auf der rechten Spur, links rauscht der Verkehr an ihm vorbei. Der Fahrlehrer bekommt erstaunlicherweise keinen Anfall, nein, er wird zynisch und das ist noch schlimmer: „Nee, Männeken, so wird ditt ja allet nischt mit de Prüfung! Immer dieselben blöden Fehler! Nu steigen se ma aus und lassen Frollein Stolze an't Steuer, vielleicht schafft die es ja, uns pünktlich nach Spandau zu bringen!"

Friedel steigt leichenblass und mit schlotternden Knien aus, setzt sich nach hinten und denkt: *Na, das fängt ja verheißungsvoll an!* Er ist wütend, hadert mit sich, aber irgendwann schlägt die Wut auf sich selbst um in das Gefühl: *Dem werd ich's zeigen! Jetzt erst recht!* Bei der Fahrprüfung geht dann alles gut, nur an der letzten Kreuzung durchzuckt es ihn plötzlich: *Das war doch gerade die berüchtigte Kreuzung, die einzige in Berlin, wo nur eine einzige Ampel in der Mitte baumelt! Die hab ich überhaupt nicht gesehen!* Zum Glück für ihn scheint die Ampel grün gewesen zu sein, als er seinem Vordermann über die Kreuzung gefolgt ist, denn der Prüfer lässt ihn zum Straßenverkehrsamt abbiegen, schüttelt ihm die Hand, reicht ihm die Papiere und wünscht ihm weiterhin alles Gute. Friedel fällt ein Riesenstein vom Herzen, er ist so glücklich, dass er fast aus Versehen seinen Fahrlehrer umarmt hätte, der ebenfalls grinst wie ein Honigkuchenpferd: „Na sehn se ma, ick wusste et doch, dass Se dit schaffen! Glückwunsch! Schade, det ick an Ihnen jetzt nischt mehr vadienen kann!"

Eva, Friedels Freundin auf Zeit, hat schon seit einem Jahr den Führerschein, vor allem aber hat sie einen alten Käfer, schön bunt angestrichen. Mit dem darf Friedel jetzt seine ersten Praxisversuche starten. Eigentlich klappt es ganz gut, er bekommt schnell Routine, bleibt auch nur noch selten in der rechten Spur hängen. Aber auf einer abendlichen Nachhausefahrt hat er einen Unfall in Tegel. Ein Auto aus einer kleinen Seitenstraße fährt ihm von rechts in den Käfer. Es ist nichts Schlimmes passiert, nur Blechschaden. Zum Glück ist Eva mit dabei. Sie bleibt ganz gelassen und weiß, was zu tun ist. Sie holen die Polizei und rufen Evas Vater an, der sich allerdings fürchterlich aufregt. Der Käfer ist auf ihn angemeldet. Eva bleibt tapfer: „Der regt sich auch wieder ab, das kann doch jedem passieren. Außerdem hast du ja nichts falsch gemacht, du warst schließlich auf der Vorfahrtsstraße!"

Die Polizei sieht das genauso. Trotzdem schlottern Friedel die Knie. Am nächsten Tag klopft ihm Evas Vater väterlich auf die Schulter und schimpft auf die „Deppen, die überall herumfahren und die Verkehrsregeln nicht kennen". Damit meint er offensichtlich nicht ihn, sondern den Unfallpartner, einen älteren Herrn, der genauso erschrocken war wie Friedel. Evas Bruder beult die Seitenbleche fachmännisch wieder in Form und schon ist der Unfall fast vergessen. Aber nur fast. Jedes Mal, wenn Friedel jetzt am Steuer sitzt, zuckt er zusammen und hat den Fuß halb auf der Bremse, wenn sich von rechts ein Auto nähert. Eva bekommt das mit: „Durchatmen, ganz ruhig!" Sie ermuntert ihn sehr, trotzdem immer wieder zu fahren: „Da musst du durch! Wenn du jetzt Angst vor dem Autofahren bekommst, kriegst du die nicht mehr weg!" Die Angst geht tatsächlich weg, aber der Reflex bleibt.

Nach einer Party in Heiligensee lässt Astrid, eine Mitschülerin, bei Friedel ihr Mofa stehen und bittet ihn, es ihr am nächsten Morgen zur Schule zu bringen. Sie instruiert ihn noch kurz: „Es ist schon ein bisschen altersschwach, du musst es anschieben, bis der Motor kommt und dann draufspringen!" Friedel denkt: *Jetzt, wo ich Auto fahren kann, sollte so ein Mofa eigentlich kein Problem für mich darstellen!* Es wird aber doch ein Problem. Als er am nächsten Morgen mehrmals versucht, das rostige Ding auf der Dorfstraße anzuschieben, tut sich überhaupt nichts. Die Heiligenseer Dorfbevölkerung schaut an den Fenstern belustigt dem Schauspiel zu. Schließlich hat einer Erbarmen und kommt heraus. „Na Friedel, wo is denn dit Problem?" und nach einem kurzen fachmännischen Blick auf das altersschwache, knallrote Gefährt: „Du hast den Benzinhahn nich uffjemacht! So kann dit nischt werden!"

Friedel bekommt einen knallroten Kopf und lässt sich nun zeigen, wo der Benzinhahn sitzt. Er erinnert sich in diesem Augenblick auch daran, dass Astrid am Abend davor irgendetwas über Benzin gesagt hat: „Es ist nur noch ganz wenig Sprit drin, müsste aber bis zur Schule reichen. Pass auf, dass es dir an der Ampel nicht ausgeht!" Über den Benzinhahn hat sie nicht gesprochen, weil wahrscheinlich jeder Depp weiß, dass man zuerst den Benzinhahn öffnen muss, wenn man ein Mofa starten will. Außer Friedel. Jetzt also ein neuer Versuch. Der nette, aber sichtlich amüsierte Nachbar zeigt ihm zur Sicherheit noch schnell, wo Gas und wo Bremse ist. Friedel rennt mit dem Mofa, der Motor springt an, vor Schreck lässt er es fallen und fliegt dabei selber hin. Der Nachbar richtet das Mofa wieder auf und die Bleche gerade, während Friedel, inzwischen leichenblass, sich mühsam wieder aufrappelt.

„Nich loslassen, hörste? Und mit der rechten Hand jib immer ein bisschen Jas, sonst verreckt dir dit olle Ding an der nächsten Kreuzung!" Mit seiner Hilfe gelingt der nächste Startversuch. Friedel hinterlässt eine schwarze, stinkende Auspuffwolke und klammert sich ziemlich verkrampft auf den ungewohnten Kutschbock. Vor jeder Kreuzung betet er, dass er nicht anhalten muss, dass der Sprit reichen wird, dass er Gas und Bremse nicht verwechselt. Schweißgebadet und fix und fertig mit den Nerven erreicht er, natürlich zu spät, die Schule. Er weiß jetzt erst so richtig, wie komfortabel und schön Autofahren ist und schwört sich: „Nie wieder Motorrad!"

Für ein langes Sommerwochenende fährt er zusammen mit seinen Schulfreunden Andreas, Hella und Gudrun ans Steinhuder Meer. Auf der Suche nach einem attraktiven Ausflugsziel, wo man zelten kann und das schnell erreichbar ist, sind sie zufällig darauf gestoßen. Hella hat ihrer Mutter für drei Tage das Auto abgeluchst, Friedel bringt das große Familienzelt mit. Andreas hat sein Abitur schon geschafft, ein halbes Jahr vor den anderen, dank des neuen Kurssystems und vielen anrechenbaren Kursen aus dem Orientierungshalbjahr, und ist im Glücksrausch. Bei der Fahrt durch die DDR malen sie sich das Urlaubsziel aus:

„Steinhuder Meer, klingt ja toll, oder?"
„Ja, klingt irgendwie nach mehr!"
„Dabei ist da überhaupt kein Meer mehr!"
„Steinhuder See klänge irgendwie popelig, find ich!"
„Steinhuder Meer klingt nach mehr Sand!"
„Voll bis zum Rand mit Sand!"
„Und wir müssen uns auf jeden Fall in Acht nehmen vor dem Steinhuder Luder!"
„Das Steinhuder Luder trägt meistens Bermuda!"
„Das schippert da über den See, das Luder, eine Hand am Ruder!"
„Und sieht wild und verwegen aus, noch wilder als Friedel mit seinem neuen Haarschnitt!"

Friedel grinst verlegen, die anderen lachen. Friedel hat sich kurz vor der Fahrt selbst die Haare geschnitten. Das hätte er nicht tun sollen. Jetzt hat er einige ungewollte Zacken auf dem Kopf, Andreas hat extra ein Haarschneidegerät mitgenommen, um seinem Freund im Urlaub wieder ein menschliches Antlitz zu geben.

Der Campingplatzwart hat nur einen Schneidezahn und sieht ein wenig so aus, wie sie sich auf der Autofahrt das Steinhuder Luder ersonnen haben. Er weist ihnen einen großen, sandigen Platz direkt am See zum Zelten an. Friedel staunt, wie schnell der Aufbau des komplizierten Stangengerüsts gelingt, früher mit der Familie hat das immer länger gedauert. Schließlich haben sie ein schönes, geräumiges, knatschgelbes Hauszelt mit blauem Dach. Die Aufteilung der Schlafkabinen ist unkompliziert. Hella schlägt vor: „In die vordere kommen die kleinen Leute und in die hintere die mit den behaarten Beinen!"

„Sollen wir nicht lieber nach vorne, um euch zu beschützen?"

„Vor wem denn?"

„Na, vor dem Steinhuder Luder natürlich!"

Die Mädels lachen: „Nee lasst mal, das ist nicht so wild. Aber falls wir nachts mal rausmüssen zum Pipimachen, brauchen wir den kürzesten Weg!"

Der Versuch, nach dem erfolgreichen Bezug der neuen Wohnung ein schönes Bad im Steinhuder Meer zu nehmen, misslingt leider. Während beim Hineinlaufen das gegenüberliegende Ufer immer näher rückt, bleibt die Wassertiefe konstant auf Waden- bis Kniehöhe.

„Wollen wir rüberlaufen?"

„Nein, lass uns doch zur Insel laufen!"

„Oder wir laufen zurück!"

„Ich hör hier immer laufen!"

„Du denkst wohl immer noch, bloß weil hier 'n See ist, kann man auch schwimmen!"

„Versuch's doch mal, aber wirbel doch bitte nicht zu viel Schlamm auf, sonst muss ich mich nachher oben auch noch abtrocknen!"

„Zum Wandern eignet sich dieser See auf jeden Fall vorzüglich!"

„Es ist wahrscheinlich der einzige Wandersee in Deutschland!"

„Nicht zu verwechseln mit dem Wannsee, der sich zum Wandern überhaupt gar nicht eignet!"

„Wann wird der Wannsee zum Wandersee?"

„Wenn er eine Wanderdüne bekommt!"

„Aber der Wandersee hier hat doch auch keine!"

„Nee, die ist schon weggewandert. An die Ostsee!"

„Da ist Stevie Wonder gegengewandert. Der kann ja nix sehen, der arme Kerl!"

„Und seitdem heißt der Steinhuder See Steinhuder Meer!"

„Hä?"

„Er hat jetzt keine Wanderdüne mehr!"

Am nächsten Tag nieselt es, so entfällt die Erst-Umwanderung des Steinhuder Wandersees erstmal. Stattdessen ziehen die Mädchen los, um den berühmten Steinhuder Räucherfisch zu erstehen. Diese Zeit nutzt Andreas, um Friedel mithilfe seines elektrischen Haarschneiders wieder zu einer einigermaßen menschlichen Frisur zu verhelfen. Als die Mädels mit dem Fisch in der Tüte zurückkommen, bleiben sie im Zelteingang stehen und staunen: „Nun sieh dir das an! Der sieht ja wie der alte Friedel aus!"

„Tatsächlich! Ob er's ist?"

„Auf jeden Fall ist es nicht mehr das deformierte Individuum, mit dem wir losgefahren sind! Der hier sieht tatsächlich wie eine Art Mensch aus!"

„Du hast Recht! Er ähnelt dem guten alten Friedel auf frappierende Weise!"

„Es ist auf jeden Fall nicht das Steinhuder Luder!"

„Nee, auf keinen Fall. Das hat ja nur einen Zahn!"

Nach der herzlichen Begrüßung wird der Räucherfisch zusammen verspeist, danach hat der Nieselregen aufgehört und man entschließt sich, den See einmal per Boot zu erkunden, nachdem man ihn ja schon durchwandert hat. Am Bootssteg wird ein Tretboot gechartert. Trotz voller Beladung mit vier Personen bewegt es sich tatsächlich auf dem seichten Wasser und der sandige Platz mit dem Zelt kommt in Sichtweite. Das Zelt wird lange gebührend bewundert und gewürdigt: „Guck mal, unser Zelt! Ist es nicht prächtig anzuschauen?"

„Ein fantastisches Zelt! Es gibt kein schöneres auf dem ganzen Platz!"

„Vielleicht liegt es auch daran, dass es das einzige ist!"

„Ich würde dieses Zelt unter hunderten immer wieder erkennen! Es fügt sich so markant in die herbe Uferlandschaft. Ein fröhlicher Farbfleck in der Ödnis der norddeutschen Tiefebene sozusagen!"

„Hast du mir das nicht schon mal vor einer Viertelstunde erzählt?"

„Möglich. Vielleicht liegt es daran, dass wir seit einer Viertelstunde exakt den gleichen Blickwinkel auf dieses Wunderwerk der Zelttechnik haben."

Eine weibliche Stimme aus dem Off ertönt: „Ob unsere Galeerensträflinge am Ende gar nicht mehr arbeiten?"

„Protest! Wir treten seit einer halben Stunde wie verrückt, ohne von der Stelle kommen! Oder gibt es hier irgendeine verdammte Handbremse, die man lösen muss?"

„Haben wir eigentlich die Leinen gelöst, Männer?"

„Aber ja! Es sind tückische Unterwasserströmungen oder widrige Winde, die unsere Fahrt aufs große Meer erschweren!"

„Aber es hat den großen Vorteil, dass wir unser wunderschönes Zelt immer im Blick behalten!"

Nachdem das Schiff wohlbehalten wieder in seinen Hafen gesteuert worden ist, setzt der anscheinend landestypische leichte Nieselregen wieder ein und man verkriecht sich im Hauszelt, um von der anstrengenden Fahrt übers Meer auszuruhen. Plötzlich sind draußen Stimmen zu hören. Die Zeltparole: „Wer bist'n du da?" - „Das Steinhuder Luder!" wird nicht korrekt erwidert, stattdessen stehen plötzlich zwei fremde Jünglinge im Zelteingang, mit mehreren Bierflaschen bewaffnet, und bitten um Asyl. Sie wohnen auf der anderen Seite des Platzes in einer Klassenunterkunft und sind auf der Flucht vor ihrem Lehrer, der sie nicht in Ruhe trinken und rauchen lässt. Beides wird ihnen großzügig gewährt. Andreas meint: „Wir haben heute schon geräucherten Fisch gehabt, da ist das Zelt eh schon eingeräuchert, also Jungs, *Blow boys, blow!*" Die beiden bedanken sich dadurch, dass sie Bier und Zigaretten brüderlich teilen. Sie flüstern immer nur und lauschen ab und zu nach draußen, ob sie die Schritte ihres Lehrers hören.

Friedel und Hella erzählen, dass sie später mal Lehrer werden wollen und die beiden Jungs bedauern, dass sie das noch nicht sind: „Lehrer, bei denen man trinken und rauchen darf, das wär' doch der Hammer! Für euch würd' ich sogar Hausaufgaben machen!"

„Oder seid ihr nachher auch anders, wenn ihr mit der Ausbildung fertig seid?"

„Das kann man jetzt noch nicht wissen. Aber ich finde ehrlich gesagt nicht, dass Trinken und Rauchen ein gutes Kriterium zur Beurteilung von Lehrern ist! Macht denn euer Lehrer wenigstens vernünftigen Unterricht?"

„Nee, eben nicht! Total langweilig!"

„Na, dann geschieht es ihm recht, dass er euch jetzt suchen muss! Für Langeweile gibt es keine Entschuldigung! Ein bisschen Freiheit und Abenteuer muss schon sein!"

„Wie sagt Karlsson vom Dach so treffend: *Spaß will ich haben, sonst mach ich nicht mit!*"

Am Abend sind sie wieder alleine. Friedel versucht, auf dem Campingkocher eine Tütensuppe zu kochen. Andreas spottet: „Ist das Sand da in deiner Suppe, oder hat sie sich nicht aufgelöst?" Hella kommentiert aus dem Schlafzelt: „Überall, wo Friedel ist, ist Sand! Deshalb hab ich mich sicherheitshalber hierhin zurückgezogen!" Von Gudrun kommt ein leises Schnurcheln, sie schläft schon mal ein wenig vor. Draußen wird es ungemütlich, ein Gewitter zieht auf. Als heftiger Regen einsetzt, stürzt sich Andreas mutig in Wind und Wetter, um das Zelt nachzuspannen und zu kontrollieren, ob alles in Ordnung ist. Friedel rührt weiter ungerührt in seiner sandfarbenen Suppe, während Hella ruft: „Alles dicht da draußen?" Andreas schreit zurück: „Wen meinst du jetzt damit?"

„Dich natürlich!"

„Ja, bei mir ist alles dicht, danke der Nachfrage. Aber ich renne noch einmal vorsichtshalber hinüber zum Toilettenhäuschen, ehe unser trautes, kleines Heim in den Fluten versinkt! Wer hat die Taschenlampe?"

„Friedel hat die, der leuchtet damit in seiner Sandsuppe rum!"

„Friedel, hör auf, die Sandkörner anzuleuchten und reich mir mal die Lampe raus!"

„So kann das aber nichts werden mit der Suppe!"

„Du musst die nicht von oben beleuchten, sondern von unten befeuern!"

„Mach ich doch, Blödmann!"

Als Andreas wiederkommt, hocken sie gemütlich eng zusammen, schlürfen brav ihre karge Suppe und knabbern dazu am Brot, das sie mit der leider ebenfalls sandigen Butter bestrichen und ordentlich gesalzen haben, um die Keime abzutöten, während es draußen stürmt, blitzt und donnert. Friedel macht Lichtspiele mit der Taschenlampe, im Kassettenrekorder läuft die selbst aufgenommene Otto-Bufonto-Hymne und Gitarrenmusik von Andreas und Friedel. Nur Gudrun scheint von alldem überhaupt nicht beeindruckt zu sein, sie schläft friedlich in ihrem Schlafsack.

Abschied

Im Dezember macht Friedel sein Abi. Sein Zeugnis wird ihm im Treppenhaus der Schule von der Konrektorin überreicht. Keine Feier, keine Anzüge, nichts. Feier, Anzüge und überhaupt alle Förmlichkeiten sind oberspießig und damit abgeschafft. Redebeiträge? Musik? Um Gottes Willen! Alles nur langweiliger Kram! *Bloß keen Jedöns!* So wird die Übergabe der Abiturzeugnisse zum pfurztrockenen, kalten, emotionslosen Verwaltungsakt. Friedels Name wird aufgerufen, kurzer Händedruck, Glückwünsche und schon hält er das Papier in den Händen. Es sieht genauso trocken und sachlich aus, wie die ganze Zeremonie ist und wie auch ein Großteil des Unterrichts an dieser Schule war. Ausnahmen bestätigen die Regel. Von den Ausnahmelehrern hat er sich auch schon vorher persönlich verabschiedet. Sie haben ihn sehr bestärkt in seinen Plänen, Lehrer zu werden und nach Westdeutschland zum Studieren zu gehen. Einer hat gesagt: „Sonderschullehrer? Das kann ich mir gut vorstellen bei Ihnen, Friedel! Sie bringen alles dafür mit: Kreativität, Humor, Geduld, Mitgefühl!" Friedel war ganz gerührt. *So gut kennen die mich? Oder ist das nur so daher gesagt?*

Als er aus der Schule herauskommt, fragt er sich verwundert: *Das soll nun alles gewesen sein? Dafür macht man sich verrückt, um dieses blöde Stück Papier in den Händen zu halten? Und jetzt, was passiert jetzt, bitteschön?* Erst einmal wird ausgeschlafen und gefeiert. Dann werden Pläne geschmiedet. Das Studium der Anmeldeformulare der Zentralen Studienvergabestelle gestaltet sich schwieriger als so manche Prüfungsaufgabe beim Abitur. Friedel bewirbt sich an der Musikhochschule Hamburg und an den Pädagogischen Hochschulen in Dortmund und Köln, wo man Sonderpädagogik studieren kann.

In Hamburg muss er für das Musikstudium eine Aufnahmeprüfung machen. Er übt seine Paradestücke auf dem Cello und dem Klavier und fährt nach Hamburg, wo er bei seiner Patentante unterkommt. Er ist aufgeregt wie selten, als er vorspielen muss. Schade. Ein großer Teil seiner Energie geht in diese blöde Aufregung. Schwitzige Finger und Herzklopfen bis zum Hals kann man weder beim Cellospielen noch beim Klaviervortrag besonders gut gebrauchen. Das Cellospielen klappt trotzdem ganz gut, der Fremdbegleiter am Klavier stellt sich sehr einfühlsam auf ihn ein und macht alle Verzögerungen und Schlenker der Cellostimme wunderbar mit. Aber als Friedel selbst am Flügel sitzt, ist er etwas erschrocken über die Tastatur, die sich ganz anders anfühlt als am gewohnten Klavier zu Hause und so fliegt er bei seinem Lieblingsstück „Petit Nègre", dem netten kleinen Ragtime von Debussy, leider aus der Kurve, fängt sich aber wieder, setzt noch einmal an und bringt dann den kleinen Neger unfallfrei nach Hause.

Die Prüfungskommission nickt ihm wohlwollend zu. Er erfährt, dass er für das Musikstudium in Hamburg zugelassen ist, aber für das Lehrerstudium noch die Zulassung für Pädagogik an der Uni Hamburg braucht. Dort gab es im letzten Jahr einen hohen Numerus Clausus. Stolz fährt er mit seinem Cello nach Berlin zurück und wartet mal ab, wie sich das alles weiter entwickelt. Anfang des Jahres kommen dann die Briefe der ZVS: Ablehnung, Warteliste. Sein Notenschnitt von 2,5 ist wohl doch nicht so toll, wie er gedacht hatte, jedenfalls scheint er nicht zu reichen, um Sonderschullehrer zu werden. Was jetzt? In Hamburg schon mal mit dem Musikstudium anfangen und abwarten, ob das mit der Pädagogik im nächsten Semester klappt? Oder in Dortmund oder Köln an der PH anfangen und hoffen, dass er im nächsten Semester zur Heilpädagogik überwechseln kann? Er schaut nach, mit welchen Fächern er dort anfangen könnte als Lehrer für die Sekundarstufe. *Musik?* Ja. *Deutsch?* Nein. *Was denn dann? Kunst?* Ja! *Verrückt, das geht, Musik und Kunst? Ja! Na dann, das ist doch eine Kombination, die Spaß und viel Praxis verspricht!*

Gleichzeitig hört er sich um, wo man für ein paar Wochen jobben kann. Er will mal in die Arbeitswelt reinschnuppern, ehe er mit dem Studium anfängt. Und er möchte eigenes Geld verdienen. Da kommt ihm das Angebot von Evas Vater sehr gelegen, er ist Chef in der Verwaltung des Diakonischen Werkes in Steglitz und braucht dringend eine Aushilfe für den erkrankten Portier. Er nimmt Friedel morgens mit zur neuen Arbeit. Friedel ist froh, dass er heil ankommt, denn sein neuer Chef fährt sehr impulsiv und flott und schimpft wie ein Rohrspatz über die ganzen „Deppen, die auf der Straße nichts zu suchen haben." Sein schönster Spruch: „Was nützt der dickste BMW, wenn ein Schiffsjunge am Steuer sitzt!"

Jovial und väterlich führt er die neue Aushilfe den Mitarbeitern vor. Friedel fühlt sich freundlich aufgenommen. Er staunt, wie viele ältere Mitarbeiter hier arbeiten. Aber gerade die älteren Leute finden es schön, ein neues, junges Gesicht an ihrem Arbeitsplatz zu sehen. Er lässt sich die Telefonanlage erklären, weiß sehr schnell, welche Anrufer er wohin durchstellen muss. Besucher oder Lieferanten, denen er weiterhelfen kann, gibt es eher selten. Gegen 10 Uhr kommt der Fahrer mit der Post und den Zeitungen, die muss er sortieren und dann in die verschiedenen Abteilungen bringen. Er erfährt, dass dies eigentlich die Aufgabe der Poststelle sei, aber die Dame sei auch erkrankt. Nach ein paar Tagen ist er gut eingearbeitet, freut sich über die seltenen Besucher, die etwas Abwechslung bringen, und nutzt das Verteilen der Post zu einem kleinen Schwätzchen hier und da. Er hat den Eindruck, dass die Mitarbeiter in den Zimmern sich genauso über die kleine Abwechslung freuen wie er selbst und nicht gerade übermäßig viel zu tun haben.

Er bekommt stets nette Komplimente: „Ach wie schön, dass hier mal ein junges Gesicht zu sehen ist. So schnell bekommen wir sonst die Post nie gebracht wie bei Ihnen!" Er fragt sich, was die Dame in der Poststelle sonst in der Zwischenzeit macht, wenn sie den Leuten nicht direkt ihre Post bringt? Das Durchsehen und Stempeln geht ja flott. Gibt es noch andere Dinge, die erledigt werden müssen? Er selbst hat nicht das Gefühl, ausgelastet zu sein. Inzwischen hat er auch schon eine Zeitung, in der er liest, wenn die Post verteilt ist und gerade mal keiner anruft. Er fragt Evas Vater, ob er sich noch anderweitig nützlich machen kann und bekommt den Kopierraum gezeigt. Den Kopierer kann er bedienen, kein Problem. Mit dem Schneidegerät kann er auch umgehen.

Also fragt er jetzt bei seinem täglichen Rundgang durch die einzelnen Abteilungen immer nach, ob es Kopierwünsche gibt. „Das können Sie auch machen? Sie sind ja ein Teufelskerl!" Er lächelt und denkt: *Kaum zu glauben, wie dankbar die Leute hier für die einfachsten und selbstverständlichsten Dinge sind!* Noch mehr Dankbarkeit erntet er allerdings, wenn er die Kopien direkt erledigt und in die Zimmer bringt: „Das gibt es doch nicht! So schnell habe ich noch nie Kopien zurückbekommen! Wie schaffen Sie das bloß alles so schnell?" Friedel lächelt, zuckt mit den Schultern und denkt: *Ich erledige es einfach direkt, das ist alles!* Wenn er dann durch die langen Gänge zurückgeht, denkt er: *Ob man so wird, wenn man hier länger arbeitet? Ob man dann die Arbeit immer ein bisschen streckt, wenn man eigentlich nicht viel zu tun hat?*

Nach drei Wochen Aushilfe merkt er, dass sich auch bei ihm eine Art Lethargie breit macht. Er selber ertappt sich dabei, wie er in der Portiersloge mit dem „Spiegel" sitzt, den er schnell verschwinden lässt, wenn jemand vorbeikommt, mit so einer Behördenhandbewegung, als ob er gerade ein Schriftstück von A nach B legt, auf den anderen Stapel. Er versteht jetzt auch, wozu die Stapel auf den Schreibtischen gut sind: Auf einem aufgeräumten Schreibtisch würde man ja direkt alles offenbaren, womit man sich gerade beschäftigt, da sind Stapel die perfekte Tarnung. Dabei fühlt er sich eigentlich am wohlsten, wenn er herumlaufen kann und in den einzelnen Zimmern die Mitarbeiter besuchen kann.

Besonders gerne ist er beim Herrn Doktor mit dem traurigen Blick. Die Augen sagen jedes Mal: *Wie konnte es passieren, dass ich mit meiner Ausbildung und meinen Fähigkeiten hier an diesem trüben Schreibtisch gelandet bin?* Aber er scheint sich arrangiert zu haben mit seinem Schicksal. Friedel allerdings gibt er gute Ratschläge mit auf den Weg: „Nach Köln wollen Sie? Das ist goldrichtig, da werden Sie sich wohlfühlen! Probieren Sie alles aus, genießen Sie das freie Studentenleben und die Rheinländer. Lassen Sie sich niemals in so einen Kasten sperren wie ich hier! Aber wenn Sie einen Job brauchen, dann fragen Sie mal im Hochhaus des Landschaftsverbandes nach Doktor Vogel, der sitzt da in der Chefetage ganz oben in seinem Chefsessel und schaut über den Rhein. Grüßen Sie ihn schön von mir. Der hat bestimmt was für Sie!"

Im Zimmer nebenan ist er auch gerne zu Besuch. Frau Wieland muss schon an die Sechzig sein, sie lacht gerne und hat immer leckere Kekse für Friedel. Auch sie bestärkt ihn sehr in seinem Plan, nach Köln zu gehen: „Tun Sie das, Sie werden überrascht sein, wie nett und freundlich man im Rheinland aufgenommen wird, das ist anders als hier in Berlin bei den sturen Preußen! Wenn ich könnte, würde ich auch nach Köln gehen! Aber ich werde ja bald pensioniert, das lohnt nicht mehr! Und das Allerbeste an Köln außer Dom und Rhein ist seine Umgebung, das Bergische Land! Wunderschön! Ich bin bei Wuppertal aufgewachsen und ich vermisse die hügelige, grüne Landschaft mit den kleinen Höfen, Fachwerkhäusern und blühenden Apfelbäumen immer noch! Grüßen Sie Köln von mir und vor allem: Grüßen Sie mein Bergisches Land!"

Coda

Schon komisch. Jetzt fahre ich gerade über die große Wuppertaler Autobahnbrücke und denke an Frau Wieland und ihr Bergisches Land. Es ist etwas anderes, in die Fremde zu kommen und zu wissen: Hier ist die Heimat von Menschen, die ihr ganzes Leben lang daran zurückdenken, ein Ort der Sehnsucht. Auch über Köln habe ich so viele schöne Dinge gehört, dass ich fast schon das Gefühl habe, ich fahre nach Hause, an einen Ort, der mir schon länger als Heimat vorbestimmt ist. Heimat – komisches Wort. So was sagt man doch gar nicht mehr. Aber man fühlt es, wenn man da ist. Glück, ganz tief im Herzen singt es.

Mein Käfer hält prima durch. 110 schafft er spielend, manchmal auch 120, im Windschatten von größeren Autos. Aber hier im Bergischen gibt es ordentliche Steigungen, da klebe ich hinter stinkenden Lastern. Ich schaue nach hinten. Auf dem Rücksitz mein Cello und tausend Kisten, Kästen, Taschen. Das nehme ich nun mit aus Berlin in mein neues Leben. Gut verpackt das neue rote Kaffeeservice, das ich gestern Abend von Niki, Hella und der Clique aus meiner Klasse geschenkt bekommen habe zum Abschied. Schön war das! Schön und traurig zugleich! Auch meine Freunde lasse ich zurück in Berlin, nicht bloß meine Familie. Ich könnte heulen. Und dann wieder jubeln. Immer abwechselnd. Abschiedsschmerz und Abenteuerlust, Erinnerung und Aufbruch wechseln jetzt wild durcheinander. Aber je mehr die Fahrt dem Ende zugeht, je mehr ich mich meinem Ziel nähere, desto stärker wird die Lust auf etwas Neues. Ein neues Leben! Bald werde ich die Domspitzen sehen. Köln, ich komme!

Personenregister

Andreas	Freund aus Hermsdorf, Gitarrist
Anna	Mutter von Nelli und Steffen
Bea	große Schwester
Bine	jüngere Schwester
Carola	Tante, jüngste Schwester von Dörte
Christel	Tischnachbarin in Frohnau
Cousine	Corinna, Freundin aus Bremen
Dörte	Friedels verstorbene Mutter
Eva	Freundin aus dem Hauskreis
Finchen	Mitschülerin in Frohnau
Fr. Bittner	Klassenlehrerin in Hermsdorf
Fr. Frost	Lateinlehrerin in Frohnau
Fr. Griczek	Friedels erste Cellolehrerin
Gudrun	Mitschülerin, Freundin von Hella
Guhl	Klassenlehrer in Frohnau
Hella	Freundin aus der Hermsdorfer Clique
Jack	Freund aus der Frohnauer Clique
Jan	großer Bruder
Jenny	Cousine, Michas Schwester
Johnny	Freund aus der Hermsdorfer Clique

Micha	Malercousin aus dem Osten
Nelli	kleine Schwester
Niki	Friedels großer Schwarm
Oda	Tante, Schwester von Friedels Vater
Popplitz	Deutsch- und Geschichtslehrer
Ralf	Mitschüler aus Wittenau
Steffen	kleiner Bruder
Thomas	Grundschulfreund
Tina	Co-Klassensprecherin in Frohnau
Uli	Freundin, zieht nach Hessen
Uschko	Freundin aus Zehlendorf, erste Geige
Wolfram	Freund aus der Frohnauer Clique

Inhalt

Intro	7
Frohnau	9
Der rote Zwölfer	16
Kuchenkrümel	20
Fasching	30
Die erste Demo	37
Aufklärung	45
Weltschmerz und Shocking Blue	52
Uli	60
Heiligensee	67
Niki	76
Popplitz	84
Anti-Sport	95
Frost	104
Cello	112
Friedrichstraße	120
Fichtelgebirge	129
Cousine	139
Norwegen	148
Nichts wie weg	168
Ostern mit Uli	178
Bellmann und Biermann	189
Otto Bufonto	206

Spiele	219
Uschko	226
Nolli	234
Nicht reden, tun!	245
Neue Kreise	256
Mitternachtssonne	264
Steinhuder Luder	275
Abschied	287
Coda	293
Personenregister	294